바이칼 그 높고 깊은

박범신

청소년 현대문학선 040

바이칼 그 높고 깊은

•••

청소년 판을 내면서

언필칭 '절필' 했다고 알려진 '3년간의 침묵' 이후 쓴 3권 분량의 단편 소설들 중에서 새로운 세대에게 읽히고 싶은 소설 다섯 편을 뽑았다.

표제작인 「바이칼 그 높고 깊은」은 전작으로 써서 소설집 『흰 소가 끄는 수레』를 낼 때 소설집으로 발표한 소설이다. 「제비나비의 꿈」도 바로 『흰 소가 끄는 수레』에 실려 있다.

돌아보면 『흰 소가 끄는 수레』에 실린 연작들은 소설이 주술적인 힘을 가질 수 있다는 걸 내게 가르쳐 준 작품들로서, 나는 이 연작을 쓰고 나서 '3년간의 침묵' 기간 만났던 불안하고 답답한 실존의 번뇌를 넘어설 수 있었다.

「제비나비의 꿈」은 '큰아들'을 모델로 하여 '집단과 개인'의 문제를 그린 작품이고 「바이칼 그 높고 깊은」은 '딸'의 젊은 날을 모티브 삼아 삶의 존재론적 문제들과 사회 구조적 문제들이 어떻게 부딪치고 폭발하는지를 기록한 작품이다. 이 작품은 나중에 직접 낭독해 '듣는 소설'로도 출간한 적이 있는데, 문학지를 통해 발표하는 관행을 거치지 않았음에도 불구하고 이 작품에 대한 내 애정이 그만큼 깊었기 때문이다.

「괜찮아 정말 괜찮아」와 「감자 꽃 필 때」는 「빈방」 연작 소설로서, 역시 글쓰기를 멈추고 용인 산속에 스스로 나를 유폐시켰던 3년 사이의 경험을 바탕으로 쓴 것으로서 어떤 의미에선 내 젊은 날을 위로하기 위해 시작했던 작품이며, 「내 기타는 죄가 많아요, 어머니」 또한 그런 점에서 크게 다르지 않다고 생각한다.

여기 실린 5편의 소설들은 내가 심사숙고 끝에 선택한 것들이고, 그만큼 새로운 세대에게 읽히고 싶었던 작품이라는 걸 밝혀 두고 싶다. 나는 평생 소설 쓰기를 통해 수없이 새로 태어나고 또 수없이 죽었던 삶을 살았던 사람이다. 탄생과 소멸, 객관과 주관, 실존과 현상 사이 피어린 단층을 넘나들면서, 그래도 몸이 찢어지지 않고 이제껏 살아남은 것은 소설을 쓰기 때문이고 또한 독자가 있었기 때문이다. 소설 쓰기가 없었다면 나는 삶의 잔인한 무위와 그 허망함을 견뎌 낼 수 없었을 것이다. 이 작품집은 그런 사랑의 도정과 편린을 반영한 것으로 생각하며 읽어 주길 바란다.

2007년 9월

박범신

차례 바이칼 그 높고 깊은

괜찮아, 정말 괜찮아

1

틈입자……라고, 나는 중얼거렸다.

그래, 틈입자야. 침입자가 아니라 틈입자라는 낱말이 먼저 떠오른 것은 그 흔적이 너무도 미미했기 때문이었다. 봄이 무르익으면서 굴암산 너머로 훌쩍 기울어진 오리온좌를 쫓아 망원경, 코펠, 버너, 침낭까지 메고 나갔다가 이틀 만에 돌아왔을 때였다.

우선 현관.

혼자 살면서, 헐렁한 생활 습관을 가진 건 틀림없지만 내겐 몇몇 이상한 결벽증이 있는데, 이를테면 침실이나 거실은 엉망진창이 될 때까지 놔둘 망정 현관만은 늘 깨끗이 유지하는 것도 그중 한 가지였다. 용인 변방의 굴암산 산자락, 텃밭까지 낀 외딴집이라서 나갔다 들어올 때 매번 신발에 흙을 묻히고 들어오게 되어 자연스럽게 그런 버릇이 생긴 것이었다. 마지막으로, 분명히 현관을 쓸고 문을 잠그지 않았던가. 그런데 현관 바닥 여기저기 흙고 물이 떨어져 있는 건 물론이고 뜰에 드나들 때 주로 신는 흰 고무신 코가 흙물로 얼룩져 있으니 이상한 일이 아닐 수 없었다.

나는 고개를 갸웃했다.

거실과 주방은 특별히 달라진 게 없는 것 같았다. 아니 달라진 게 없다고 생각한 순간, 두 가지 사물이 거의 동시에 내 주의를 확 끌어당겼다. 하나는 설거지 그릇 함에 거꾸로 꽂힌 국자이고, 다른 하나는 당구대 커버 모서리. 혼자 살면서 혼자 할 수 있는 놀이 시설로 너른 거실 한 켠에 당구대를 설치했으나, 최근엔 커버조차 벗겨 본 적이 없었는데, 당구대를 씌운 커버 한쪽 모서리가 접힌 채 깡똥하게 올라가 있는 게 수상했다. 게다가 국자는 내 식대로라면 싱크대 큰 서랍에 들어 있어야 할 물건이었다.

틈입자가 있었단 말인가.

얼핏 혜인이 떠올랐지만 나는 이내 고개를 가로저었다. 서울과 파리에서의 패션쇼를 성공적으로 끝내고 그 여세를 몰아 올여름은 뉴욕 패션쇼를 기획하고 있다는 기사를 본 게 얼마 전의 일이었다. 자본주의의 세계 중심을 향해 부나비처럼 달려가고 있을 그녀가 이미 사라진 연대의 화석과도 같은 이곳에 예고 없이 찾아왔을 리 없을 것이며, 또 찾아왔더라도 국자를 쓰거나 당구대 커버를 벗길 일은 절대 없을 터였다. 그렇다고 도둑이 들었다는 느낌도 전혀 들지 않았다. 탁자 위에 무심히 빼놓은 한 냥짜리 금 목걸

이가 그대로 놓여 있었다.

내가 착각한 것일지도 몰라.

무엇보다 모든 문이 내가 잠가 놓은 그대로 있지 않은가. 나는 웃통을 훌훌 벗고 목욕탕으로 들어갔다. 현관을 떠나기 전 나는 쓸지 않았고, 국자를 내가 꺼내 썼으며, 당구대 커버도 내 스스로 만졌던 것이라고 나는 생각했다. 이틀 밤이나 밤이슬 맞으며 새우잠을 잔 데다가 20킬로그램 넘는 장비를 메고 산길을 걸어왔으므로 몸이 천 근처럼 무거웠다. 포식한 짐승처럼 오직 어서 빨리 잠들고 싶었다.

나는 그러나 비누를 더듬어 찾다 말고 멈칫했다.

언제나 욕조 모서리에 알몸으로 꺼내 놓고 쓰는 비누가 어쩐 일인지 얌전히 비눗갑 속에 들어가 있었다. 거참, 이상하네……라는 말이 절로 나왔다. 그제야 현관 열쇠를 차고 한편의 철제 귀퉁이에 숨겨 두고 떠났었다는 사실에 생각이 미쳤다. 모든 문이 제대로 잠겨 있는 걸로 보아 만약 누가 들어왔다면 내가 숨겨 놓은 열쇠를 찾아내 사용했다고 봐야 옳을 터였다. 아니, 어쩌면 틈입자는 열쇠 따윈 필요 없었을지도 몰랐다. 창틀이나 벽난로 연통이나 내가 미처 인지하지 못한 수많은 바람구멍을 통해 스리슬쩍 내 집을 드나들고 있는 미지의 그 무엇을 나는 상상해 보려고 애썼다. 완전히 잠가 놓은 빈집에도 벌레들은 때로 경계 없이 드나들었다. 어떤 날 한밤엔 외부에서 돌아와 현관 불을 켜려다 말고 어떻게 들어왔을까, 쓸쓸하고 화려하게, 빈 거실 어둠 속을 혼자 날고 있는 반딧불이를 본 적도 있었다.

나는 목욕을 끝내고 이내 잠들었다.

꿈속에서, 나는 달의 여신 아르테미스를 사랑한 죄로 한때 죽었으나, 마침내 우주로 날아가, 불멸의 꿈을 완성한 무적의 사냥꾼 오리온을 쫓아가는 길에, 광채로 둘러싸인 작은 것들이 호위하듯 나를 둘러싼 채 날고 있는 걸 보았다. 반딧불이 같지만 반딧불이가 아니고, 꼬마 별 같지만 꼬마 별도 아니었다. 나는 단번에 그것들이 내 집의 틈입자라는 걸 알아차렸다. 도대체 너희처럼 작고 가벼운 것들이 어떻게 내 국자를 서랍에서 꺼내 설거지 그릇 함에 옮겨 놓은 거니……라고, 나는 물었다.

우리는 사냥꾼 오리온의 리겔에서 온걸요.

작은 광채들이 분주하게 흐르며 합창 소리를 냈다.

리겔(Rigel)은 사냥꾼 오리온좌의 발목에 박힌 청백색 베타 별의 이름이었다. 그렇다면 틈입자 무리는 오리온을 둘러싼 오리온 대성운의 가족들이 틀림없다고 나는 생각했다.

나는 꿈속에서 환하게 웃었다.

2

오래전, 나는 한때 사냥꾼이 되고 싶었다.

총이든 활이든, 사냥꾼들은 자신이 쏘아 날린 총알이나 화살이

목표물의 심장을 뚫고 들어가는 순간을 선연히, 마치 자신의 심장에 총알이 박히는 것처럼 느낀다는 이야기를 들은 적이 있었다. 이를테면 노루나 사슴, 심지어 표범 같은 맹수가 총에 맞고 순간적으로 허공에 분출했다가 거꾸로 쓰러질 때, 사냥꾼의 온몸 또한 강력하게 팽창했다가 극적으로 수축한다는 것이었다. 사냥꾼이 겨냥하는 것은 노루, 사슴, 표범이 아니라 노루, 사슴, 표범의 중심일 터였다. 단 한 알의 총알, 한 대의 화살로 단번에 중심을 꿰뚫어서, 살아 있는 그의 온몸을 우주에 이를 만큼 팽창시켰다가 블랙홀처럼 동시에 수축시키는 사냥꾼의 손놀림을 상상하면, 매번 숨이 턱 막히는 기분이 들었다. 만약 사냥꾼이 되지 못한다면 하다못해 도살자라도 되고 싶었다. 망치를 뒤로 숨겨 들고 마지막에 소의 눈을 가까이서 봅니다……라고, 마장동 선술집에서 우연히 만난 어떤 도살자는 말했다. 눈의 정기로 우선 소를 제압해야 망치가 빗나가지 않는다는 뜻이었다. 중심을 향해 전광석화처럼 내려치는 도살자의 망치질을 상상하면 가슴이 뻐근해졌다.

오리온좌는 겨울에야 하늘의 중심부로 돌아왔다.

그러나 역동적인 나의 사냥꾼 오리온은, 머물 새도 없이, 곧 동진을 시작해 3월이면 벌써 굴암산 머리 쪽으로 쑥 기울었다. 머지않아 내 집 뜰에선 오리온이 보이지 않을 것이므로 오리온을 쫓아가는 숨 가쁜 산행이 시작돼야 할 때가 온 것이었다. 길 없는 능선을 쫓아 어두운 밤에 주로 이동해야 하는 고난에 찬 여정이 나를 기다리고 있었다. 때론 가시에 찔리고, 때론 벼랑에 미끄러져 구르고, 때론 산짐승을 만나 놀라 주저앉기도 하는 산행이었다. 진달래 필 무렵엔 굴암산 능선까지만 올라가도 오리온을 볼 수 있지만 철쭉이 온 산을 불 지를 때쯤 되면 굴암산에서 능선을 따라 십릿길, 말아가리산〔馬口山〕까지 나아가야 오리온을 만날 수 있었다. 성남과 용인의 경계를 이루고 있는 말아가리산은 다시 동북 방향으로 더 높은 태화산과 연접해 있는데, 근동에서 제일 높은 해발 644미터 태화산 줄기를 헤매고 있을 때면 보통 아카시아가 피기 시작했다. 망원경과 코펠과 버너와 식품과 침낭까지 합치면 20킬로그램이 넘기 마련. 종일 걸어도 사람 하나 만날 수 없는 길이므로, 이틀 사흘씩 집 떠나 있으면 눈은 쑥 들어가고 수염은 턱없이 자라지만, 그래도 그리운 오리온을 쫓아가는 길이어서 무섭거나 외롭지는 않았다. 오리온은 유대인들에겐 무적의 삼손이었고, 아랍인들에겐 거인 알 자바드였으며, 고대 이집트인들에겐 죽음의 신 오시리스였다. 대(大)피라미드가 오리온좌와 일직선을 이루도록 설계되었다는 보고서를 나도 읽은 적이 있었다.

내가 지향하는 것은 무엇일까.

상처투성이로 능선까지 쫓아 올라갔다가 막상 구름이라도 잔뜩 끼어 오리온을 볼 수 없을 때, 켜켜로 쌓여 부식해 가고 있는 낙엽 위에 지친 몸을 뉘고, 깊은 밤 나는 가끔 생각했다. 오리온좌의 별들이 정말 보고 싶었던 것인지, 세계의 중심을 단 한 대의 화살로 꿰뚫을 수 있는 무적의 사냥꾼이라는 관념의 그림자를 좇아 온 것인지, 열네 토막으로 잘려 죽었으나 다시 복구되어 마침내 불멸을 얻은 죽음의 신 오시리스를 지향해 온 것인지 알 수 없었다. 불멸이라는 낱말은 언제 들어도 눈물겨웠다.

태화산 골짝은 아카시아가 무성했다.

낙화한 아카시아 꽃들이 눈처럼 쌓이고 발정 난 향기가 골마다 들어차면 밤은 미혹에 빠진 우주처럼 깊고 넓어졌다. 무적의 사냥꾼 오리온도 더 이상 세계의 중심을 알아볼 수 없을 정도였다. 나는 자주 망원경에서 눈을 떼고 아카시아 향기의 미혹에 빠져 눈을 감곤 했다. 이제 숨 가쁜 여로의 끝이 가깝다는 걸 나는 본능적으로 알고 있었다. 태화산 정상에 다다르면 불의 강 중부 고속도로가 발밑으로 보이고 대도시 서울의 불빛이 밤하늘을 희부옇게 밝혀 놓고 있었기 때문에, 더 이상 오리온좌의 별들을 볼 수 없을 터였다. 무적의 사냥꾼 오리온도, 죽음의 신 오시리스도, 세계 통합을 향해 파죽지세로 나아가는 자본주의적 욕망 앞에선 속수무책이라고 나는 생각했다. 태화산보다 더 높은 산이 근동에 없으니, 마침내 망원경의 렌즈에 캡을 씌울 때가 온 것이었다. 나는 망원경의 렌즈를 닫고 삼각대를 접고 배낭을 묶으면서, 욕망의 한가운데 길을 질주하고 있을 압구정동의 혜인을 가끔 떠올렸다. 젖꼭지가 내 성기처럼 크고 부리부리한, 오리온좌는 물론 더 이상 보이지 않았다. 렌즈에 캡을 한 번 씌우고 나면 망원경은 아무 쓸모도 없는 것이 됐다.

나의 오리온은 어디 있는가.

쓸쓸하게, 나는 곧잘 혼잣말을 했다.

돌아오는 길은 아카시아 꽃향기의 미혹에 빠져 자주 헛걸음질을 했다. 혜인의 부리부리한 젖꼭지가 밤마다 늙수그레한 남편을 향해 뿜어내는 향기도 그럴 터였다. 문명의 불빛은 오리온좌는 물론이고 안드로메다, 도마뱀, 페가수스, 전갈, 카시오페이아, 외뿔소, 사자, 이리, 독수리, 고니, 봉황, 날치, 양 자리도 잡아먹고, 종려나무 잎새를 들고 선 아름다운 처녀좌도 잡아먹고, 이승과 저승의 경계인 유장한 에리다누스강자리도 한입에 잡아먹었다. 오리온은 이제 여름과 가을을 보내고 나서야 다시 나에게 돌아올 것이었다. 접안렌즈 31.7밀리미터의 망원경도 잠자고 있을, 쓸쓸한 계절이 나를 기다리고 있었다.

나는 비틀거리며 걸었다.

아카시아 향기는 속이 텅 빈 내 몸으로 물처럼 스며들어 중심이 없는 나의 중심이 됐다. 내가 사냥꾼 오리온을 쫓아서 굴암산, 말아가리산, 태화산 골짝을 헤매는 사이, 버려진 내 집 뜰엔 어느덧 개망초만 무성할 터였다. 그사이 내 몸은 가시덤불에 찢기고 바위에 부딪혀 상처투성이였고, 얼굴은 청동 빛으로 그을렸으며, 수염은 입술을 덮고 내려와 있었다.

무엇을, 나는 쫓아갔던가.

내가 봄부터 여름까지 그 숨 가쁜 시간을 쫓아갔던 것은, 무적의 사냥꾼도 오리온도 아니고, 불멸의 오시리스나 거인 알 자바드도 아니고, 허깨비 같은 것, 어쩌면 단지 아령 체조와 역기로 잘 단련된, 그러나 유한한 내 육체를 소진시키기 위해서였는지도 몰랐다. 육체의 소진은 쓸쓸하지만 편안하다……라고, 나는 중얼거렸다. 오리온좌의 일등성 베텔게우스(Betelgeuse)는 나로부터 310광년이나 떨어져 있었다. 오리온은 에리다누스강을 밟고 있고, 오리온의 숙주인 오시리스는 죽음의 신이자 태양신 호루스*의 아버지가 됐지만, 내겐 아주 끔찍한 꿈일 뿐이었다.

아버지라니, 말도 안 돼……라고, 나는 말했다.

빈 것은 설령 아들을 갖더라도 빈 것일 터였다.

텅 빈 것들이 쭉정이처럼 텅 빈 것들을 줄줄이 낳는 걸 상상하자 갑자기 헛구역질이 났다. 살인적인 아카시아 향기가 헛구역질 속으로 물밀듯 밀려들어 왔다. 나는 빈 내 육체에 아직도 더러운 힘이 남아 있다고 느꼈다. 태화산 어둔 골에 무릎을 꿇고 엎드려 앉아 나는 자꾸 헛구역질을 했다. 빛의 속도로 310년간이나 달려와 내 어깨를 비추는 베텔게우스의 빛의 집광력(集光力) 265배의 망원 렌즈에 담길 때, 얼마나 부드럽고 유순한지 나는 알고 있었다. 빈 것들이 불타는 것과는 너무도 다른, 차라리 그것은 물빛 같은 광채였다.

* 호루스(Horus) : 이집트 신화에 나오는 태양신.

3

굴참나무 숲 사이를 쑥 빠져나와 내 집이 한눈에 내려다보이는 마을 공동 물탱크 앞길로 내려섰을 때, 나는 멈칫하고 걸음을 멈추었다. 곧 여명이 틀 시각이었다.

내 집에 누군가 있어.

나는 나지막이 소리 내어 부르짖었다.

사흘 전 집을 떠나기 직전 나는 그 어느 때보다 더 꼼꼼히 문단속을 했고, 열쇠를 배낭에 지니고 떠났으며, 전기 스위치도 일일이 확인했다. 그런데 눈을 깜작거리고 다시 봐도 분명히 내 집에 불이 환히 켜져 있었다.

침입자야.

틈입자가 아니라 침입자였다.

마치 코끝을 스치는 난향처럼 그의 흔적들이 미미할 때에 나는 그를 틈입자라고 불렀는데, 5월 중순쯤이었던가, 말아가리산에서 능선 길을 타고 태화산 쪽으로 내 영역이 점차 넓혀지던 어느 날, 이틀 만에 돌아왔더니 놀랍기도 하지. 당구대 위의 큐 하나가 버젓이 가로놓여 있었다. 내가 미지의 그를 틈입자로 부르지 않고 침입자라고 바꿔 부르기 시작한 건 그때부터였다.

나는 최근에 당구를 친 적이 전혀 없었다.

더구나 요리까지 해 먹었는지 평소에 안 쓰는 대형 냄비가 떠억 설거지 받침대에 씻기어 올라앉아 있을 뿐 아니라 늘 펼쳐 놓고 사는 침대 위의 이불도 정갈히 개켜져 있지 않은가. 짐짓 집 안 곳곳을 깨끗이 치워 놓았다는 느낌이 들었다. 침입자는 집 안을 청소한 다음 집주인인 내가 알아차릴 수 있게 일부러 냄비를 씻어 놓고 이불을 갠 다음 당구 큐까지 당구대 위에 올려놓은 것이 확실했다. 집 안 좀 치우고 살아요……라고, 침입자가 말하는 것 같았다. 혹은 안녕……이라고, 인사를 해 오는 것 같기도 하고.

어제 그제 혹시 내 집에 불이 켜져 있던가요.

골답* 건너편 영문학과 여교수에게 묻자, 다른 날은 몰라도 어젯밤엔 늦게까지 불이 켜져 있던데요……라고 그녀는 대답한 뒤, 난 선생님이 돌아온 줄 알았지요……라고 이내 덧붙였다. 혐의를 둘 데라곤 천지간에 혜인밖에 없었다. 결혼 전후에 버리지만 않았다면, 아직껏 혜인에겐 내 집 현관 열쇠가 남아 있을 것이기 때문이었다. 그렇지만 망설이다가 의상실로 전화를 걸었을 때, 혜인은 일주일 전부터 파리에 체류 중이라는 대답만 돌아왔다. 없어진 게 특별히 없으니 도둑이라고 단정할 수도 없고, 그렇다고 오리온성운의 님프들이 무거운 당구 큐를 일부러 옮겨 놓았다고 할 수도 없었다.

나는 단숨에 고시원 건물 앞까지 내려왔다.

지쳐 주저앉을 것 같았으나 침입자가 와 있다고 생각하자 내 온몸에 생피가 도는 기분이었다. 얼기설기 급조한 고시원 건물에서

* 골답 : 물이 흔하고 기름진 논.

내 집에 이르는 길은 두 갈래였다. 곧장 뻗어 내린 좁은 포장로는 고시원 건물에서부터 변호사의 통나무집과 영문학과 여교수 별장과 단무지 공장을 차례로 지나 마을에 닿았고, 그곳에서 오른쪽으로 돌아드는 풀숲 사이의 샛길은 개천을 건너 삼태기 같은 골안으로 쑥 밀고 올라온 골답들의 논두렁길로 이어져 내 집 뜰에 닿았다. 나는 먹이를 향해 접근해 가는 짐승처럼 민첩하고 유연하게 풀숲 샛길로 들어서 곧 개천을 건넜다. 논두렁길이라지만 굴암산 쪽으로 버려진 밭들과 이어지기 때문에 어느덧 내 허리춤까지 자란 개망초와 억새들과 야생 달맞이들이 자꾸 발에 걸렸다.

동쪽 하늘에 막 여명이 트기 시작하고 있었다.

당구 큐가 당구대 위에 버젓이 놓여 있고 난 후에도 나는 벌써 몇 차례나 침입자의 흔적들과 만나 온 참이었다. 한 번은 거실에서 뒤뜰로 나가는 샛문이 열려 있던 적도 있었고, 한 번은 당구대 녹색 시트가 5센티미터나 찢어져 있던 적도 있었으며, 또 한 번은 담요와 얼마 전 새로 사 온 최신 곡의 시디 몇 장이 사라진 걸 발견한 적도 있었다. 특히 뒤뜰로 이어진 샛문이 열려 있었을 때엔 침입자가 금방 집에서 빠져나간 듯한 느낌을 나는 강하게 받았다. 뒤란에서 곧장 연접한 굴암산 숲 샛길을 누군가 헤치고 나가는 것 같은 기척도 들렸다. 침입자는 아마도 내가 집에 있을 때조차 나의 일거수일투족을 환히 들여다볼 수 있는 위치에 존재하는 것 같았다.

과연, 집 안에서 음악 소리가 들렸다.

나는 망원경과 배낭을 멀찍이 내려놓고 낮은 포복 자세로 개망초 사이를 지나 현관에 접근했다. 차고를 지으면서 남긴 철제 봉이 망초 꽃밭 사이에 거꾸로 박혀 있었다. 커튼으로 가려진 창 너머에선 음악 소리 이외에 아무 기척도 나지 않았으나, 남의 집에 들어와 태연히 음악을 즐기고 있을 미지의 침입자에 대해 나는 순간 맹렬한 적개심을 느꼈다.

뜰 구석구석 개망초가 하얗게 피어 있었다.

침입자는 한 명일까. 밤새 불을 켜 놓고 음악까지 즐기고 있다면 침입자는 내가 그동안 상상해 온 것과 달리 아주 흉포한 자일는지도 모를 일이었다. 게다가 한 명이 아닐 수도 있고, 또 생선회 칼이나 곤봉 따위로 무장을 하고 있을 수도 있었다. 파출소에 신고하면 어떨까 하고 잠깐 생각했지만 휴대폰 배터리는 이미 바닥난 상태였다. 굴암산 허리에서부터 흘러 내려온 물안개가 여명으로 밝아지기 시작한 골짜기 안에 소리 없이 들어차고 있었다. 나는 더 이상 참을 수가 없어 마침내 단단히 거머쥔 철제 봉으로 탕, 탕, 탕, 현관을 두들겼다.

안에 누구얏!

독 오른 목소리로 나는 소리쳤다.

집 안에선 그러나 아무런 기척도 나지 않았다. 경찰이 오고 있어……라고 덧붙이고 나서, 나는 짐짓 소리 내어 열쇠 구멍에 열쇠를 집어넣었다. 현관문이 기다렸다는 듯 부드럽게 열렸다. 내 눈에 먼저 들어온 것은 텅 빈 거실이었다. 그렇다고 방에서 사람 기척이 나는 것도 아니었다. 나는 긴장을 풀지 않고, 우선 거실의 오디오를 껐다.

내가 오는 걸 알아차리고 뒷문으로 도망친 것일까.

화장실을 사이에 두고 방은 두 개로 나뉘어 있었다. 남쪽에 배치된 방은 평소 침실로 사용했는데 넓고 환했으나 북쪽에 배치된 방은 안 쓰는 이불, 옷가지, 그림 따위가 널려 있는 방으로 어둡고 좁았다. 다행히 침실 또한 열려 있었고 비어 있었다. 불이 켜져 있는 걸 빼곤 다른 사람의 흔적도 전혀 발견할 수 없어 나는 순간적으로 고개를 갸웃했다. 거실의 불을 무심코 켜 놓고 집을 떠났던 게 아닐까.

그때, 무슨 소리가 작은방 쪽에서 났다.

나는 놀라서 반사적으로, 거기 누구야, 문 열고 나왓…… 하고 소리쳤다. 사람 소리였는지 도둑고양이의 혀 짧은 울음소리였는지 분명하지 않았다. 골 안의 여명이 어느새 거실 창을 통해 안으로 밀려들고 있었다. 작은방 문 너머에서 다시 어떤 소리가 새어 나온 건 잠시 후였다. 낮은 비명 소리 같기도 하고 참다못해 비어져 나오는 울음소리 같기도 했는데, 분명히 사람의 소리였다. 나는 재빨리 작은방의 문을 확 열어젖뜨리고 침입자의 반격에 대비해 전광석화 한 발짝 뒤로 물러났다. 우선 뒤란으로 난 창을 가리고 세워진 여러 점의 그림들이 보였고, 발 디딜 데 없이 널린 옷가지들과 겨울 이불과 온갖 잡동사니가 한눈에 보였다. 아니, 헌 옷가지나 잡동사니로만 보았으나, 나는 이내 헌 옷가지나 잡동사니 속에, 역시 헌 옷가지나 잡동사니 같은 침입자가 누워 있는 걸 발견했다.

침입자는 다리를 벌린 채 반듯이 누워 있었다.

피비린내 같은 것이 훅 하고 코끝을 휘감고 지나갔다. 도대체 당신…… 여기서 뭐 하고 있어……라고, 소리치려 했으나 내 말소리는 중간에서 우듬지*가 툭 꺾이고 말았다. 너무도 큰 충격을 받았기 때문이었다.

놀랍게도 침입자는 임신부였다.

이미 개구기(開口期)가 시작됐는지 전양수*가 터졌는지 방바닥엔 핏물 섞인 점액이 흥건히 흘러나와 있었다. 임신부는 버려도 좋을 낡은 담요 한 장만을 깐 방바닥에 누워 있었고, 아랫도리만 벗은 채였으며, 나에게서 숨고자 하였는지 얼굴은 나의 겨울 셔츠로 가리고 있었다. 신열이 갑자기 솟구쳐 시야가 뽀얗게 흐려졌으므로 나는 잠시 문틀에 기대고 눈을 짐짓 깜박깜박했다. 무엇을 어떻게 해야 되는지 판단이 서지 않았다.

임신부라니, 말도 안 돼.

* 우듬지 : 나무의 꼭대기 줄기.
* 전양수(前羊水) : 태포(胎胞) 안에 들어 있는 양수.

내 입속에서 그런 소리가 아우성치고 있었다.

어떻게 나에게 이런 일이 일어날 수 있단 말인가. 당신의 애를 낳고 싶어……라는 말이 비수처럼 가슴을 뚫고 들어왔다. 파리에 있을 때 혜인이 날 물어뜯듯 하며 했던 말이었다. 혜인이 그 말만 하지 않았더라도 어쩌면 나의 삶은 혜인이 믿고 의지하려 했던 일반적 통과 의례를 좇아 무난하고 보편적으로 진행돼 왔을지도 몰랐다. 그러나 격렬한 정사 끝에서 혜인이 그 말을 내뱉고 났을 때, 나는 좀 전까지 내가 황홀하게 빨고 깨물었던 그녀의 크고, 검고, 차진, 그리하여 검은 대지와 같은 젖꼭지가 정말 혐오스럽게 느껴졌다. 그 혐오감이 나의 어디에서부터 나오는지 그때나 지금이나 물론 나는 알 수 없었다. 아무런 논리적 근거가 없음에도 불구하고, 어둠의 심지가 어디에 박혔는지도 모르면서 단지 욕망의 가속적 팽창을 좇아가며 애를 낳는다는 것은 더러운 짓이라고, 나는 확신했다. 그런데 지금 내 집에서 한 여자가 더럽고 방자하게 사지를 벌리고 누워 있었다. 임신부의 음부에서 흘러나온 점액이 그 여자 발치에 놓인 나의 셔츠에 젖어 드는 걸 보고 나는 분노를 느꼈다. 임신부의 부풀어 오른 배와 깡마른 하지(下肢)와 작은 발가락이 다 더러웠다. 그것은 오물과 다름없었으며, 시궁창에 빠진 생쥐와 다름없었다. 나가……라고, 나는 소리치고 싶었다. 스스로 나가지 않는다면 메고 나가 하다못해 굴암산 산자락에라도 내버려야 할 터였다.

임신부가 참지 못하고 비명을 질렀다.

어금니를 질근 물고 참다 참다 극적으로 터져 나오는 비명 소리였다. 다리는 부들부들 떨리고 손은 간헐적으로 허공을 붙잡았다 놓곤 했다. 나는 순간적으로 무릎을 꿇고 거칠게 앉았다. 어찌 됐든 시궁창 속의 더럽고 뻔뻔한 얼굴이라도 한번 봐 둬야 할 것 같았다. 여긴 내 집이야……라고, 나는 생각했다. 내 집에 들어와 더러운 오물을 내지르고 있는 너는 대체 누구냐……라고, 입속으로 소리 없이 소리치면서, 나는 임신부가 얼굴을 가리고 있는 나의 겨울 셔츠를 단호히 벗겨 냈다.

……아, 아, 아저씨.

임신부가 숨넘어가는 소리를 냈다.

땀과 눈물로 범벅 된 얼굴에서 번질번질한 임신부의 눈빛이 똑바로 나에게 날아와 박히고 있었다. 나는 너무도 놀라 헙 하고 숨을 막았다. 뜻밖에도 임신부는 이제 겨우 열두서너 살이나 됐음 직한 아주 앳된 소녀였다. 소녀의 손이 부지불식간에 앞으로 뻗어 나와 내 바지 자락을 콱 움켜쥐었다. 마치 내 전신이 가느다란 소녀의 손가락과 팔에 의해 한순간 결박당한 것 같은 기분이 들었다.

죄, 죄송해요. 살, 살려…… 주세요…….

소녀가 애원하고 있었다. 나는 본능적으로 소녀의 손을 뿌리치려고 했는데, 내가 뿌리치려 할수록 바지 자락을 움켜쥔 소녀의 악력은 믿을 수 없을 만큼 더욱 강렬해졌고, 급기야 그래그래, 내가 도와줄게……라는, 생각하지도 않은 말이 내 입에서 튀어나오고 말았다. 걱정 마, 아저씨가 곁에 있을 거야……라고, 나는 이어서 소리쳤다. 비명을 지르고 있기론 나도 소녀와 마찬가지였다. 온몸에서 땀이 나기 시작했다. 도대체 이제부터 어떻게 해야 한단 말인가.

음렬(陰裂)이 손가락만큼 열려 있었다.

이, 이미…… 파……수가 됐을 거예요……. 소독을 해 줘야 한……한다고…… 인터넷에서…… 찾……아봤어요……라고, 소녀가 손으로 음부 쪽을 가리키며 말했다. 자기 나름대로 소녀는 미리 분만을 준비한 듯싶었다. 나는 비로소 소독약과 거즈와 약솜과 체온계와 가위와 실이 쟁반에 담겨져 소녀의 머리맡에 놓여 있는 걸 보았다. 나는 파수*가 무엇인지 정확히 알 수 없었고, 인터넷에 담긴 일반적 정보로 무장한 소녀의 말도 믿을 수 없었다.

우선 널 옮겨야겠어.

나는 단호히 부르짖었다.

일단 내 침대에 빨아서 개어 놓았던 새 시트를 깔았다. 순백색 시트를 깔 때 뜨거운 무엇이 목젖이 타고 가파르게 올라와 코끝에 빙 하고 울렸다. 나는 재빨리 눈가를 훔치고 작은방으로 돌아와 소녀의 목 밑에 팔을 집어넣었다.

괜찮아. 괜찮을 거야.

* 파수(破水): 분만 때에 양수가 터져 나오는 일, 또는 그 양수.

나는 나도 모르게 소리쳐 말했다. 작은방은, 탄생의 장소로는 너무도 좁고 어둡고 더럽고 차가웠다. 복압(腹壓)을 견디지 못한 진통의 순환 속도가 빨라지고 있었다. 땀투성이 소녀는 아기를 품고 있는데도 너무나 가벼웠다. 아…… 아저씨가…… 저, 저처럼…… 외……외롭고 좋은…… 분이라는 거…… 알고 있었어요……라고. 소녀가 내 목을 팔로 휘감고 숨 가쁘게 속삭였다. 벌어진 음렬 사이로 검은 무엇이 가까워졌다가 내압에 따라 안쪽으로 꺼져 드는 걸 나는 보았다. 외음부를 소독하려고 손에 든 약솜이 경련 때문에 소녀의 대퇴부에 떨어졌다. 떨……지…… 말아요……. 아……아저씨……라고, 또 소녀가 말했다. 복압에 의해 잠깐씩 밀려 내려오는 검은 그것은 아기의 머리가 확실했다. 나는 공포감을 느끼고 그제야 떨리는 손으로 전화기의 번호를 찾아 눌렀다. 파출소 당직 순경은 신호가 여러 번 간 다음에야 느릿느릿 전화를 받았다.

날은 이미 훤히 새고 있었다.

괜찮으니, 제발…… 소리를 질러……라고, 내가 말했다. 소녀는 본능적으로 진통을 참으려 했기 때문에 진통이 돌아올 때마다 꼭 숨이 끊어지는 것 같았다. 소리를 맘껏 지르란 말이야. 나는 덧붙였다. 소녀는 그래도 소리를 마음껏 지르지 않았다. 입술은 팥죽색이고 땀과 눈물로 얼룩진 얼굴은 잔뜩 충혈되어 있었으나, 쌍꺼풀 없는 눈은 아득히 깊고 덧니는 순한 백색이었다. 유난히 목이 길고 팔다리가 깡마른 소녀였다. 아저씨…… 침대……버……버리지 않으려고…… 했는데……라고, 소녀가 말했다. 핏물 섞인 점액질이 자꾸 흘러나와 침대를 적시고 있었다. 작……작은방에…… 내…… 보따리가 있어요. 아기를 쌀 포대기와 입을 옷을 미리 준비했다고 말할 때, 소녀의 표정에 잠깐 충만감과 함께 자랑스러운 빛이 떠올랐다. 처음엔 그…… 그냥 그림을…… 구경하고 싶어서 들어왔어요.

말하지 마.

아…… 아저씨…… 열쇠를…… 복…… 복사했지요.

말하지 말라니까.

아…… 아저씨가 그……림은 안 그리고…… 아령만 할 때 슬펐어요……라고, 말하는 순간 잠깐의 휴식이 끝나고 진통이 또 찾아왔다. 핏줄이 툭툭 불거져 나온 소녀의 팔이 푸드득푸드득 떨렸다.

제발 애야, 소리를 질러.

나는 울음이 비어져 나오려는 걸 필사적으로 참고 말했다. 토…… 토니가요…… 무…… 무릎을 다……쳤거든요……라고, 소녀는 또 알아들을 수 없는 소리를 했다. 진통은 점점 고조되고 있었다. 뮤…… 뮤직 비……디오를…… 찍다가…… 무……무릎을…… 다…… 다쳤……다니깐요. 고통을 참기 위해 너무 깊이 깨물었는지 소녀의 입술에서 피가 배어 나왔다. 괜찮아……라고, 내가 숨 가쁘게 외쳤다. 토니라니, 소녀의 애인인지, 또는 아이의 아버지인지, 그것은 내가 알 바 아니었다.

괜찮을 거야.

나는 마침내 울면서 말했다.

정말…… 토…… 토니는…… 괜찮을까요.

소녀의 손톱이 내 손등을 파고들었다. 괜찮아, 괜찮아, 괜찮아…… 괜찮을 거야……라고, 나는 소리쳤다. 내가 할 수 있는 말은 그것뿐이었다. 소녀가 이윽고 비명을 지르며 자지러지기 시작했다.

그래. 소릴 질러…… 괜찮아…… 괜찮을 거야.

그렇지만 어떤 순간 꺽 하고 숨넘어가는 소리가 나더니 소녀의 고개가 홱 옆으로 꺾였다. 안 돼……라고, 나는 부르짖었다. 안 돼. 눈을 떠. 눈, 눈을 떠 봐. 제발 눈을 떠. 쩍 벌어진 음렬에서 핏물이 꿀렁꿀렁 터져 나오고 있었다. 나는 소녀의 뺨을 후려갈겼다. 오, 어머니…… 오, 하느님……이라고, 나는 나도 모르게 계속 부르짖고 있었다. 어머니와 하느님을 부르짖어 찾은 것은 그때가 처음이었다. 소녀는 이렇게 죽을 권리가 없다고 나는 생각했다. 나는 명백하게 소녀의 '토니'가 아니었다. 이 나쁜 자식……이라고 아이 아빠인 미지의 토니를 향해 외치면서, 더욱 호되게 나는 소녀의 뺨을 또 쳤다. 오리온좌로 아름답게 현신한 죽음의 신 오시리스는 형제에 의해 열네 토막으로 갈가리 찢겨 죽었으나, 마침내 살은 살대로 뼈는 뼈대로 붙고 새 피가 흘러 불멸의 시간조차 지배하는 위대한 태양신 호루스의 아버지가 되지 않았던가.

아…… 아……저씨…….

기절했다 깨어난 소녀가 이윽고 나를 불렀다.

나는 소녀의 볼에 나도 모르게 입을 맞추었다. 괜찮아, 괜찮아……라고, 나는 계속 말했다. 내 눈물과 소녀의 눈물이 오시리스의 살과 뼈처럼 끈적하게 달라붙었다. 너는 벨라트릭스야. 말은 나오지 않았지만 나는 입속으로 부르짖었다. 오리온좌의 왼쪽 어깨에 청백색으로 제 몸을 빛내며 굳건히 박힌 이등성 벨라트릭스는 '여전사'라는 뜻이었다.

4

혜인의 뉴욕 패션쇼가 성공적으로 끝났다는 기사를 나는 어떤 패션 전문지에서 읽었다. 뉴욕 패션쇼를 계기로 새로운 브랜드의 기성복 회사를 오픈할 예정이라고 했다. 혜인은 틀림없이 우리나라뿐 아니라 세계 패션 시장의 판도도 바꾸어 놓을 것이다. 내 꿈은 파리의 내로라하는 시민들이 앞 다투어 내가 디자인한 옷을 입고 다니는 거야. 그걸 보고 앙리가 어떤 표정을 지을지 궁금해. 앙리는 혜인이 다녔던 패션 학교의 교장이자 유명 패션 디자이너였다. 그는 동양인에 대한 편견으로 가득 찬 사람이었다. 혜인은 자주 그 편견의 칼에 찔려 상처받았고, 그래서 앙리에게 앙갚음하는 것이 파리 유학 시절의 유일한 꿈이기도 했다. 어찌 앙갚음을 해야 할 적이 앙리뿐이겠는가. 혜인이 가진 꿈은 관념적 성공이나 어떤 지향이 아니라, 이를테면 적들과 싸워 이겨 얻어 낼 수 있는 성취의 과실에 조준되어 있었다.

나는 가끔 전나무 숲으로 들어갔다.

굴암산에서 서북편으로 흘러내린 능선 하나는 내 집 뒤를 지나 마을의 북쪽에서 불쑥 솟았다가 급속히 꺼져 내려 끝나는데, 울창한 전나무 숲이 자리 잡고 있었다. 그 숲에 들어가면 세상으로부터 나는 숲에 의해 완전히 가려지지만 그곳에서의 내 시선 안엔 마을과 나의 집이 손바닥 보듯 환히 잠겨 들어왔다. 길은 없었다. 낙엽 속으로 발목이 쑥쑥 빠지는 급한 비탈길을 올라가다 보면 마을에선 보이지 않는 빈집이 하나 나왔다. 두 칸짜리 작은 기와집이었다. 이장의 말에 따르면 오래전 한때 그곳에 젊은 강신무*가 들어와 살았다고 했다. 얼굴이 반지르르한 게 색기가 넘쳤었다나 봐요……라고, 이장은 설명했다. 얼굴값을 하느라 그랬는지 혼자 사는 강신무 집에 밤이면 마을 남정네들이 수시로 드나들었던가 보았다. 결국은 사단이 벌어졌고, 마을 아낙들이 몰려가 강신무의 머리를 모조리 뽑아 놓았다는 것이었다. 워낙 음기가 센 곳이라고 알려져서 동네 사람 누구도 그곳엔 가지 않아요……라고, 이장은 덧붙여 말했다. 깨어진 기와엔 풀이 자라고 문짝은 물론 벽의 일부도 파손되어 한데나 다름없으며 울창한 전나무 숲 때문에 낮에

* 강신무(降神巫) : 신이 내려서 된 무당.

도 어두컴컴한 곳이었다.

나는 우두커니 문지방에 앉았다.

내 집 뜰을 지나 굴암산 산자락 텃밭으로 느릿느릿 가고 있는 어떤 노파가 환히 내려다보였다. 현관으로 올라가는 계단과 뜰의 일부, 그리고 서편으로 난 내 집의 창들이 전나무 사이로 한눈에 들어왔다. 누구든 이곳에 있으면 내가 집에 드나드는 걸 언제라도 볼 수 있을 터였다. 배가 눈에 띄게 불러 오면서 사람들을 피해 흘러온 소녀가, 오리온좌를 찾아 밤마다 내가 산길을 떠돌던 봄부터 이른 여름까지, 내 집에 들고 나며 머물렀던 흔적들은, 전나무 숲 속의 이 빈집 도처에 남아 있었다.

가령, 내가 잃어버린 담요가 이곳에 있었다.

소녀가 내 집에서 들고 나온 것이었다. 또 서태지의 제2집『울트라맨이야』……를 비롯한 시디 몇 장도 있었고, 부서진 바비 인형과 이 빠진 크리스털 포도주 잔과 골프공 몇 개도 있었다. 서태지는 규정되지 않는다……라는 활자가 박힌 브로마이드를 펴 보다가 말고, 나는 그 브로마이드 밑에 놓인 시디 한 장을 열어 보았다. 카세트도 없으면서 시디를 훔쳐다 간직한 것은 마음껏 노래를 들을 수 있는 날이 곧 오리라는 희망을 잃지 않아서였을 터였다. 이제 겨우 중학교 1학년, 열세 살짜리 소녀였다고 했다.

RUN AWAY.

나는 시디의 표제를 소리 내어 읽었다.

잔득 전깃줄이 뒤엉킨 전봇대를 배경으로 어디서 본 듯한 세 명의 청년이 위태위태한 난간 위에 나란히 걸터앉은 사진 사이로 표제 RUN AWAY가 찍혀 있었다. 그렇지 참. JTL이라고 했지……라고, 나는 이윽고 중얼거렸다. 용인 읍내 천변 여관촌 어귀의 레코드점에서 최근 새로 나온 시디 몇 장을 살 때, 젊은 그룹의 새로운 노래가 없느냐고 묻자, 보조개 쏙 팬 점원 처녀가 골라 준 시디 중 하나였는데, 포장도 뜯지 않고 던져두었던 것을 소녀가 여기에 가져다 놓은 것이었다. 나는 시디와 함께 들어 있는 가사집을 무심코 넘겨 보다가 한순간 눈을 크게 떴다. 노랗게 물들인 짧은 머리를 제멋대로 세우고 선글라스를 낀 한 청년이 전기 드릴을 든 채 입을 꽉 다물고 선 사진 밑에 TONY라는 영문 이름이 박힌 걸 발견했기 때문이었다. 토…… 토니가요…… 무…… 무릎을 다……쳤거든요. 소녀가 필사적으로 진통을 견디면서 말하는 소리가 환히 들렸다. 뮤…… 뮤직 비……디오를 찍다가…… 무…… 무릎을…… 다쳤다……는 청년의 얼굴을 나는 똑바로 들여다보았다. 단단한 듯, 그러나 평범하게 생긴 얼굴이었다.

소녀는 물론 그날 이후 다시 오지 않았다.

파출소의 연락을 받은 산부인과 앰뷸런스가 30분만 늦게 도착했더라도 소녀는 아마 살지 못했을 터였다. 병원으로 옮기기엔 너무 늦어 소녀는 결국 내 침대에서 분만했으나 아기는 미숙아였다. 인큐베이터에 넣었는데요, 이틀 만에 죽었다는군요……라고 파출소 순경은 나에게 말해 주었다. 나는 소녀에 대해 궁금한 게 없었으며 그래서 아무것도 더 묻지 않았다. 인터넷 때문에 애들 다 망가지고 말겠어요. 순경이 혼잣말처럼 한 말이 소녀에 관한 정보의 전부였다. 인터넷에서 만난 남자들에게 몸이라도 팔았다는 건지, 인터넷에 중독돼 있었다는 건지, 그게 아니면 인터넷하고 소녀 사이에 또 어떤 은밀한 관계가 있었다는 건지, 그런 건 알 필요가 없었다. 쌍꺼풀 없는 아득한 눈빛과 순한 백색의 덧니가 자꾸 떠올랐다. 아…… 아저씨가 그…… 그림은 안 그리고…… 아령만 할 때…… 슬펐어요……라는 말을 할 때, 귓속에 쏟아 붓던 소녀의 헐떡이는 뜨거운 입김이 아직 내 귓가에 남아 있었다. 그러나 나의 캔버스는 여전히 비어 있었고, 소녀가 염려하던 토니의 무릎도 이제 완전히 나았을 것이었다.

놀빛이 스러지고 나자 별들이 돋아났다.

나는 폐가의 문지방에서 일어날 생각도 하지 않고 퐁, 퐁, 퐁, 물방울처럼 돋아나는 별들을 가만히 올려다보았다. Without your love. 나는 한 번도 들어 본 적조차 없는 토니의 노랫말을 내 감흥에 따라 입속으로 불러 보았다. Believe it you'd better, believe…… it's without you love……에서, 갑자기 인큐베이터에서 이틀 만에 죽었다는 아이의 얼굴이 마치 본 것처럼 뚜렷이 떠올랐다. 아이는 신생아였지만 천 년을 산 것 같은 수많은 주름으로 뒤덮여 있었다. 무적의 사냥꾼 오리온은 물론 굴암산에 가려

보이지 않았다. 은하수가 길게 하늘을 가로질러 흐르고 있었다. 지름이 10만 광년이나 되는 은하수엔 3백억 개 이상의 항성들이 포함되어 있다고 했다. 주름 많은 얼굴로 이틀 만에 살다가 숨진 소녀의 아이도 별이 되었을까.

It's without your love
아무런 감정은 없어
나 바보처럼 멈춰 서
나의 길을 찾으려
자 눈을 감아 왜 내가
그 이상이 될 수 없는지
알 수가 없어 이 현실이
나 여기서 끝나야 해

JTL과 JTL의 토니가 부르는 노랫소리가 계속 들려왔다.

Believe…… 더 나아질 거예요, 믿으세요……라고, 토니는 속삭여 노래했다. 왜냐하면…… Cause I found the future…… 해님을 담아 별님을 담아…… 나 상상했던 이상 찾아…… Believe it you'd better…… 더 나아질 거예요. 믿으세요……라고, 소녀 또한 토니처럼 속삭이고 있었다. 하늘의 중앙부엔 어느새 용감한 투사 헤라클레스가 물뱀 히드라를 물리치는 형상을 하고 있었다.

괜찮다. 정말 괜찮을 거야.

나는 화답하듯 소리 내어 말했다.

그러나 밤이 이슥해질 때까지도, 나는, 내가…… 무엇이…… 그리운지…… 몰라…… 전나무 숲 속에 버려진 빈집에 앉아 오도 가도 못하고 있었다. 천 년을 산 것보다 더 주름이 많은 아이가 헤라클레스와 뱀 히드라 너머, 아스라이 반짝이고 있는 걸 나는 오래오래 바라보았다. 천 년을…… 산…… 것보다…… 더…… 주름이…… 많은…… 아이는 사지를 조그맣게 오므리고, 투명한…… 물병에…… 들어가 있었다.

『빈방』, 이룸, 2004.

감자 꽃 필 때

1

그가 마을을 빠져나온다.

나는 앉았던 자리에서 불끈 몸을 일으킨다.

2시를 막 넘겼거나 조금 못 됐거나 할 것이다. 넘고 모자라 봐야 그 시차는 5분 미만이다. 비닐하우스와 산기슭을 깎아 만든 채마밭 사이로 난 시멘트 포장로. 비닐하우스 어귀 전봇대에 갓등이 하나 매달려 있고, 갓등 아래에서 길은 불현듯 북편으로 틀어져 흐르다가 내 집과 맞붙은 텃밭 어귀에서 동쪽으로 한 번 방향을 또 바꾼다. 시멘트 포장로는 곧 끝나고 길은 갑자기 좁아져 우리 집 마당 끝을 동서로 관통, 굴암산 발치까지 자맥질해 들어간다. 논과 논보다 서너 자〔尺〕쯤 높은 밭들 사이로 난 소로는 가르마처럼 쭉 곧다.

그는 결코 서두르는 법이 없다.

보폭이 일정하고 걸음새가 아주 얌전해서 조금만 떼어 놓고 보면 걷는다기보다 붕 떠서 유연하게 흐르는 것 같다. 습관처럼 늘 지게를 짊어지고 있으므로 비닐하우스 옆을 지나올 때 그의 얼굴은 지게 그늘에 가려 거의 보이지 않는다. 해는 그의 지게 너머, 골프장 아웃코스 나인 홀 꼭대기에 떠 있다. 그래서 그는 지게를 짊어진 것이 아니라 해를 짊어지고 오는 듯 보인다. 하기야 키는 물론 체수가 워낙 작은 터라 지게를 짊어지고 있을 때의 그는 어느 방향에서 보아도 지게의 그늘에 가린 듯하다. 뻣뻣하게 고개를 치켜드는 법이 없이, 길을 보는지 길이 아닌 다른 무엇을 보는지, 항상 이마를 숙이고 고요히 흐르기 때문에 더욱 그럴 것이다. 체수에 비해 짊어진 지게가 큰 듯한데도 전혀 불안해 뵈거나 하지 않는 것 또한 신기한 일이다. 대체 언제부터 그는 지게와 동행해 왔을까. 지게를 짊어지지 않은 그를 본 적도 없거니와, 지게와 그가 언제나 너무도 잘 어울려 보였으므로, 지게와 그를 분리해서 상상하는 것도 쉽지 않다.

안녕하세요.

나는 입속으로 중얼거려 본다.

연습이다. 그는 내 집과 맞붙은 텃밭 길로 들어서는 중이다. 나는 거실 유리창 앞의 데크에 서 있다. 이제 곧 그가 마당 끝의 소로로 접어들 것이다. 안녕하세요……라는 내 인사말에 화답하는 그의 표정을 어서 보고 싶다. 마치 감수성 중심을 콕 찌르고 들어온

첫사랑의 소녀를 어느 길가에서 기다리고 있는 소년 같은 기분이다. 3월의 햇빛은 맑고 힘차다. 나는 햇빛을 정면으로 받느라 눈이 부셔 손차양을 한 뒤 생침을 꼴깍 소리 나게 삼킨다. 부드럽게 출렁이는 그의 지게 끝에서 튕겨 나온 햇빛이 아무런 여과 없이 내 몸을 찔러 오고 있기 때문이다.

안녕하세요, 아저씨.

그의 귀를 열기엔 내 목소리가 너무 작다. 나는 가쁘게 속으로 심호흡을 한 번 하고, 안녕하세요, 안녕하세요, 아저씨…… 밝게 소리를 지른다. 그가 소리의 방향을 얼른 쫓지 못해 이리저리 둘러보다가 마침내 내 쪽으로 고개를 돌린다. 블랙홀처럼 단단하게 쪼그라든 청동 빛 얼굴이다. 눈은 깊고 턱은 갈쭉*하고 광대뼈는 불끈 솟아 있다. 쪼개진 이마와, 코끝에서 인중을 비켜 밑으로 힘있게 빠진 팔자(八字)형의 거친 골골〔谷谷〕을 나는 본다. 햇빛이 불끈 솟은 광대뼈에서 가파르게 미끄럼을 타고 있다.

날씨도 좋은데 담배 한 대 피우고 가세요.

뭐라고?

뭐라고……라는 말을 나는 환청으로 듣는다. 말하기는커녕, 악을 쓰듯 왜장치는* 내 말도 잘 듣지 못해 그는 옆으로 고갯짓을 가볍게 했을 뿐이다. 담배 한 대 피우면서 쉬, 어, 가, 시, 라, 구, 요.

* 갈쭉 : 보기 좋을 정도로 조금 긴 모습.
* 왜장치는 : 쓸데없이 큰 소리로 마구 떠드는.

나는 한 손으로 담뱃갑을 흔들어 보이며 다른 한 손으론 손나발을 하고 소리 지른다. 그러자 그가 알아들었다는 듯이 활짝 웃는다. 소리 없는 웃음이다. 앞니는 전혀 없다. 오래전부터 그랬을 터이다. 잇몸만이 막힘없이 합죽 드러났는데 천진하고 환하다. 웃는 순간 이마로부터 얼굴 전체로 일순간에 수많은 주름살이 뻗어 나가는 것 역시 아주 역동적이다. 청동 빛 피부는 더욱 높이 솟고 주름살 골골은 더욱 깊어지는데, 그 높음과 그 낮음이 서로 배타적이지 않고 순정적으로 맺어져 있다. 내 전신에 자르르 하고 얼음이 갈라지는 것 같은 전율이 온다. 단단히 쪼그라져 뵈는 것은 시간이 만들어 낸 가면에 불과하다. 우주를 일시에 밝히듯, 그처럼 환하고 유순하게 웃는 얼굴은 어디에서도 본 적이 없다. 천 개의 하회탈이 그의 청동 빛 얼굴에 깃들어 있다.

어, 어, 어.

그가 지겟작대기를 흔들며 소리 지른다.

날씨가 좋다는 것인지, 담배 생각이 없다는 것인지 알 수 없다. 젊은 놈이 마당의 풀도 매지 않고, 왜 그리 게을러빠졌느냐고 소리치는 것인지도 모른다. 그는 말하지만, 그가 벙어리이기 때문에, 아둔한 나는 그의 말을 끝내 알아듣지 못한다. 어쩌면 그도 쉬, 어, 가, 시, 라, 구, 요……라는 내 말을 알아듣지 못했을 것이다. 그러나 사실적인 의미가 전달되지 않았다고 해서 불편한 것은 피차 하나도 없다. 햇빛보다 환한 것이 이미 그와 나 사이에 순간적으로 흘렀기 때문이다. 이를테면 일시적인 감전 상태처럼.

그가 가던 길을 다시 간다.

흐르는 듯 유연하게, 그러나 출렁이며 그가 봄풀이 한창 자라는 밭둑길을 걸어가고 있다. 손에 든 괭이로 톡, 톡, 톡, 톡, 길을 찍으며 가는 것이 장난기 많은 어린애처럼 보인다. 나는 손차양을 하고도 너무 부셔 실눈을 뜨고 그가 보이지 않을 때까지 그의 뒷모습을 한사코 좇는다. 길은 있는 듯 없는 듯 굴암산 자락으로 자맥질해 들어간다. 이장이 몇 년 전 묘목을 가져다 심어 놓은 단풍나무 숲 너머에 그의 밭이 있다. 아직 3월이라 밭일이 많지 않을 텐데도 그는 시종여일, 하루에 네 번씩, 햇빛 환한 그 길을 오고 간다. 아침에 밭으로 갔다가 정오쯤 점심을 먹기 위해 돌아오고, 점심 식사 후 다시 밭으로 갔다가 해 질 녘 돌아오는 것이다. 오고 가는 시각은 아주 규칙적이다. 때론 햇빛을 정면으로 받고 때론 햇빛을 등 뒤로 받지만 표정 또한 여일하다. 시선이 마주치면 활짝, 온 얼굴에 촘촘한 그물망을 만들면서 소리 없이 웃는다. 마치 샘물이 솟아나듯 솟아나는 웃음이다. 거기엔 시간도 어떤 경계도 없다. 어, 어……라고 이따금 말하기도 한다. 괭이나 지겟작대기로 하늘을 가리키거나, 밭 혹은 길을 툭툭 찧거나, 골프장 쪽에 대고 삿대질을 하는 일도 있다. 곧 비가 올 것 같으니, 라든가, 밭에 풀 좀 매고 살게, 라든가, 하는 일 없이 골프나 치는 저놈들 한심한 종자들이야, 라든가, 나는 내 맘대로 그의 말들을 알아듣는다. 이장한테 들은바, 그는 올해 일흔아홉 살이다. 청년 시절 대처로 흘러 갔던 3년여를 빼곤 평생 이 마을을 떠난 적이 없는.

그러나 나이가 무슨 상관이랴.

내가 처음 이곳으로 이사 들어왔을 때 그의 얼굴도 나는 아직 기억하고 있다. 벌써 여러 해 지난 기억 속의 삽화지만, 그는 그 삽화 속에서도 지금처럼 지게를 지고 있고 합죽한, 단단히 쪼그라든 청동 빛이고, 밭둑길을 괭이로 툭, 툭, 툭 치면서 조금 심심한 듯, 조금 활달한 듯 걷고 있으며, 안녕하세요, 소리쳐 인사하면 비로소 고개 들고서 환하게, 빛이 터져 나오는 것처럼 웃는다. 그에게선 시간이 흐르지 않는다.

시간의 속도로 그도 흘러가고 있기 때문일 것이다.

2

용암사 주지인 원행 스님은 최근 몸이 좋지 않았다.

스님의 나이 올해 일흔일곱이니 노환이라 불러도 무리는 아닐 터였다. 키가 훤칠하고 이목구비 또한 날카롭게 생긴 얼굴이었다. 깡마른 편이지만 본래부터 병약하게 생긴 건 아니었다. 병약하기는커녕, 짙은 눈매, 우뚝한 콧날과 단단한 어깨선, 꼿꼿한 자세 때문에 나이답지 않게 스님은 강인한 인상을 주었다.

재작년 이맘때까지만 해도 그랬다.

그때는 한 달에 몇 차례씩 행장을 꾸리고 산굽잇길을 내려오는 원행 스님의 모습을 내 집 거실에서 볼 수 있었는데, 보폭이 워낙 활달해서, 아침 해를 정면으로 받으며 겅중겅중 그가 산을 걸어 내려올 때, 청년처럼 아름다워 보이기까지 했다. 사람이 거의 찾지 않는 변방의 작은 절을 지키고 있을지라도 그 기상으로 보아 범상한 스님이 아니었다. 대쪽을 쪼개듯, 그러나 연속성을 가지고 용맹 정진, 깨달음의 바다로 나아갈 법한 스님이었다. 그런 원행 스님이 처음 쓰러진 것은 작년 여름.

간밤의 비바람에 일제히 나자빠진 고춧대를 하나씩 세우고 있던 참에 굴암산 산굽잇길로 맹렬히 돌진해 가는 앰뷸런스를 목격한 것은 아침 10시쯤이었다. 용암사 주지 스님이 불공을 드리다가 탁, 도고대* 쓰러지듯 쓰러졌다는데요, 라고 이장은 말했다. 혈압이 높았던가 보았다. 스님은 한 달 만에 다시 절로 돌아왔고, 절로 돌아온 스님은 이미 예전의 그 원행 스님이 아니었다. 우선 잘 걷지를 못했다. 지팡이에 의지해 요사채에서 대웅전으로 가는 걸 산책하던 중 우연히 보았는데, 한 발짝 한 발짝 위태롭기 그지없었다. 풍을 맞아 입도 돌아가 있었고, 머리는 하얗게 탈색되었으며, 너무 말라서 볼이 쏙 패어 있었다. 불과 한 달 사이 죽음의 그림자가 스님의 육신을 매몰차게 쭈그러뜨려 놓은 것이었다.

시간은 빠르고 잔인하게 그를 관통해 흘러갔다.

청소를 하던 보살님이 걸레를 든 채 대웅전 문을 열고 나오다가

* 도고대 : 절굿공이.

기우뚱기우뚱 걸어오는 원행 스님을 발견하고 맨발로 달려 나와 부축했다. 나는 그것을 소나무 숲 사이에서 보고 있었다. 하이코오, 날 부르지 않고 혼자 예까지 어떻게……라고, 보살님은 말하는 것 같았다. 유난히 작은 키에 몸매며 얼굴이 둥그렇고 펑퍼짐한 보살님은 이제 막 50대 중반을 넘겼을까 말까 한 나이로 원행 스님의 유일한 가족이자 동숙자였다. 조강지처는 아니지만요, 절에 들어와 산 지 벌써 스무 해는 넘었을걸요. 이장은 설명해 주었다. 조강지처의 자식인지, 절에 이따금 드나드는 장성한 자식이 서넛은 되는 모양인데, 하나같이 보살님을 몸종 부리듯 하더란 말도 이장은 덧붙였다. 보살님은 그러거나 말거나 일구월심 원행 스님을 모시고 돌보았다. 용인 읍내 장날이면 스님에게 먹이고 입힐 걸 잔뜩 사서 머리에 이고 등에 짊어진 채 산굽잇길을 걸어 오르고 있는 보살님을 만난 일도 여러 번 있었다. 택시를 타시지 않구요……라고, 내가 허드레 인사말을 건네면, 하이코오, 겨우 여길 가면서 택시비를 왜 들인대요…… 보살님은 수줍은 듯 얼굴을 붉히고 대답했다. 원래 드나드는 신도도 거의 없는 퇴락한 절이었다.

보살님은 언제 보아도 가만히 앉아 있는 법이 없었다.

말수는 적었지만 몸놀림은 재빠른 편인데, 빨래를 하거나 청소를 하거나 김장을 하고 고추장, 된장을 담그거나, 내가 볼 때마다 보살님은 몸을 아끼지 않고 일했다. 절 옆의 텃밭 농사도 보살님 차지였고, 심지어 계단 옆의 무너진 석축을 다시 쌓는 일도 보살님 혼자 손수 했다. 그 일을 할 때엔 원행 스님도 건강했으나 툇마루에 가부좌 틀고 앉아 염주만 굴리고 있을 뿐이었다. 아니나 다를까, 원행 스님은 맨발로 달려와 자신을 부축하려는 보살님을 매몰하게 뿌리쳤다. 나는 그럴 것이라고 미리 예상하고 있었다. 일구월심 정성을 다 바치는 보살님과 달리, 원행 스님은 언제나 보살님을 몸종 부리듯 하는 걸 이미 여러 차례 보았기 때문이었다. 위태위태하게 거기까지 걸어온 것만으로 원행 스님은 벌써 화가 잔뜩 나 있었다. 스님의 매몰찬 손짓에 뒤뚱뒤뚱하던 보살님이 급기야 넉장거리*로 절 마당에 엉덩방아를 찧고 넘어졌다.

나는 하마터면 키드득하고 웃음소리를 낼 뻔했다.

그렇지 않아도 키는 작고 몸은 둥글어 살찐 두꺼비 같은 보살님인지라, 뒤집힐 듯 벌린 다리를 햇빛 속으로 올리며 넉장거리를 하는 품이, 비현실적인 코미디의 한 장면처럼 보였기 때문이었다. 게다가 보살님은 요즘엔 구하기도 힘든 새빨간 내복을 입고 있었다. 햇빛이 보살님 사타구니를 둘러친 빨간 가리개에 불을 질러 놓은 것처럼 보였다. 보살님은 그러나 발랑 뒤집힌 두꺼비가 용써서 단번에 끙 하고 몸을 일으키듯 재빨리 일어났다. 대웅전으로 들어가는 댓돌엔 보살님 신발과 걸레 그릇이 놓여 있었다. 원행 스님이 댓돌 앞에 막 당도한 것과, 원행 스님을 위해서, 놀랄 만큼 민첩하게 슬라이딩해 온 보살님의 손이 자신의 신발과 걸레 그릇

* 넉장거리 : 네 활개를 벌리고 뒤로 벌렁 나자빠짐.

을 잡아 치운 것은 거의 동시였다. 신발을 벗던 원행 스님은 심술이 나서 한쪽 신발을 뒤쪽으로 뿌리쳐 벗었다. 스님의 신발은 그래서 대웅전의 토방 아래 절 마당으로 떨어졌다.

토방에서 절 마당까진 돌계단이 놓여 있었다.

보살님은 당신 발엔 신을 꿸 생각도 안 하고 다시 부리나케 마당으로 내려와 원행 스님의 흰 고무신 한 짝을 주워 들었다. 원행 스님은 대웅전으로 들어가 소리 나게 문을 닫았고, 보살님은 습관처럼 치맛자락으로 원행 스님의 고무신 코를 싹싹 닦다가 대웅전 닫히는 문소리에 고개를 들더니 잠시 미동도 안 하고 가만히 있었다. 대웅전 앞마당도 하얗고 햇빛도 하얗고, 보살님이 두 손으로 안고 있는 고무신도 하얬다. 봄빛은 벌써 깊어서 대웅전 마당 끝엔 산벚꽃이 벙긋 열리고 있었다. 나는 대웅전 닫힌 문과 돌계단과, 고무신을 든 보살님을 약간 위쪽의 소나무 그늘에서 사선으로 한눈에 내려다보고 있었다.

사위가 너무 고요했기 때문일까.

나는 갑자기 내 몸속에 숨은 채 팽팽히 당겨 있는 현(弦) 하나가 비잉 하고 우는 소리를 들었다. 위에서 내려다보고 있으니 눈부신 햇빛 아래에 선 보살님의 키는 한 뼘도 안 되는 것처럼 보였다. 이제 곧 온 산을 불 지르며 피어날 봄꽃들이 그녀를 포위하고 파죽지세로 다가들 것이었다. 현이 떨려서 내는 소리는 삽시간에 온몸의 신경줄을 타고 뼛속까지 뚫고 들어가 박혔다가, 이내 텅 빈 뼈들의 대롱을 속속들이 공명시키더니, 다시 이상하고 이상한 신열을 거느리고 활상*으로 상승, 마침내 콧날에 비잉비잉 감겨들었다. 맹세하건대, 무엇이 슬픈지 알 수 없었고, 또 슬프다고 생각한 것도 아니었다. 그것은 아주 찰나적이었으며 기습적이었다.

눈물이 주르륵 관자놀이를 타고 흘렀다.

3

내 집 거실에서 내다보이는 길은 두 갈래뿐이다. 하나는 마을에서 활시위처럼 호선(弧線)으로 뻗어 나와 내 집 텃밭과 굴암산 발치를 잇고 있는 곧은 밭둑길이고, 다른 하나는 논 건너편, 용암사로 올라가는 시멘트 포장길이다. 밭둑길은 내 집의 뜰 가장자리를 관통해 가니 거실에서 불과 50여 미터 떨어져 있고, 논 건너 시멘트 포장길은 사이에 논을 두었으니 2백여 미터 이상 떨어져 있다. 말하자면 벙어리 농부는 바로 내 눈앞을 오가고 원행 스님은 저만큼 뚝 떨어져 흐르고 있는 셈이다.

외출하지 않는 날, 나는 두 길을 종일 본다.

시멘트 포장길은 조악하게 지은 원룸과 몇몇 전원주택으로 가려져 있어 끊어졌다 이어졌다 하면서 마을 공동 물탱크를 끼고 휘돌아서 올라가는데, 멀지만 포장된 너른 길이라서 비교적 잘 내다보이고, 가까운 밭둑길은 잡풀들 때문에, 가깝지만 오히려 길은

* 활상(滑翔) : 미끄러지듯이 나는 모습.

보이지 않는다. 두 길은 모두 다른 길로 이어지지 않아 되돌아 나와야 한다. 물론 있는 듯 없는 듯, 두 길에서 갈라져 나간 소로들이 전혀 없는 것은 아니나 모두 묘지로 이어지는 길이다. 삶으로부터 저승으로 빠져나가는 길인 셈이다.

봄이 되면 두 길의 느낌은 대조적이다.

몇몇 전원주택을 거느리고 헌칠민틋하게* 뻗은 시멘트 포장길은 얼핏 보아 분주할 것 같지만 사실은 종일 비어 있기 일쑤다. 어쩌다 승용차가 한두 대 지나다닐 뿐인데, 순간적으로 지나가니 남은 길은 더욱 적막하고, 텅 빈 느낌을 준다.

그러나 밭둑길은 다르다.

밭둑길을 오가는 사람들은 빨리 걷는 법이 없다. 가령 맨 처음 거실 남쪽 창에 나타난 사람은 아주 느릿느릿 다가와 한참 만에야 창의 중심에 담기고, 중심에서부터 동쪽으로 비켜나면 곧 동쪽 창이 배턴 터치하듯 그를 받아 안는데, 굴암산 숲이 그를 숨겨 줄 때까지, 이제 내 거실의 동쪽 창을 그는 결코 벗어나지 못한다. 느릿느릿 움직인다고 해서 게을러 보인다는 뜻은 아니다. 밭둑길을 오가는 사람은 맨손으로 걷는 일이 없다. 지게를 지고 있거나 바구니를 끼고 있거나 경운기를 몰고 있거나 삽, 괭이, 쇠스랑, 제초기 따위를 들고 있다. 가끔 고양이가 쏜살같이 길을 횡단하기도 하고 오가는 사람과 앞서거니 뒤서거니 하면서 개들이 달리기도 한다.

* 헌칠민틋하게 : 보기 좋게 어울리도록 크고 반듯하게.

새들도 떼 지어 지나가고, 개구리가 지나가고, 뱀도 지나가고 온갖 것들이 지나간다. 내가 비어 있다고 생각하는 순간에도 그 밭둑길엔 뭔가 살아 있는 것들이 바쁘게 오가고 있다. 봄이 되면 더욱 그렇다. 그러므로 그 길은 비어 있어도 빈 것이 아니며 머문 듯 천천히 흘러도 분주하다.

그러나 나는 거실에 있을 뿐이다.

물론 현실에선 밭둑길에 나와 있을 때도 있고, 시멘트 포장길을 따라 용암사까지 올라갈 때도 있으나, 이상한 것은 그런 순간조차, 나는 한사코 내가 거실에 앉아 있다고 느낀다는 것이다. 현실에서 내 몸이 어디 있느냐 하는 점은 중요하지 않다. 나는 때때로 밭둑길이나 시멘트 포장길을 걸으면서, 완강하게, 거실 안에 붙박이로 앉아 밭둑길, 시멘트 포장길을 걷는 나를 내다본다. 현실적인 나의 위치는 비현실적이고 비현실적인 나의 위치는 현실적이다. 거실 안에서 내다보는 나의 걷는 모습은 너무 사실적이어서 그게 과연 나인지, 다른 누구인지 잘 구분되지 않는다. 내가 걷고 있는 모습은 게으르지 않으면서 느린 벙어리 농부의 걸음과도 다르고, 서두르는 것도 아니면서 활달한 원행 스님의 품새와도 다르다. 뭐랄까, 내가 걷는 모습은 이를테면 밭둑길과 시멘트 포장길 사이처럼, 엉거주춤하다. 엉거주춤……이라고 나는 소리 내어 중얼거린다. 엉거주춤하니, 엉거주춤하고…… 더럽다.

소원이 하나 있다면 이것이다.

만약 각자 소유한 시간의 물레를 자유롭게 돌리고 풀고 할 수만 있다면, 무릎 꿇고 앉아 경배드리는 마음으로, 단번에 4,50년쯤 앞으로 돌리고 싶다는 것이다. 혹시 의심 많고 시끄러운 또 다른 내가 온갖 불평과 감언이설로 나를 흔들지도 모르니까 눈 딱 감고 단번에 돌리는 게 좋다. 물레를 돌리고 나면 내 나이 여든 혹은 아흔쯤 될 터이다. 머리는 하얗고 얼굴 주름은 촘촘한 그물망으로 단단히 박혀 들 것이며, 온몸은 검버섯에 뒤덮여 자갈밭이 되겠지. 오리온좌를 좇아, 봄부터 여름까지, 굴암산·말아가리산·태화산을 넘나들지 못한다고 해도 괜찮다. 용인 읍내 천변 여관에 하릴없이 드나들지도 않을 것이고, 감히 생산을 꿈꾸거나 불임에 대해 절망하거나 하지도 않을 것이다. 더 깊어질 것도 없을 터, 저기 창밖, 두 개의 길을 구분하지 않아도 전혀 불편하지 않을 게 확실하다.

벙어리 농부는 일흔아홉, 원행 스님은 일흔일곱이다.

오래전부터 한쪽은 지게를 져 왔고 한쪽은 목탁과 염주를 들었을 것인데, 한쪽은 느릿느릿 흐르듯 걷고 한쪽은 헤치듯 헌칠민틋 활달하게 걸었을 것인데, 그리고 또 한쪽은 밭둑길을 다른 한쪽은 시멘트 포장길을 오갔을 것인데, 그런데 그게 무슨 상관이란 말인가. 두 사람은 모두 늙었으니 우연, 혹은 필연인, 길의 각각 다른 배치와 상관없이 바야흐로 별이 되어 가고 있다. 불멸의. 별을 본다는 것은 예배를 드리는 것과 다름없다. 이 봄에, 굳이 망원경 통해 하늘을 올려다볼 것 없이, 지상의 별을 보니 얼마나 좋은가, 원행 스님은 몸져누웠지만 내 눈엔, 그가 지금도 장삼 자락 펄럭이며 시멘트 포장길을 걸어 내려오고 있는 듯 보인다.

벙어리 농부는 서쪽에서 동쪽으로, 원행 스님은 동쪽에서 서쪽으로 항용 걷는다.

그럴 때 깊이 주저앉은 내 시선 속에서 두 길은 한 길인 것처럼 합친다. 그들은 내 집 남창의 한가운데에서 마치 한 길을 양편에서 걸어온 듯 한순간 부딪친다. 아니, 부딪치는 것 같지만 부딪치지 않고 서로의 몸을 유연하고 리드미컬하게 통과해 흐른다. 벙어리 농부의 한 발이 원행 스님의 장삼 자락으로 슬쩍 감겨 들어갈 때, 원행 스님의 앞가슴이 벙어리 농부의 얼굴로 스며들고, 벙어리 농부의 머리, 지게, 지게 위의 바자*가 원행 스님의 앞가슴을 차례로 빠져나올 때, 원행 스님의 장삼 자락 끝은 벙어리 농부의 대퇴부를 스리슬쩍 통과해 나오는 것이다. 그것은 은밀하고 수줍고 찰나적인 첫 키스처럼 감미롭다. 서로의 몸이 통과되는 순간의 그들은 성스럽고 신비한, 어떤 제의적인 퍼포먼스를 내 집 남쪽 창 한가운데에서 행하는 듯 보인다. 엇갈려 가는 셈인데 엇갈려 가는 게 아니라 하나로 통합되는 것처럼 보이는 것도 그 때문이다. 고양이나 개나 뱀이나 달팽이나 두꺼비나 어린 개미 떼들이 열 지어 길을 가로질러 가지만 그들이 진로를 방해받는 법은 없다. 천지에 봄꽃들이 다투어 피어나고 길 끝엔 천천히 흰 구름이 흐른다. 나는 가슴을

* 바자 : 대, 갈대, 수수깡, 싸리 따위로 발처럼 엮거나 결어서 만든 물건.

쓸어내리며 실눈을 뜨고 두 개의 별이 서로의 육신을 통과해 유장하게 흐르는 것을 창 안쪽에서 꿈인 듯 본다.

매양 눈물겹고 아름답다.

4

원행 스님의 임종을 보게 된 것은 과연 우연일까.

하지만 모를 일이다. 우연이라고 생각했다가도 그날 일을 꼼꼼히 되짚어 보면 어딘지 모르게 교묘히 짜인 전술적 프로그램에 내가 편입된 것 같은 느낌을 받고 소스라친다. 마치 짜고 치는 고스톱 판에 나만 멋모르고 불려 나가 앉아 있었던 기분이다.

그날 나는 텃밭에 감자를 심고 있었다.

꼭 감자를 심을 요량이 있었던 것도 아니었다. 나는 밭을 버려둘 작정이었다. 그런데 나를 진짜 생각해 주느라 그랬는지 밭을 버려두면 키 높이로 잡초가 자랄 테니 그게 보기 싫어 그랬는지, 이장이 자신의 감자 씨를 구해 올 때 내 몫까지 챙겨 왔으므로, 심심풀이 삼아 그걸 그날 쪼개어 묻기로 했던 것이었다. 땅에 묻어만 두어도 저 스스로 자라 주렁주렁 열매를 맺을 텐데 왜 땅을 놀립니까……라고, 이장은 말했다. 하기야 이장의 말은 사실이었다. 밭둔덕에 비닐을 씌워 심으면 잡초 걱정도 없고, 특별히 소출을 많이 낼 욕심만 안 갖는다면 별로 손 갈 일이 없는 게 감자 농사였다. 더구나 지나던 벙어리 농부가 감자 씨를 들고 서 있는 것을 보더니 도와주겠다는 표정을 하고 지게를 벗어 놓는 바람에 급기야 그와 함께 감자 씨를 묻기 시작했다.

몸은 건강하시지요?

어, 어, 어.

자제 분들은 자주 다니러 오나요?

어, 어, 어.

웃으시는 거 보면 세상에서 제일 행복해 보이세요. 아저씨, 제 말이 맞지요? 항상 마음이 환하시지요? 마음이요, 화, 안, 하, 시, 다, 구, 요.

벙어리 농부는 그냥 환하게 웃었다.

감자 씨 심는 법을 처음 가르쳐 준 것도 바로 그였다. 이곳으로 내려오고 첫해였던가. 시장에서 사 온 감자 씨를 통으로 밭에 묻고 있는데 그가 지나가다가 느닷없이 내 뒤통수를 쿡 쥐어박았다. 그때만 해도 얼굴조차 익히지 않은 낯선 사이였다. 만약 그때 그가 환히 웃고 있지만 않았다면 노인이거나 말거나 나도 화를 내고 말았을 터였다. 그의 환하고 천진한 웃음을 가까이서 보기는 그때가 처음이었다. 어린 손자에게 일러 주듯 그는 시종일관 천 개의 하회탈이 깃든 얼굴로 벌쭉벌쭉, 앞니 빠진 잇몸을 온통 드러내고 웃으면서, 감자 씨 심는 법을 가르쳐 주었다. 감자 씨에도 눈이 있고 똥구멍이 있다고 그는 어, 어, 말했다. 눈을 설명하기 위해서 그는 깊은 자신의 눈을 쿡쿡 찔렀고 똥구멍을 설명하기 위해서 그는 내 똥구멍을 쿡쿡 찔렀다. 아주 장난기가 많은 노인이었다. 눈을 중심으로 비스듬히 잘라서 싹이 날 눈이 위로 오도록 묻어야 한다고 했다.

저도 이제 감자, 잘 심지요?

내가 사뭇 자랑스러운 표정으로 물었다.

벙어리 농부는 감자 씨 하나는 엇비스듬히 쪼개려다 말고 대답 대신 그 감자 씨를 갑자기 내 사타구니에 갖다 댔다. 우리는 밭두둑을 사이에 두고 마주 보며 쭈그려 앉아 있었다. 뭐 하시는 거예요, 라고 소리치며 내가 밭고랑에 앉은 채 한 뼘쯤 뒤로 물러났다. 전에도 그가 내 등 뒤로 다가와 갑자기 생식기를 잡은 일이 있었기 때문이었다. 그의 얼굴에 잔물결이 재빨리 지나갔다. 봐라, 하고 말하려는 듯, 그가 들고 있던 칼까지 내려놓고 엉거주춤 일어서더니 감자알 두 개를 당신의 사타구니에 갖다 대고 눈을 찡긋찡긋했다. 장난기가 가득한 표정이었다.

아저씨 불알이 짝짝이네. 짝, 짝.

우리는 한참이나 키득거리고 웃었다.

밭두둑에 비닐까지 씌워 놓은 후라서 작업은 아주 일사불란하게 이루어졌다. 이제 물만 듬뿍 주면 될 터인데 수도 호스를 밭까지 끌어오고 마당의 수도꼭지를 틀었으나 물이 나오지 않았다. 용암사로 올라가는 시멘트 포장길 옆의 물탱크 주변엔 사람이 전혀 없었다. 흔하지 않은 일이었다. 골프장에서 시설을 해 준 마을 공동 수도는 지하 150미터에서 물을 끌어올려 물탱크에 담았다가 수도관을 통해 집집마다 급수하는 방식을 쓰고 있었다. 물탱크 용량이 넉넉해서 설령 어디 고장이 좀 났다고 해도 물이 딱 끊어지는 법은 없었다. 또 고장이 났다면 물탱크 주변에 고치러 온 사람들이 보여야 할 터인데 물탱크 주변엔 햇빛뿐이었다.

한참을 기다려도 마찬가지였다.

먹을 물도 전혀 없었으므로 나는 기다리다 못해 물통 하나를 들고 나왔다. 벙어리 농부는 지게를 짊어지고 굴암산 자락을 향해 밭둔덕을 천천히 가고 있었다. 물이 안 나올 때, 평소 같았으면 우리 집에서 제일 가까운 이장 댁 마당으로 갔을 터였다. 이장 댁 마당엔 마을 공동 수도와 관계없는 우물이 하나 있기 때문이었다.

그런데 그 순간, 용암사 앞마당이 떠올랐다.

원행 스님의 흰 고무신 한 짝을 든 보살님이 햇빛 눈부신 그 마당 한가운데 아직껏 스톱 모션으로 서 있는 삽화였다. 벌써 스무날쯤 전에 본 그림인데, 보살님은 내 상상 속에서 여전히 소금 기둥처럼 오도 가도 못하고 있었다. 현실보다 더 생생한 그림이었다. 나는 물통을 차의 뒷자리에 싣고 곧 차를 몰아 용암사로 올라갔다. 용암사엔 물론 암석 사이로 흘러나오는 석간수가 있었다. 그러나 물을 뜨러 간다는 것은 표면적인 이유였을 뿐, 평소와 달리 액셀러레이터를 힘껏 밟고 물탱크 옆의 굽잇길을 올라갈 때, 나는 뭐랄까, 굴암산의 중심이 강력하게 나를 끌어당기는 것 같은 이상야릇한 자력을 느꼈다. 차를 세우고 나서 절까지 올라가는 54개의 돌계단을 허겁지겁 뛰어오른 것도 다시 생각하면 그 자력 때문이었다.

보살님을 구해야 돼.

밑도 끝도 없이 왜 그런 생각을 했었는지도 모르겠다. 그러나 내 눈에 먼저 들어온 것은 보살님이 아니라 절 마당에 쓰러져 있는 원행 스님이었다. 대웅전에서 절 마당으로 내려오는 계단을 내려오다가 굴러 떨어졌던가 보았다. 당황한 보살님이 석간수를 떠다가 원행 스님의 입에 대 주고 있었으나 스님은 이미 인사불성이었다. 정오를 막 넘긴 시각이었다. 원행 스님의 맨머리를 단숨에 불태울 것처럼 햇볕은 너무도 강렬했다. 보살님이 나를 보더니 와락 울음을 터뜨렸다.

괜찮을 거예요. 내가 병원으로 모실게요.

마치 소리치는 것처럼 나는 말했다.

앰뷸런스를 불러 놓고 기다리기엔 사정이 너무 급했다. 더욱 옆으로 돌아간 원행 스님의 입엔 거품이 잔뜩 비어져 나와 있었고, 숨소리는 아주 가빴으며, 코에선 끈적하게 점액질이 흘러나왔다. 본능적으로 나는 시간이 중요하다고 느꼈다. 단 1분이라도 빨리 병원으로 옮겨야 할 상황이었다. 스님은 깡말랐지만 뼈가 장대해서인지 의외로 무거웠다. 간신히 업고 절 마당을 가로질러 층계참에 왔을 때 갑자기 스님의 손이 내 뒷머리를 잡아당겼다. 그사이 그가 혼절에서 깨어난 것이다.

네, 뭐라고요, 스님!

나는 다급하게 반문했다.

그는 계속 버둥거리면서 뭐라고 말하려 했는데, 하지만 들리는 소리는 심하게 가래가 끓는 의미 없는 쉰 소리뿐이었다. 어, 어…… 라고, 벙어리 농부처럼, 그러나 벙어리 농부와 다르게 필사적으로 그는 말했다. 보살님이 해석해 주지 않았다면 끝내 알아듣지 못했을 그의 말은, 요사채 자신의 방으로 일단 가자는 말이었다.

한시가 급한데 무슨 소리예요!

나는 그냥 층계를 내려가려 했으나 스님이 막무가내 절박하게 버둥거렸으므로 어쩔 수 없이 스님의 방으로 갔다. 창이 없어서 방은 한낮인데도 어둠침침했다. 스님의 흰 고무신을 들고 울면서 뒤따르던 보살님이 토방에 올라서다가 멈칫 섰다. 원행 스님이 와들와들 떨리는 손짓으로, 뒤따라 방에 들어오려는 보살님을 막았기 때문이었다. 보살님은 마당에 한 발, 토방에 한 발을 내려놓은 엉거주춤한 자세로 멈춰 서서 불안과 공포와 슬픔 따위가 뒤죽박죽된 어두운 얼굴로 안을 들여다보고 있었다.

눈물이 보살님의 턱에서 뚝뚝 떨어졌다.

자지러지게 피어난 철쭉들이 보살님의 등 뒤에서 온 산을 불 질러 놓고 있었다. 불타는 철쭉과 역광을 받고 마치 불구자처럼 서 있는 어두운 보살님의 입상을 나는 잠깐 번갈아 보았다. 떨리는 손으로 원행 스님이 밀문을 탁 밀어 닫은 것은 그때였다. 밀문이 문설주로 달려가 부딪치는 소리가 관 뚜껑에 대못을 치는 소리처럼 들렸다. 한순간에 보살님은 지워졌다. 마치 이승과 저승을 단숨에 갈라놓은 것 같았다. 원행 스님은 보살님을 관 속에 집어넣고 나서야 역시 떨리는 손으로 장삼 자락을 들추고 괴춤에서 뭔가를 풀어내려고 했다.

스님, 제가 풀어 드릴게요.

꼼꼼히 명주로 누벼 만든 끈이었다.

아주 단단히, 여러 번 매듭을 지어 놨기 때문에 침침한 방 안에서 얼른 풀어내기가 쉽지 않았다. 나는 눈을 부릅뜨고 매듭을 풀었다. 멀지 않은 곳에서 뻐꾸기 우는 소리가 간헐적으로 들렸다. 절 뒤로는 울창한 아카시아 숲 샛길이 이어지는데, 그 끝에서 언덕 같지 않은 부드러운 능선을 잠시 타고 오르면 갑자기 시야가 탁 트이면서, 온갖 들꽃들이 피는 너른 분지와 함께 태화산이 한눈에 들어오는 곳이 있었다. 나는 그 언덕을 샹그릴라 언덕이라고 불렀다. 뻐꾸기는 바로 샹그릴라 언덕 쪽에서 울었다. 해발이 수천 미터나 되는 히말라야 고지대에 사는 농부들은 그들의 삶이 평생 동안 너무도 고되고 외로운 대신, 언제나 이것과 저것, 삶과 죽음의 경계가 없고 일체의 결핍도 없는, 불멸의 삶을 살 수 있는 이상향을 샹그릴라라고 부른다고 했다. 원행 스님은 평생 샹그릴라로 가는 이곳에 있었으니 죽음도 두렵지 않을 터였다. 샹그릴라는 본디 언덕 저쪽이라는 뜻이었다. 아무리 현세의 삶이 신산해도 장삼 자락 펄럭이며 언덕 하나 훌쩍 넘으면 영원히 죽지 않을 무릉

도원이 있으리라 하고 믿는다면야, 찰나적인 이승의 고통을 왜 참지 못하겠는가.

허리끈엔 열쇠가 하나 달려 있었다.

내가 힘들여 허리끈을 풀자마자 원행 스님은 어디서 그런 힘이 솟구치는지 놀라운 악력으로 내 손에서 그것을 잡아채어 오래 묵은 문갑 앞에 다가앉았다. 원행 스님의 얼굴은 검댕을 칠한 듯 어두웠고 또 심하게 경련하고 있었다. 해골처럼 말랐으니 광대뼈는 턱없이 높았으며, 코에선 계속 점액질 같은 것이 흘러나와 팥죽색 입술에 엉겨 붙었고, 눈은 깊이 주저앉았으나 이상한 광채로 번뜩이고 있었다. 생애의 마지막 힘을 다 쏟는 듯 아주 강직하게 그는 문갑의 열쇠 구멍에 열쇠를 집어넣었다. 방 안엔 야릇한 긴장감이 흐르고 있었다. 뻐꾸기 소리도 더 이상 들리지 않았고 관 속에 들어간 보살님도 더 이상 생각나지 않았다.

도대체 스님은 무엇을 하려는 것일까.

나는 한순간 눈을 크게 떴다.

생각 같아선 문을 박차고 나가 온 산에 불 질러 피어난 철쭉 밭을 죽을 둥 살 둥 달려 내가 이름 붙인 샹그릴라 언덕으로 가고 싶었다. 가시덩굴에 걸려 온몸이 찢겨도 상관없었다. 나는 그러나 격정적인 충동을 필사적으로 억제하고 푸른 정맥들이 툭툭 불거져 나온 원행 스님의 팔이 문갑 속에서 혼신의 힘을 다해 그것들을 끄집어내는 걸 끝까지 보았다. 은행 통장이 다섯 개쯤 되었고,

절과 절에 딸린 토지 문서인 듯한 등기부 등본과 서류철이 서너 개쯤 되었다. 살이 썩어 가는 듯한 독한 죽음의 냄새가 그에게서 계속 나고 있었지만 나는 물러앉지 않았다. 그는 심하게 떨리는 손으로 보자기 하나를 찾아다가 문갑 속에서 꺼낸 것들을 꼼꼼히 맨 다음 전대처럼 당신의 허리에 단단히 찼다. 그러고 나서야 비로소 눈의 광채가 살풋 꺼져 드는 것이었다. 마지막 불꽃으로 타오르며 움켜잡았던 삶에의 끈을 놓칠 듯 놓칠 듯하는 것 같았다. 나는 반사적으로 쓰러지는 그의 상반신을 받아 안았고, 그가 가래 끓는 소리로 뭐라고 했다.

뭐라고요!

나는 싸울 듯이 악을 썼다.

안 들려요, 스님. 더 크게. 크게 말해 봐요.

이제 그의 할 일이 다 끝났으므로 응당 서둘러 그를 업고 뛰어야 할 시간이 왔다는 걸 알았으나 나는 계속 소리쳐 물었다. 보살님은 아직껏 한 발은 토방 한 발은 마당을 디딘 불구자 같은 자세로 문밖에 서 있을 터였다. 보살님의 주인이 거기 그렇게 있으라 일렀으므로.

내…… 내 아들…… 오…… 올 때까지.

뭐라고요. 안 들려요, 스님. 더 크게 말해요.

썩어 가는 냄새 가득한 그의 입김이 내 귓구멍 속으로 들어오고 있었다. 나는 진저리를 치면서 계속 소리쳤다. 눈물이 날 것 같았다. 저, 저년이……라는 말이 다시 귓구멍 속으로 들어왔다. 여기……라고, 그의 허리에 찬 전대를 탁 치며 나는 악을 썼다. 여기, 손대지 못하게 하란 말이죠? 그렇죠, 스님? 뭐라는 거예요, 도대체. 똑바로 말 좀 해 보라구요. 나는 계속 소리쳤지만 원행 스님의 머리는 어느덧 옆으로 돌아가 있었다. 내가 마지막 들은 말은, 저년이…… 여기……였다. 문밖에서 참지 못하고 보살님이 울부짖으면서 주저앉는 소리가 들렸다.

5

오래된 함석 대문이 한 자쯤 열려 있다. 오늘뿐만이 아니다. 대문은 언제나 그만큼 열려 있었다고 나는 생각한다. 그러나 오늘은 뭔가 느낌이 다르다. 방문은 활짝 열려 있고 방 안의 불빛이 툇마루를 지나 마당 가운데까지 비추고 있었는데, 혼령의 집처럼 고요하다. 아니 일흔아홉 살의 벙어리 농부 혼자 사는 집이니 다른 때라고 해서 소란스러웠을 리가 없다. 더구나 마을의 북단으로 빠져나온 산 아래 첫째 집이다. 방 두 칸과 부엌이 일자로 배치된 슬레이트 집 뒤란엔 키 큰 전나무들이 집을 찍어 누르듯 에워싸고 있다. 전나무 숲 때문에 집은 더욱 외지고 작고 볼품없어 보인다. 그러므로 오늘따라 내가 특별히 고요하다고 생각한 것은, 정말 고요해서가 아니라 오히려 그가 그곳에 있기 때문일 터이다. 어쩌면 그의 긴 그림자 때문에.

그는 툇마루에서 식사 중이다.

방 안의 불빛을 옆으로 받고 있어 그는 물론이고 밥상의 그림자까지 마당 가운데로 길게 늘어나 있다. 나는 대문 안으로 슬쩍 들어서서 마당 한 켠의 감나무 그늘 밑에 선다. 워낙 고요하기 때문에 발소리가 내 귀엔 제법 크게 들렸으나 어차피 그는 잘 듣지 못하니 소리에 아무런 반응을 하지 않는다. 그림자는 실물보다 훨씬 크다. 숟가락과 젓가락을 움직이는 그의 그림자를 나는 본다. 그로부터 빠져나온 그의 혼령 같다. 방 안의 불빛을 옆으로 받고 있는 툇마루의 그와, 커다란 그림자로 어른거리는 마당 가운데의 그는 미묘하게 교접되어 있고 또 분리되어 있다. 처음부터 이렇게 가까이 숨어 들어와 그를 엿볼 생각이 있었던 것은 아니다. 굴암산에 오르면서 길을 놓쳐 오후 내내 헤매고 다니다가 어두워지고 나서야 겨우 전나무 숲을 빠져나온 참이다. 비탈길에서 넘어져 다친 이마와 가시덩굴에 찔린 손의 상처가 아직도 쓰리다. 배도 고프고 다리는 물먹은 솜처럼 무겁다.

그의 앞에 놓인 상은 교자상이다.

그것부터가 범상하지 않다. 혼자 사는 노인이니 개다리소반에 밥반찬 한두 가지면 족할 것이다. 장정 네 명이 둘러앉아도 여유가 있을 법한 교자상에 칠첩반상*을 능가할 만큼 떡 벌어지게 차

* 칠첩반상 : 밥, 국, 김치, 장류, 조치 이외에 숙채, 생채, 구이, 조림, 전유어, 마른반찬, 회 따위의 반찬을 담은 접시가 일곱인 밥상.

려놓고 밥을 먹고 있다는 건 정말 뜻밖이다. 교자상엔 얼핏 보아 나물 반찬만 해도 여러 가지고 산적에 조기 찜까지 올라와 있다. 그는 언제나 그러듯 전혀 서두르지 않고 유유자적, 그러나 열심히 숟가락질을 한다. 혼자 하는 식사인데도 표정은 조금도 쓸쓸하지 않다. 쓸쓸하기는커녕 사랑하는 가족들의 축복 속에 생일상을 받은 노인처럼 온화하고 충만한 표정이다.

나는 숨을 죽인다.

어느 한순간, 그가 혼자 있는 게 아니라는 것을 명백하게 깨달았기 때문이다. 자석에 이끌리듯 내가 마당 안까지 끌려 들어온 이유도 명백해진다. 나는 따뜻한 물이 내 몸속으로 흘러 들어오는 것 같은 감동을 느낀다. 그가 사랑하는 아내는 방 안의 북쪽 벽에 기대어 그와 달리 불빛을 정면으로 받고 있다.

언제 찍은 사진일까.

가르마를 타서 쪽을 쪄 올린 머릿결이 아름답다.

볼은 도톰하고 눈은 살아 있는 것처럼 수줍게 웃고 있다. 서른 살을 막 넘겼을까 말까 한 앳된 얼굴이다. 사진은 열린 방문 너머, 직사각형으로 구획된 벽의 한가운데에서 불빛을 정면으로 받고 있기 때문에 유난히 환하다. 그는 한 숟가락의 밥을 자신이 먹고 나면 다음 한 숟가락의 밥은 젊은 아내에게 먹이는 특별한 방식으로 식사를 하고 있다. 때론 고기반찬이나 조기 살을 떼어 밥숟가락 위에 얹기도 한다. 목메지 않게 국을 떠서 사진의 아내에게 먹이는 것도 잊지 않는다. 아내에게 떠먹이는 숟가락은 사진을 향해 아름다운 포물선을 그리고 올라와 잠깐씩 허공에 머물다 내려온다. 침묵 속에서 행해지는 그 동작의 반복은 따뜻하고 충만한, 그러면서도 신비로운 제의(祭儀)로 보인다.

늦은 저녁이다.

전나무 숲에서 밤새들이 돌아눕는 소리가 난다.

나는 마치 꿈을 꾸고 있는 것 같다. 여러 가지 음식을 혼자 준비하느라 그의 식사 시간이 그만큼 늦어진 모양이다. 푸드덕푸드덕 밤새들의 날갯짓 소리. 전나무 숲으로 자맥질해 들어가는 낮은 바람 소리, 그리고 별들이 제 운행 궤도를 바꾸는 듯한 어떤 고요한 소리들을 나는 듣는다. 혼자, 혹은 사람들과 만나 함께했던, 지난 시간들의 수많은 식사 광경들이 두서없이 눈앞을 흘러간다. 혼자 하는 식사는 쓸쓸하고 함께하는 식사는 늘 탐욕스럽거나 시끄럽다. 숟가락들이 그릇에 부딪히는 소리, 숯불 위 지글지글 고기 굽는 소리, 생선의 목을 치는 칼도마 소리, 왁자지껄한 웃음소리 따위를 나는 듣는다. 불타는 고기를 향한 젓가락들의 전투력을 나는 떠올리고, 아귀아귀 씹어 대는 기름 묻은 입들을 나는 보고, 여기저기 트림들을 해 대면서 게슴츠레 풀어지고 있는 포만한 눈들의 야수성을 나는 느낀다. 내가 상상하고 경험한 식사란 항용 그런 것이다. 그러니, 이 저녁의 고요하고 환한 식사 광경을 내가 어떻게 받아들일 수 있겠는가. 행여 꿈인가 하고 나는 상처 난 이마를 짐짓 아프게 비벼 본다. 그의 식사는 거의 끝나 가고 있지만 나는 쉽게 뒷걸음질치지 않는다. 감동은 차라리 이제 고통이 되고 있다. 꿈이든 꿈이 아니든 상관없이 내가 어떤 주술적인 계략에 빠져 든 건 확실하다.

미역국여.

그가 말했을까.

아니, 그런 일은 있을 수 없다. 그는 벙어리다. 만약 그가 소리를 냈다면 어, 어, 어, 했을 터이다. 어떤 주술로부터 빠져나가기 위해 막 내가 대문 쪽으로 몸을 돌렸을 때, 어, 어, 어…… 우렁우렁한 그의 목소리가 내 귓구멍 속에 들어와 박히고 만다.

나는 전광석화 고개를 돌린다.

미역국을 뜬 그의 숟가락이 사진 속 그녀의 얼굴에 박혀 있다. 그 순간, 어, 어, 어……가 미역국여……라는, 또렷한 발음으로 환치된다. 나는 미간을 모으고 숨을 딱 멈춘다. 어, 어, 어……가 내 안에서, 미역국여……라고 조립된 것인지, 미역국여……가 나의 어떤 회로를 따라 들어오며 어, 어, 어……가 된 것인지 알 수 없다.

오늘 임자 귀빠진 날여. 많이 먹어.

이번엔 막힘없는 문장이다.

나는 너무 놀라서 휘청, 주저앉을 뻔한다. 분명히 어, 어, 어……가 아니다. 그렇다면 미역국여…… 또한 어, 어, 어……가 아니었을 것이다. 그는 태연자약 마지막 숟가락을 내려놓고 주섬주섬 밥상을 정리하기 시작하고 있다.

오, 늘, 임, 자, 귀, 빠, 진, 날, 여, 많, 이, 먹, 어.

내이(內耳)가 리와인드해서 재생해 내는 소리는 어절마다 더욱 발음이 또렷하다. 나는 하마터면 그에게 달려갈 뻔하다가 간신히 참는다. 어떻게 이런 일이 있을 수 있단 말인가. 나는 충격과 당혹감에 비틀거리면서 그의 집에서 도망쳐 나온다. 어두운 고샅길엔 별이 쏟아져 내리고 있다. 아니야. 환청을 들은 거야. 나는 귀를 구기고 잡아당기고 두들겨 본다. 그러나 나의 외이(外耳)는 내이가 재생해 내는 생생한 발음들을 계속 소리쳐 발음해 내고 있다. 오늘 임자 귀빠진 날여……라는, 그의 말이 너무도 또렷하다.

오, 늘, 임, 자, 귀, 빠, 진, 날, 여.

6

이장의 말대로, 감자는 별로 손 간 일도 없는데 제 몫몫 잘 자라서 마침내 꽃을 피웠다. 첫 꽃이 핀 건 6월 초사흗날이었다.

보살님이 꼭 모시고 오랍디다.

이장이 아침 일찍 내 집에 건너와 말했다.

우리들은 감자의 첫 꽃을 함께 바라보고 있었다. 아침 햇살부터 쨍쨍한 걸로 보아 오늘도 날씨는 끓는 가마솥 같을 모양이었다. 창의(唱衣)……라고, 이장은 한참을 더듬다가 한 번도 들어 보지 못한 소리를 했다.

창의라니, 무슨 뜻입니까.

그게 그러니까. 원행 스님 돌아가시고 오늘이 사십구재(齋) 되는 날인데, 스님이 남기신 가사, 장삼이랑 목탁이랑, 뭐 그런 거 저런 거, 오늘 태워 없앤다는 거예요. 눈곱만큼이라도 집착을 남기지 않겠다는 뜻이겠지요. 원하는 분이 있으면 줄 수도 있답디다. 보살님 말씀으론, 임종을 지키셨으니 특별한 인연이라면서, 목탁이나 염주나, 스님이 쓰시던 걸 기념으로 하나쯤 가져가시라구요. 함께 올라가서 스님 사십구재나 지켜보고 마지막으로 배웅합시다. 스님의 아들들도 다 올 모양이고.

나는 일없습니다. 이장님이나 가시오.

나는 냉정하게 고개를 가로저었다.

원행 스님은 병원에 도착하기 전에 이미 명줄이 끊겼다. 너무나 충격을 크게 받아서 보살님이 두 번이나 혼절해 쓰러지는 통에 의사들은 전기 충격 요법까지 썼으나 소생하기엔 너무 늦은 다음이었다. 저금통장들과 절 땅의 등기부 등본을 허리춤에 차고 난 직후 숨이 끊어진 게 확실하다면 스님의 임종을 본 것은 유일하게 나뿐인 셈이었다. 명이 끊기기 직전의 스님이 온전한 정신이었는지 어쩐지는 확실하지 않았다. 확실한 것은 아들을 기다리고 있었다는 것과, 수십여 년 당신 하나만을 떠받들고 살아온 보살님보다 마지막 눈을 감을 때, 차라리 나를 더 믿었다는 것이었다. 내 아들…… 올…… 올 때까지……라고 그는 말했고, 저, 저년이…… 라고 그는 덧붙였다. 만약 앞의 말이 내 아들 올 때까지 통장과 등기부 등본을 지켜야 한다는 뜻이었다면, 뒤의 말은 저절로 저년……이 여기에 손대지 못하게 하라는 의미가 됐다. 그러나 나는 가끔 잠자리에 들었다가도 갑자기 벌떡 일어나며 고개를 가로젓곤 했다.

아니야. 아닐 거야.

나는 소리 내어 중얼거렸다.

앞의 말을 내 아들 올 때까지 죽지 않겠다는 의미로 보고, 저년이 걱정이야……라고, 그가 다 하지 못한 말을 채워 넣으면 어떠랴. 그러나 보살님이 혹 보기라도 할세라 문을 탁 닫던 야멸친 손길과 문갑 안에서 필사적으로 통장과 등기 서류를 끄집어내던 잔인한 집착을 떠올리면 이내 한숨이 나왔다. 물 흐르는 것처럼 부드럽게 흘러내리는 굴암산 굽잇길을 활달하게 걷던 그의 거침없고 수려한 모습은 온데간데없었다. 항차 마지막 이승을 떠날 때 그가 보여 준 집착이 이러할진대, 그가 쓰던 가사, 장삼과 목탁, 염주와 바리때 한 벌을 다 태워 없앤다 한들 그게 무슨 소용인가.

감자는 정말 튼실하게 자라 있었다.

나는 기왕 텃밭까지 늘어놓았던 수도 호스의 끝을 잡고 감자마다 물을 주기 시작했다. 벌써 두 주째 폭염이 계속되고 있었다. 더 이상 권해도 소용없다 느끼고 내 집 앞을 떠난 이장의 차가 용암사로 이어진 논 건너편의 굽잇길을 올라갈 때, 지게를 짊어진 그 사람, 벙어리 농부가 비닐하우스 앞에 나타났다. 아침이라 그는 햇빛을 옆으로 받고 있었다.

안녕하세요.

나는 큰 소리로 인사했다.

어, 어, 어, 하고 그가 지겟작대기를 흔들면서 화답하게. 이렇게 일찍 일어나 밭에 물을 다 주다니 기특하다……라고, 나는 내 멋대로 그의 말을 해석했다. 빈 지게지만 여느 때와 달리 그의 등은 한껏 굽어 보였다. 눈엔 잔뜩 눈곱이 끼어 있었고, 웃을 때 침이 뚝, 턱밑으로 떨어졌으며 역동적인 주름살의 그물망 역시 전에 비해 풀어진 느낌을 나는 받았다. 뭐 하러 힘들게 빈 지게를 지고 다니세요……라고, 내가 소리쳐 말했으나 그는 이미 동쪽 방향으로 몸을 돌린 다음이었다. 거기서부터 그는 해를 정면으로 받고 걸었다. 다리는 어느새 한 뼘도 더 되게 자라난 밭둔덕의 잡풀에 가리고 체수 작은 몸은 커다란 지게로 가렸으니, 뒤에서 볼 때 지게 하나만 해를 향해 기우뚱기우뚱 흘러들어 가고 있는 것처럼 보였다.

그는 정말 벙어리인가.

나는 습관처럼 혼잣말을 했다.

6·25 때 그는 몇몇 동네 사람과 함께 굴암산의 굴속에 숨어 지냈다고 했다. 이장은 그의 부인이 어떻게 죽었는지 정확하게 설명하지 못했다. 제가 태어나기도 전의 일인걸요. 이장은 말했지

만 나는 이장의 말을 다 믿지 않았다. 그 말을 할 때 한사코 내 시선을 피하는 것으로 보아 이장은 자신이 아는 것을 다 말하지 않은 게 확실했다. 그 점은 이장뿐만 아니라 인사를 트고 지내는 몇몇 마을 사람들도 마찬가지였다. 화제가 6·25에 이르면 너나없이 험험 헛기침을 날리거나 집에 일이 있다며 급히 자리를 뜨기 일쑤였다. 반세기가 지났지만 아직도 터놓고 말할 수 없는 것들을 토박이 마을 사람들은 각자의 심지에 박아 놓은 게 틀림없었다. 내가 겨우 알아낸 것은 근동의 다른 마을에 비해 이 마을 사람들이 전쟁을 겪으며 유독 많이 죽었다는 사실 정도였다. 들은 얘기지만요, 젊은 부인이 죽고 나서 그 양반 수삼 년 마을을 떠났었다나 봐요……라고 이장은 겨우 설명해 주었다. 총각 때는 동네에서 제일 체격도 좋고 키도 지금과 달리 헌칠하다는 말을 들었다고도 했다. 그러나 신적*도 없이 종적을 감추었던 그가 마을로 돌아왔을 땐 이미 예전의 그가 아니었다. 체격은 모르지만 키가 확 줄어든다는 이야긴 들어 본 적이 없는데요……라고, 이장은 고개를 갸웃하면서 말했다. 몸은 꼬챙이처럼 말랐고 키도 한 뼘쯤 줄어 뵈는 데다가 풍을 맞았던 것인지 입까지 홱 돌아가 있어 마을 사람 모두 그를 알아보지 못했다는 것이었다. 더구나 입이 돌아간 탓인지 어리버리 말을 하지 못했다. 객지를 떠돌다가 뭔가, 죽을병에 걸렸던 게지요. 예전이야, 얼마나 험한 세월이었습

*신적(身迹): 몸의 흔적.

니까. 이장은 그것으로 아퀴*를 지었다. 그의 입이 제자리로 돌아온 수년 후에도, 사람들은 그가 본래부터 벙어리라고 관습적으로 생각했을 터였다. 그는 계속 벙어리였고, 태어날 때부터 벙어리인 것이 되었다.

미역국여.

그러나 그는 분명 말하지 않았던가.

오늘이 임자 귀빠진 날여. 많이 먹어.

나는 면사무소에 가서 남몰래 그의 호적을 열람해 보았다. 그의 말을 들었던 그날이 부인의 생일임에 틀림없었다. 아냐, 그럴 리 없어. 그래도 나는 세차게 고개를 저었다. 부인의 생일을 내 눈으로 확인하고도 믿어지지 않기는 마찬가지였다. 분명히 벙어리인 그가 어떻게 말을 할 수 있겠는가.

나는 감자 밭에 우두커니 서 있었다.

이제 첫 꽃이 피었으니 감자 꽃은 도미노로 앞 다투어 필 것이었다. 감자 열매가 오지게 영글도록 하려면 꽃을 따 줘야 좋다는 것을 가르쳐 준 이도 그였다. 다른 때보다 한결 힘이 빠진 듯한 그의 표정이 마음에 걸렸다.

밭둑길은 이내 텅 비었다.

나는 그가 좀 전에 지나간 밭둑길을 보고 용암사로 올라가는 시멘트 포장로도 보았다. 두 개의 길은 텅 빈 채 모두 고요했다. 원

* 아퀴 : 일을 마무르는 끝매듭.

행 스님의 염주와 바리때를 태우느라 그런지 굴암산 허리쯤에서 흰 연기가 피어올랐다. 스님은 연기 따라 언덕 저쪽 샹그릴라에 들 수 있을까. 스님이 떠났으니 시멘트 포장로는 오래 비어 있을 것이고, 밭둑길 또한 머지않아 비게 될 것이라고 나는 느꼈다. 더 이상, 활달하게 산을 내려오는 원행 스님과 흐르는 듯 밭으로 가는 벙어리 농부가, 내 집 남쪽 창 한가운데에서 서로의 몸속으로 부드러이 스며들어 리드미컬하게 통과해 가는 꿈같은 그림을 볼 수 없게 될 게 확실했다.

나는 그것이 안타까워 짐짓 하늘을 보았다.

7

보살님과 그가 죽은 것은 우연히 같은 날이었다.

창의의 제례가 끝나고 원행 스님의 아들들이 용암사를 팔려고 내놓았다는 소문이 돌 때에도 감자 꽃은 줄기차게 피어났다. 아들들이 보살님에게 절을 비우라고 했다는 소문도 돌았다. 그사이 이장은 내게 찾아와 보살님이 꼭 한 번 나를 만나고 싶어 한다는 말을 두 번이나 전했으나, 나는 절로 가지 않았다. 내가 본 원행 스님의 임종을 본 대로 말할 준비가 되지 않았기 때문이었다. 보살님은 대웅전 뒤꼍의 칠성각 대들보에 목을 매달았다고 했다. 절에서 쫓겨나는 게 두려워서가 아니라 스님을 향한 정한이 그리 깊었으니 스님을 서둘러 뒤쫓아 간 것이라고, 이장은 단언했다. 칠성각 뒤뜰에선 라일락 한 그루가 쓸쓸히 마지막 꽃잎을 떨궈 내는 중이었다.

나는 그날, 뜰에서 벙어리인 그를 기다리고 있었다.

그냥 내박쳐 두었으므로 내 집 뜰엔 온갖 봄풀들이 웃자라 있었고, 또 꽃을 피우고 있었다. 개망초가 여기저기에서 벙긋벙긋 꽃망울을 터뜨리기 시작한 그 사이사이, 쇠별꽃, 바람꽃, 애기똥풀, 양지꽃, 참꽃마리, 제비꽃, 좀가지풀, 씀바귀, 애기나리, 금붓꽃, 앵초, 산민들레가 혹은 피고 혹은 졌다. 안녕하세요. 빈 지게에 황혼을 지고 돌아올 그를 기다렸다가 나는 소리쳐 인사할 작정이었다. 마치 좋아라 하는 선생님에게 인사하려고 복도 끝에 숨어서 기다리고 있는 어린아이 같았다. 안녕하세요. 담배 한 대 피우고 가세요. 내 인사에 화답하여 그가 한 번 웃으면, 천 갈래 만 갈래, 주름살 골골은 깊어도 햇빛보다 환하니, 온 세상이 밝게 열릴 터였다.

그러나 그는 오지 않았다.

놀빛이 급격히 스러지고, 굴암산 허리춤을 미끄러져 내려온 어둠이 삼태기 같은 골짜기를 다 잡아먹을 때까지도 가르마 같은 밭둑길은 계속 비어 있었다. 전에 없던 일이었다. 혹시 그럼 다른 길로 돌아서 집에 간 것일까. 나는 서성거리면서 이미 어둠에 묻혀 흐릿해진 밭둑길 끝을 보고 또 보았다.

무슨 일이 생긴 거야.

어느 순간 나는 생각했다.

최근에 와서 하루가 다르게 눈의 서기가 풀어지고 허리가 더 굽었던 사실을 나는 잊지 않고 있었다. 개구리들이 악써서 울기 시작했다. 나도 모르게 내 발길이 밭둑길 쪽으로 내달은 것과 동쪽 하늘에서 별똥별 하나가 날카롭게 진 것은 거의 동시였다. 나는 발걸음을 멈추었다. 무슨 일이 있다 한들, 내가 그것을 어떻게 할 수는 없을 터였다. 나는 쓸쓸히 집 안으로 들어왔고, 밥솥의 코드를 꽂았으며, 물에 만 밥을 시어 터진 김치 한 종지와 후지럭후지럭 먹었다. 아직도, 여전히, 시시때때 배가 고프고, 배가 고프면 빈 위장을 채워야 한다는 사실에 나는 슬픔을 느꼈다.

그날 밤 꿈에 그가 보였다.

갑자기 굴암산 허리 어디쯤이 세상에서 가장 맑은 나팔 소리가 솟아 나오는 것처럼 환해지더니, 그 광채의 비단 길을 따라서 흰 소가 끄는 수레 하나, 천천히 내 앞으로 다가오는 꿈이었다. 그 수레 위에 역시 순백색의 도포를 차려입은 벙어리 농부, 그가 타고 있었다. 키는 측백나무보다 크고 어깨는 탄탄대로로 드넓었다. 나는 망초 꽃 무리 사이로 비켜서면서 가만히 수레 위의 그를 바라보았다. 그는 흰빛에 싸여 있었지만 눈부시진 않았다. 수레가 움직이지 않는 것처럼 흘러와 막 내 곁을 지날 때, 안녕하세요, 라고 수줍은 목소리로 나는 간신히 인사했다.

안녕하세요. 담배 한 대 피우고 가세요.

그가 환히 미소 지으면서 쑤욱, 다섯 자가 넘을 법한 흰 팔을 뻗어 내가 내미는 담배를 받아 들었다. 여전히 말은 없었지만 나는 그가 나를 알고 있다고 느꼈고, 그래서 행복했다. 천지엔 가득 망초 꽃이 피어 있었다. 나는 그의 비단 길을 더럽히지 않으려고 망초 사이로 수줍게 비켜선 채, 눈부시진 않았으나 습관처럼 손차양을 하고서, 그가 탄 수레가 동쪽 끝을 향해 멀어지고 있는 걸, 보이지 않을 때까지 바라보았다.

그는 자신의 밭에서 죽었다.

세상에서 그처럼 정갈하고 생명력 넘치는 밭을 나는 예전에 본 적이 없었다. 그의 감자들은 내 감자보다 한 뼘씩 컸고, 토마토는 이미 열매를 맺었으며, 수박은 수박끼리 참외는 참외끼리 오이는 오이끼리 상추는 상추끼리 쑥갓은 쑥갓끼리 고구마는 고구마끼리 고추는 고추끼리 아욱은 아욱끼리 배추는 배추끼리 무는 무끼리 콩은 콩끼리 호박은 호박끼리 제 몫몫, 그러나 한데 어울려 아주 건강하게 자라나고 있었다. 그것들 하나하나가 모두 말갛게 세수하고 난 청년들 같았다. 그는 한가운데, 밭고랑 사이에서 호미를 든 채, 고요히 엎어져 있었다. 어깨를 가만히 흔들면 금방이라도 기지개 켜고 일어나 호미질을 계속할 것 같은 자세였다.

나는 그가 샹그릴라로 갔다고 생각했다.

『빈방』, 이룸, 2004.

제비나비의 꿈

— 흰 소가 끄는 수레 2

그건 박이야. 바가지 박. 표주박은 아니고, 우리 본디의 재래종이지. 머잖아 꽃이 피기 시작할걸. 지붕으로 올라가게 줄을 매 줘야겠다. 추석쯤 되면 박이 보름달만 해질 게다. 박꽃은 밤에만 펴. 휘영청 달 밝은 밤에 만개한 박꽃을 보고 있으면 왜 그리 꿈꾸는 것 같은지 원. 어렸을 때 얘기다. 네 할머니는 고향 집 초가지붕에 해마다 박을 올리곤 했거든. 박꽃은 밤마다 하얗게 피어나고, 논강평야 너른 들을 지나온 바람 가만가만 박꽃마다 건드리고 가고, 먼 데 가까운 데 소쩍새는 솥 적다 솥 적다 울고, 잠 못 이루는 젊은 누님은 들고 앉은 수틀 속 학의 날개에 수바늘 박아 넣다 말고, 들 가운데 지나는 서울행 열차 소리 나발처럼 귓구멍 열고 듣다가 소리 죽여 한숨을 쉬고. 그 시절은 그랬어. 내가 큰애 너보다도 더 젊었을 때. 스무 살 된 아들하고 이렇게 나란히 밭매기를 할 날이 있으리라곤 꿈에서라도 상상 못했던. 아, 아니다, 얘야. 그렇게 우듬지만 쥐어뜯어 놓으면 안 돼. 이놈들 잡초가 얼마나 번식력이 왕성하다구. 우듬지만 뜯어놓으면 한 주일도 못 가 더욱 웃자라고 말지. 감자 뿌리 좀 실하게 내리라고 복합 비료를 뿌려 놨더니 지난번 비에 양분이 죄다 고랑으로만 흘러내렸나 봐. 거둥길 닦아 놓으니까 깍쟁이가 먼저 지나간다고 잡풀들이 먼저 살판났구나. 이러엏게, 옳지, 호미로 이렇게 깊이 긁으며 뿌리째 뽑아야 한다. 뿌리는 위로 가도록 뒤집어 놓으렴. ……그래, 잘한다. 햇빛이 따갑지? 여름 햇빛보다 요즘 햇빛이 더 힘 있어. 저 끝까지, 너하고 나하고 두 이랑만 매자꾸나.

감자 씨 심은 게 언제였더라.

가만있자, 오늘로 꼭 한 달 스무 날이 됐는갑다. 4월 열엿새 씨를 묻었지. 남들보다 파종이 일주일쯤 늦었어. 감자 고추를 주로 심었지만 밭 꼴이 이래 봬도 하나하나 살펴보면 싹이 난 게 스무 가지나 된다. 콩 심은 데 콩 나고 팥 심은 데 팥 난다는 거야 왜 몰랐겠느냐만 심은 자리마다 각각 다른 싹이 올라올 때…… 정말 오관이 다 서늘하더라. 너랑 네 동생들 태어날 때도 그랬지. 세상에 갓 태어난 너 보러 갈 적에, 생전 안 매는 넥타이까지 매고…… 떨렸어. 첫애였으니까 더욱 그랬던가 봐.

담배 한 대씩 피우고 할까.

네 라이터 있음 불 좀 붙여 다오. 이마에 땀 좀 훔치고. 너도 옜다, 한 대 피워. 괜찮아, 인석아. 보는 이도 없는데 어떠냐. 난 그런 거 가리지 않아. 어른들하고 있음 젊은 애들 그놈의 담배 때문에 자리를 뜨는 거야. 그러니 어른들은 외롭지. 민망하면 이렇게 피차 등 돌려 대고 앉아 한 대씩 피우자. 신록이 하루가 다르게 짙어지는구나. 서울 집의 라일락 꽃 한창 지고 있겠다.

애비가 밉냐.

어젯밤에야…… 네 얘기를 들었다. 네가 며칠째 학교에 안 가고 밥도 잘 안 먹고 제 방에만 쑤셔박혀 있다는 거. 저 혼자 짊어지고 가기엔 너무나 힘든, 맷돌 같은 뭔가를 네가 지고 있는 것 같다고, 엄마가 울먹이더라. 네 엄마도 요즘 힘들지. 너희들 뒷바라지만 20여 년이니 지칠 만하고, 여자 나이 40대 후반 갱년기 무게 또한 짐 져야 하고, 그리고 뭣보다 내가 집 떠나 용인 변방 이 산속에 홀로 묻혀 사니, 내 외로운 짐도 나눠 지는 기분일 게다. 뻐꾸기가 울어 쌓는구나. 저건 박새 소리고. 쯔쯔삐쯔쯔삐 하는. 너한테 다잡아…… 사연을 물어보진 않으마. 어젯밤부터 네가 여기 도착한 아까까지 참 시간이 길더라. 네가 안쓰러워 금방이라도 서울로 쫓아 올라가고 싶었다만 참았다. 널 볼 면목도 안 서는 것 같고.

……알아. 네 맘 알고말고.

암튼, 네 스스로 나를 찾아 내려온 거 참말 고맙다. 네가 저 마을을 지나 이쪽 편 코스모스 심어 놓은 굽잇길로 들어섰을 때 치잉하고…… 현(弦) 하나 내 속에서 울더구나. 네 생각을 하며 망연자실 그 길을 내다보고 있을 때였어. ……새들이 바빠 뵈지? 참새가 아냐. 찌르레기야. 저쪽 동편 산비탈에 큰 느티나무 뵈잖니. 그쪽에서 날아오는 거야. 새들도 길이 있어. 저 느티나무에서 계단식 논 가로질러 우리 집 뒤란의 전나무 숲으로, 전나무 숲에서 네가 들어온 길을 우회해 마을 북편의 바위 언덕으로, 다시 동구 밖 은행나무로. 그게 여기 사는 새 떼들의 하이웨이야. 어떤 젊은 시인은 찌르레기 소리를 듣고 쌀 씻어 안치는 소리라고 표현했더라만, 내 귀엔 큐리릿큐리릿 하는 게 아주 이른 봄날 해빙으로 갈라지는 얼음장 사이를 스치는 개울물 소리 같아. 외딴집이지만 가만히 보면 분주한 삶이 여기에는 꽉 차 있다. 혼자 있다고 사람이 외로운 건 아냐. 내가 지금 여기에서 외롭다면, 여기가 외진 곳이어서 그런 게 아니라 아직껏 외지지 않은 세계를 다 버리지 못해서야. 너도 알다시피, 아직도 작가라고 불리는 내가 글쓰기를 완전 중단하고 이곳에 온 게 벌써 반년이다. 사실은 나도 잘 모른다. 쉰 살의 무게를 짊어지고…… 내가 지금 어디로 가려고 하는지. 쓰고 있지 않지만, 뭔가 부자연스러워. 20여 년 넘게 유일무이한, 목매달아 죽어도 좋은 나무, 뭐 그런 거였지, 글쓰기는. 다른 길은 생각조차 하지 못했어. 밤낮으로 쓰고 또 썼던 그 관성은 상기도 내 가슴과 팔목에 시퍼렇게 살아 있는 거라. 외롭다면 그거야. 그 삶의 관성. 저, 저놈. 봤니, 방금 상추 밭 사이로 기어 들어간 놈. 멧새야, 멧새. 빰이 붉어서 붉은빰멧새라고 해. 저놈들은 때로 작물의 뿌리까지 쪼아 먹어. 어떤 때는 쫀 삐지 쫀 삐지, 또 어떤 때는 쯔우 존 쵸쵸 삐이, 하고 울지. 너하고 나란히 김을 매니까 정말 좋구나. 이런 시간을 진즉부터 갖고 싶었는데.

……아니, 맘 아프지 않아, 지금은.

네가 저 길을 따라 걸어 들어올 때, 난 보았다. 네가 외로워하고 있다고 느꼈어. 하지만 이제 너도 스무 살. 혼자 짐 져 가는 날들의 시작이야. 등이 휠 것 같은 삶의 무게여, 하는 애비가 잘 부르는 노랫말 한 구절처럼. 잠, 잠깐. 고 풀, 고건 그냥 두거라. 꽃망울까지 맺었구나. 며느리밥풀 꽃이야. 머잖아 피겠네. 시어머니 구박을 견디다 못해 죽은 며느리 원혼이 깃든 꽃이라더라. 아까 박 얘기를 했었다만, 제주도 무속 신화 「천지왕 본풀이」에 이런 스토리가 나와. 천지왕이 있었는데, 곧 태어날 두 아들에게 박 씨 두 개만 남겨 주고 큰일 많은 하늘로 올라갔다는 거야. 두 아들은 자라서 물론 박 씨를 심었고, 박은 싹을 틔워 봄 여름 가을 넝쿨넝쿨 하늘로 올라갔지. 그제야 아들들은 천지왕의 뜻을 알았다는구나. 하늘로 올라오라는, 박 넝쿨을 타고 아들들은 아버지 천지왕을 쫓아갔대. 네가 아지랑이 핀 저 길에 접어든 순간에, 이상하지, 그 설화가 떠오르지 뭐냐. 네 등에 짐 져 있는 맷돌 같은 것, 그것이 무리 속에서의 고독이라는 걸 나는 거의 본능적으로 알아차렸고, 그러자 박 넝쿨로, 하늘과 땅 사이, 그 깊은 허당조차 질기게 잇고 있는 무엇을 보았다. 통시적이라고나 할까. 아니면 선험적? 우리 고향은 본래, 네가 알듯이, 논산 훈련소 근처지만, 할아버지까지만 올라가도, 그러니까 네겐 증조부, 증조부님은 스물넷까지 경북 김천군 능소면에서 살았어. 누대에 걸쳐 그곳이 고향이었다. 유생(儒生)의 끝물이셨지. 네 할아버지는 일자무식으로 장돌뱅이 삶을 사셨지만 그건 증조부님이 당신 한 맺힌 것으로 빗대어 식자(識字) 든 게 오히려 짐이라며 짐짓 가르치지 않아 그리된 것일 뿐, 증조부님 그 양반은 달랐다. 낯선 타관으로 흘러들어 왔으니 끈 떨어진 뒤웅박이요, 불기 없는 화로라, 살림살이가 생쥐 볼가심할 것도 없었으나 당신 스스로 족보를 유려한 서체에 담아 남기셨단다. 언젠가 네게 보여 줬던 바로 그것. 옳거니. 이건 체꽃이구나. 오랜만에 본다, 체꽃을. 밀가루에 섞어 반죽을 해 튀겨 먹으면 맛이 향긋하지. 고향 집 뒤란으로 나가면 이게 많았어. 워낙 가난해 배고프던 시절이라 봄이면 나물 캐러 나가는 어머니 치마끈을 붙잡고 다녔는데. 놔두자, 이놈도. 요즘은 우리 산천일망정 토종 풀 토종 산나물이 예 같지 않아. 농약 때문에만 그런 게 아냐. 외래종 풀 때문에 우리 것들 힘을 못 쓰거든. 봐라, 요 민들레하고 질경이도 이것들 땜에 기가 잔뜩 죽어 있잖니. 하여간, 김천군 능소면에 살 때, 증조부님 본디 마을은 규정공 파 씨족 부락이었다는 게야. 규정공파는 우리 이오당 파하곤 애초 형제 집안이지. 그러니까 대대로 올라가 보면 같은 혈통일 것이지만, 어찌어찌하다가 파가 갈리고, 어찌어찌하다가 규정공 파 씨족 부락에 비록 성씨는 같을망정 이오당 파 한 호(戶)가 끼여 산 셈이 됐지. 파(派)라는 말이 경우에 따라선 좀 잔인하고 횡포한 말이니. 평소엔 이 파 저 파 섞인 듯 보이다가도 뭔가 일이 생겨 무리를 짓게 되면 내 편이냐, 아니냐, 혹독한 가름의 잣대가 되거든. 같은 집안이었더라도 홀로 파가 다르니 증조부님은 사사건건, 군중 속의 고독, 그런 것과 부딪쳤을 거야. 증조부님 스물넷, 그해 봄이었더라. 고조부님이 운명하신 거야. 마을 뒤엔 양지바른 씨족들의 선산이 있었는데 누대에 걸쳐 내려오던 언제부터인가, 이게 규정공 파 선산이 된 거지. 선친의 시신에 염을 한 뒤에도 규정공 파 선산 빼놓곤 오갈 데 없고. ……아냐. 난 그렇게 생각 안 해. 언젠가 내가 다시 소설을 쓰기 시작하면 증조부 얘기도 꼭 한 번 밝혀 쓰고 싶다만, 암튼, 증조부님은 꼭 당신 선친의 묏자리 문제만이 아닌, 평소 무리 안에 들 수 없는 자가 만나야 되는 살집 저미는 그 무엇, 상처, 고독, 압박, 뭐 그런 모든 것들이 묏자리 하나에 걸려 있다고 생각하셨을 게야. 더 이상 당하고 살 바에야 차라리 가미카제*가 되자, 라고 증조부님은 맘먹은 거지. 1910년대니, 세상도 얼마나 어지러웠는지 알 만해. 맑고 꼿꼿이 살고 싶었던 피 뜨거운 젊은 유생 증조부님의 쨍쨍한 눈빛이 떠오를 것 같구나. 무리에서 느끼는 절박한 고독감도. 증조부님은 남사당패를 은밀히 그 옆 마을로 불러들였단다. 햇빛 밝

* 가미카제〔神風〕: 제2차 세계 대전 때 폭탄이 장착된 비행기를 몰고 자살 공격을 한 일본군 특공대. 이후 위험을 무릅쓰고 무모하게 하는 행동을 비유하는 말로 쓰임.

고 꽃은 피는 호시절에 날라리 젓대 앞세운 사당패 들어왔으니 물 본 기러기 꽃 본 나비, 온 마을 사람이 솔가해 가듯 사당패 구경 떠났을 때, 증조부님 홀로 규정공 파 선산의 한가운데 용혈(龍血)의 맥을 탁 짚어 선친의 유해를 앉히신 거야. 너의 증조부님이 결국 향리에서 쫓겨나 충청도 변방으로 이주해 온 것이 그 때문이었다. 누대에 걸쳐 피붙이로, 이웃으로 살던 사람들 두고 고향 떠날 때, 왜 그런지 모르겠다만, 그걸 상상해 보면, 내 머릿속의 삽화에서 할아버님은 자꾸자꾸 다리를 절지 뭐냐. 그분은 물론 절름발이가 아녔어. 그런데도 내 상상 속에서 그분은 절며 절며, 뿌리 뽑혀 흐르고 있어.

갈증이 나는구나.

집 안에 들어가 냉장고 열어 보면 주스가 있을 게다. 가져오렴.

가만있거라, 얘. 네 어깨에 나비가 앉았어. 그 녀석 참 호사스럽기도 하다. 호랑나비가 아냐. 호랑나비는 저쪽, 저놈이 호랑나비고, 고놈은 흰줄표범나비라고 불러. 예서 봄을 보내면서 나비며 풀이며, 어린 시절에 보고 오래 잊었던 동무들 많이 만난 셈이지. 절로 자연 공부가 돼. 고 녀석들은 암컷이 태어나자마자 수컷들이 몰려들어 교미부터 해. 고것들 사랑법은 무리 대 혼자지. 여느 나비들하고 달라. 벌써 3분지 1은 맸구나. 안 해 본 일일 테니 힘들 게다. 네가 함께 있지 않았으면 아마 저만큼까지나 맬까 말까, 벌써 집 안으로 들어갔을 거야. 게으른 농부지. 예 있다고 어찌 마음이 명경지수 같겠니. 명경지수 같아질 날을 꿈꾸며 이렇게 혼자 지낸다만, 글쎄, 유난히 욕심 많고 빠른 직진으로 걸어온 걸음걸이인지라 그런 날이 내게도 오긴 올는지 원. ……혹시 애비한테 막 대들고 싶진 않니. 아버지는 누구냐고. 무엇 때문이든 글쓰기를 중단했으면 했지, 글쓰기 중단과 함께 이 궁벽진 곳에 내려와 감자 밭 고추 밭이나 가꾸며 혼자 사는 건 비겁하지 않으냐고. 아버지는 과연 진실한 작가였냐고. 무엇에서부터 도망치고 싶은 거냐고. ……허헛. 그래. 내가 너한테서 본능적 직관으로 꿰뚫어 보았던 고독을 너도 나한테서 본 게로구나. 작가에게, 더구나 삼백예순다섯 날 밤낮없이 내부의 현(弦)들을 팽팽히 감아 두고 산, 오직 글쓰기 하나로 산 나 같은, 언필칭 직업 작가에게 글쓰기의 완전 중단이라는 건, 천박하게 비유컨대 장사꾼이 부도내고 흘러 다니는 것하고 같지. 이 땅에서 직업 작가라는 것은 말이야, 식솔의 먹이를 문학에 걸었다는 그 이유 하나만으로도 오욕(汚辱)의 짐을 져야 해. 특히 애비가 가장 많이 썼던 1970년대 말, 1980년대는 더욱 그랬어. 그 뒤틀린 불행한 연대에 난 글 써서 밥 먹고살았다. 베스트셀러를 내면 너희들 생활의 레벨이 한 단계 올라가지만, 그러나 내게는 내 갈비뼈처럼 느끼던 믿는 친구 한 명이 내게서 떨어져 다른 무리에 합류하고. 네가 이번에 경험한 상처들도…… 아마 원리는 그런 것일 게다. 대강 알고 있어. 아니, 네 엄마한테 들은 게 아니다. 네 대학에 김상만 교수라고, 그렇지, 지금은 글쓰기를 안 하고 있다만 그 양반 젊을 때 좋은 단편을 많이 썼지. 그 양반이 전화를 했더구나, 어젯밤에. 너희들 교양 국어를 담당한 그 젊은 강사가 바로 당신의 제자라고 그러더라. 어떻게 어떻게 하다가 수업의 일을 들었겠지. 더구나 너는 여러 날째 학교에 나오지 않고. ……안다, 얘야. 네가 시방 말하고 싶은 건 그 강사 때문에 상처받은 게 아니다, 그 말이지? 아무렴. 자신의 강의를 받고 있는 네가 내 아들이라는 걸 그 강사가 알았다면 어법은 좀 달라졌겠지만, 그러나 그 강사는 그걸 알았든 몰랐든, 그렇게 말할 수 있어. 문학의 해석은 해석자의 주체에 따라 필연적으로 주관성을 가질 수밖에 없어. 작가로서 유명하다는 게 뭔지 아니. 글을 쓸 때마다 내 몸이 발가벗겨져 시청 앞 광장을 가득 메운 군중 속으로 내던져지는 기분이야. 난 매번 그게 두렵고 또 그 긴장 속에서 오르가슴을 느꼈다. 독자가 많든 적든 작가는 결코 무리 속으로 완전히 편입될 수는 없어. 작가는 예컨대 창 이편에 앉아 있다. 어떤 무리와 지향점을 모아 동행하고자 해도, 또 동행한다고 스스로 느끼고 있더라도, 어쨌든 그의 서재는 무리에서 떨어진 곳에 위치하기 마련이야. 무리에서 떨어지지 않으면 무리를 볼 수 없거든. 나도 무리에, 그것이 무엇을 지향하는 무리이든 간에, 무리에 편입되길 간절히 바란 적이 아주 많았다. 애비가 작가로 살았던 그 연대는 더더욱 그랬어. 세상이 편 가르기에 분주했고, 홀로 떨어져 있으면 무리의 쇠 바퀴에 깔려 죽고 말 것 같은 분위기였어. 어떤 땐 또 다른 나 자신에게 이르곤 했었지. 제발 무리에 편입되어 나아감에 있어 자신을 방해하지 말아 다오, 하고. 난 자주 갈팡질팡했어. 무리에 편입되는 것은 무리와 싸우는 것보다 어려웠다. 가미카제처럼, 오히려 산화하고 싶은 순간이 많았었지.

어렸을 때였어.

우리 동네는 강 씨들이 많이 살았는데, 강 참봉이라 불리던 어른이 동네 대소사를 모두 관장, 좌지우지했다. 그 강 참봉의 손자가 내 또래야. 대장이었지. 아침이면 동구 밖 수문에 마을의 애들이 모조리 모여 집단으로 등교해. 강 참봉 손자의 율법이지. 우리들은 때로 발을 맞추고 때로 노래를 부르며 들길 건너 학교로 가곤 했어. 훈련소가 가까운 마을이어선지 매일 아침 제식 훈련 받는 식의 풍경이 벌어지곤 했는데, 문제는 구령을 맞춰 발을 떼는 거야. 다른 애들처럼 나는 자주 발을 맞추지 못했다. 절름발이처럼. 그렇다고 우리들의 대장한테 반항하고 싶은 건 아녔어. 난 소심하고 약한 소년이었다. 나도 발을 잘 맞춰서 대장한테 먹을 것도 얻어먹고, 뭣보다 소외받지 않고 지내고 싶었다구. 하나, 하면 오른발, 두울, 하면 왼발. 그런데 이상도 하지. 하나, 하면 오른발을 내밀어야 한다는 걸 알고 있는데도 어떤 순간 왼발이 내밀어진 거야. 하나, 할 때 왼발을 내밀고 싶었던 것인지, 왼발이 절로 내밀어졌는지는 잘 모르겠어. 암튼 하나, 하면 왼발, 두울, 하면 오른발. 그럼 강 참봉 손자인 우리들의 대장은 냉큼 내게 벌을 내리는 거야. 넌 새꺄, 둑길로 돌아가. 학교까지 둑길로 가면 2킬로미터쯤 됐지만 둑길로 가면 3킬로가 넘었어. 나는 사흘이 멀다 하고 혼자 멀리멀리 돌아가는 둑길로 등교해. 무리들은 들 가운데에서 함성을 지르며 함께, 함께 나가고, 나 혼자 청죽 같은 햇빛 아래, 활처럼 휘어진 둑길을 가는 거야. 학교에 당도하면 이미 수업은 시작돼 운동장은 하얗게 비어 있어. 그 운동장을 가로지를 때, 공포야. 수억 광년 떨어진 우주의 어느 허공을 홀로 걷는 것 같은.

……그래. 주스 한 잔 더 다오.

물레새야, 저놈들은. 새들도 너나없이 무리 져서 다녀. 어쩌다 혼자 다니는 놈들은 대개 무리에서 이탈한 건데, 무리에서 이탈한 놈은 있지, 오래 못 살아. 지트 지트 지이, 하고 우는 게 재밌지? 생긴 건 날렵한데 목소리는 자못 바리톤이야. 햇빛도 아까보다는 힘이 떨어진 것 같구나. 개미 떼가 어디 이사하나 보다. 그냥 놔둬라. 그놈들 행렬을 그리 끊어 놔 봤자 잠시뿐이야. 이내 다시 열을 짓거든. 생명 있는 것들이 다 그래. 네 뒤로 노랗게 꽃 핀 것, 그게 씀바귀야. 씀바귀나물은 너도 먹어 봤을걸. 하다못해 저런 것들도 무리 져 살아. 아카시아 나무가 있으면 아카시아가 곁에서 또 나지. 그 녀석들, 생장이 워낙 왕성하니까 자라는 데 양분이 남달리 필요한지라 저희들끼리 일종의 그물망 같은 걸 형성해서 독성을 내보낸다는 거야. 그럼 그 일대에선 잡풀도 잘 자라지 못해. …… 고등학교 기차 통학을 하는데 말이야, 황등이라는 역이 있었어.

큰 채석장이 있는 곳이지. 황등 돌 하면 지금도 알아준다더라. 그 황등에서 돌 장사 하는 아버지 둔 여학생이 있었다. 조심해라. 그냥 가만히 있어. 벌은 쫓으려고 하면 달려들어 쏜다구. 가만히 있으면 인간에겐 먹을 것이 없으니까 결국 제 갈 데로 가거든. 무슨 얘기를 하다가 말았지, 내가? 그래. 돌 집 여학생. 이 여학생, 체격에 비해 머리통하고 가슴이 유난히 컸어. 어깨는 단단히 벌어져 있었지. 키는 작고 머리와 가슴은 기형적으로 큰 데다 어깨까지 벌어졌으니까 어딘지 모르게 남자 같아. 그리 못생긴 것도 아니었는데 말이야. 애들은 그 여학생을 쑥돌이라고 불렀어. 어떤 녀석이 날 보고 그래. 쑥돌 가슴이 진짜 쑥돌이라는 거야. 지나치다가 미친 체하고 그 여학생 가슴에 부딪쳐 봤대. 그랬더니 쑥돌에 부딪친 것보다 더 아프더라고 엄살이 대단해. 우리들은 열차 안에서 그 여학생만 보면 손가락질하고 웃었지. 쑥돌을 둥글게 깎아 가슴에 넣고 다닌다면서. 그 여학생이 좋아하는 내 친구가 있었다. 잘생긴 놈이었어. 지금은 미국에서 살고 있다만, 자연 통학하는 여학생 사이에서 인기가 좋았고, 인기 좋으니 자만심이 대단했어. 어느 날 쑥돌이, 아니다, 그 여학생이 그 녀석 가방 속에 편지를 끼워 넣은 시집 한 권을 붐비는 차 안에서 쓰윽 집어넣었대. 그 시절은 가운데가 열린 비닐 책가방들을 이렇게 들고 다녔으니까. 상사병에 걸리면 그 시절 여학생도 다 그만한 용기는 냈다. 근데 그 자식이 글쎄, 장난기가 발동했었나 봐. 기차 안에서 시집을 꺼내 들고 큰 소리로 왜장치기를, 이거 누가 여기 넣었어, 한 거야. 여학생이 홍당무가 돼서 쩔쩔맬 수밖에. 모두 웃었지. 웃는 순간, 기차 안의 모든 사람은, 남학생이고 여학생이고 할 것 없이 무리가 되는 거라. 쑥돌, 네가 내 가방에 이거 넣었니, 하고 그 녀석은 말했어. 그리고 덧붙이기를, 난 시집을 읽기보다 네 가슴에 정말 쑥돌이, 둥글게 깎은 쑥돌이 들어 있는지 알고 싶어, 했거든. 비열한 자만심으로 꽉 찬 망나니였지. 기차 안은 요란했다. 의자며 열차 벽이며, 아무 데나 두들기면서 애들은 웃었어. 여학생들까지. 어른들까지. 모두 한패가 돼서. 여학생은…… 달려 나갔다. 그리고, 끔찍한 일이 벌어졌어. 달리는 열차에서 뛰어내린 거야.

왜 뛰어내렸을까…….

오랫동안 나는 그 여학생이 수치심을, 혹은 모멸감을 이기지 못해 그랬다고 생각했는데, 어느 날 홀연히 깨달았어. 공포감을 이기지 못했던 거지. 모든 이들이 손뼉 치고 웃을 때, 그 무리 속에서 그녀는 혼자였던 거라구. 내가 빈 운동장을 혼자 걸어 들어갈 때처럼.

……그래. 큰애야.

네 친구들도 웃었겠지.

그 녀석들 하나하나 얼굴이 떠오른다. 규식이, 현우, 상민이, 종수, 기환이…… 이름까지. 고등학교 시절 공부에 계속 억압받다가 대학 들어가면 일시에 사방팔방이 탁 트이는 기분이고, 그러니 1학년 1학기는 너나없이 신열에 들뜨기 마련이야. 학문보다 고등학교 때 배웠어야 할 사람 관계, 그 오묘한 엇갈림과 마주침의 나날을 경험하느라 밤낮이 없는 게 당연해. 낮에 강의 함께 듣고, 저녁에 술 함께 마시고, 그래도 헤어지기 싫고 할 말이 남아 소주병 몰래 숨겨 가지고 우르르 자정 넘어 들이닥치던 고 녀석들. 넌 그 중에서도 총아(寵兒)였어. 생긴 것 반듯하지, 제가 나아갈 길 분명히 알지, 말 잘하고, 글 잘 쓰지, 유명한 애비 두었지, 누구보다 잘나가는 애라고 느꼈을 게야. 그 젊은 문학 강사에게 갑자기 내 이름 석 자, 네 친구 중 누군가가 들이댔을 때, 이상한 침묵이 있었다고 들었다. 그건 네 엄마가 한 얘기였어. 네 표현대로. 이상한 침묵 말이다. 아주 순간적인. 그리고 그 젊은 강사가 카랑카랑한 목소리로 한 유명 작가를 비판해 말할 때 역시 갑자기, 부자연스럽게, 하하, 후후, 웃음소리…… 열차 안에서 돌 집 여학생을 둘러싸고 웃던 그들처럼. 은밀하고도 암묵적으로 만나는 그들의 고소한 웃음소리를 난 안다. 고소한 향기는 입에서 입으로 이어지고 그 순간, 넌 혼자였겠지. 네가 참으로 믿었던 것, 눈부신 청춘의 새날, 저 대학 생활의 출발이 가져왔던 광휘의 동행(同行)이 가짜라는 게 낱낱이 드러나고…… 그리고 무너지고…… 죽창처럼 내리꽂히는 햇빛…… 텅 빈 운동장…… 홀로 돌아가야 할 멀고 고된 둑길이 보이고.

유학을 가고 싶단 말이야.

유학도 좋지. 좋고말고. 외래종 때문에 우리 풀 우리 나무 불탄

북어 껍질 오그라들듯 하는 건 안타깝지만 유학이야 다르지. 유학 간다고 코쟁이가 되는 것도 아니고. 하지만 충동적으로, 그냥 이 땅이 싫어져서, 이 땅의 사람들한테 정나미 떨어져서, 불현듯 떠나겠다, 유학 가는 건 반대다. 그건 옳지 않아. 내게 그것이 여태껏 가장 짐 지기 힘든 것 중 하나인 것처럼, 네게도 세계와의 또 무리와의 불화는 두고두고 고통스러운 짐이 될 것이다. 그건 확실해. 네 증조부로부터 너까지 결국 한 박 넝쿨로 달리는구나. 작가로서 불〔火〕과 같이 일하던 시절, 한 달에 5백여 매씩을 쓴 적도 많았다. 온몸에 물집이 생길 만큼 걸었어. 길을 확연히 알고 갔던 건 아니야. 고백하지만, 난 무리에 들진 못했다. 아까도 말했다시피, 난 너무 서툴러서 무리로 가는 길을 찾지 못했어. 다행히 나는 작가가 되었다. 무리와 일체감이 없어도 존재 증명이 가능한. 그런데 어느 날인가 유명해지고 나자, 내가 작가 아무개라는 그 유명한 이름으로, 또 소문으로, 나와 상관없이, 내 지향과 아무 관계없이, 먼데, 그 이름이 떠돌고 있음을 알았다. 내 참모습은 이것입니다. 나는 이것을 찾아 새벽마다 밤마다 떠납니다. 아무리 소리쳐 봐도 사람들은 듣지 않았어. 그들은 무리 져서 작가 아무개를 이렇다, 단정하는 거야. 소문은 불어나고, 그리고 단단한 각질이 돼. 내가 뭘 입고 나와도, 어떤 악기의 어떤 음계를 짚어 내도 그들은 알았대. 내 연주는 듣지 않고, 그들은 내 연주 내용보다 훨씬 더, 확실하게, 나를 안다는 투로 말하거든, 네 학교의 그 젊은 강사처럼. 수십 권의 소설을 썼지만 헛거야. 그들은 한 문장으로 정리하고 말아. 칭찬하는 자도 비난하는 자도 마찬가지지. 밀란 쿤데라의 『불멸』이라는 소설을 읽다 보면 불멸은 소송이라는 말이 나와. 베토벤의 불멸은 베토벤의 음악에 관련된 소송, 베토벤 개인의 과장된 신화와 관련된 스캔들에 의해 베토벤과 먼, 조작된 베토벤으로 불멸의 광휘 속에 갇힌다는 거야. 불멸이 아니라 소멸도 마찬가지. 가령 「애마 부인」이라는 영화 시리즈물에 출연한 여배우는, 유방이 크다, 라는 문장으로 정리돼. 그녀의 탁월한 연기에 의해 유방이 크게 보였다고 해도 소용없어. 수십 년이 지나서 그녀의 젖이 오그라들어 흔적만 남아도 그녀는 여전히 유방이 큰 여자야. 오그라들면 가짜 젖을 만들어 달아야 해. 군중들은 그렇지 않음 화를 내고, 소수 엘리트는 그렇지 않음 자신의 오류를 들킬까 봐 그들이 스스로 젖을 만들어 달아매. 그러나 큰애야. 더 큰 절망이 있단다. 사람들이 안다고 느끼는 작가 아무개와 실제 아무개 사이보다 더욱 멀고 깊은 단절은 말, 언어, 그것과 작가인 나의 거리야. 열화와 같이 쓸 때, 나의 언어들이 내 진실과 내 속임수까지 알뜰히 반영한다고 난 느꼈다. 그건 행복한 교감이었어. 나는 부나비처럼 어휘들과 문장들 속으로 날아 들어가고, 어휘들은 내 맹장, 실핏줄, 십이지장 할 것 없이 끌어안고서, 원고지 공간마다 불꽃으로 터지는 경험이지. 그보다 더 화려한 오르가슴은 없다고 난 지금도 믿는다. 그런데 어느 날, 밤새워 쓰고 난 어느 새벽녘, 일체감으로 내가 썼다고 믿었던 말, 문장들이…… 갑자기 뚱, 낯선 얼굴을 하고 있는 걸 보았어. 이리 보아도 내 맹장이 아니고 내 실핏줄이 아니고 내 십이지장이 아냐. 생전 첨 보는 시치미 딱 뗀, 개 발에 편자 같은 안 어울리는 얼굴, 그 어휘와 문장들. 그럼 모든 게 짚불 꺼지듯 해. 나는 마침내 내가 여태껏 쓴 글들이 본래의 나와 멀리 동떨어져 놓여 있다는 걸 자각하게 됐어. 그땐 정말 참을 수 없더구나. 죽을 것 같았어, 가만히 앉아 있어도. 사람들이 알고 있는 소문으로서의 작가 아무개도 내가 아니고, 내가 쓴 문장들도 내가 아니라면, 도대체 나는 어디에 있는가. 소문도 나에겐 무리이고, 어휘와 문장들도 나에겐 무리야. 저기 씀바귀 무리같이. 박새 무리같이. 아카시아 무리같이. 천지간에 모든 살아 있는 것이 무리지어 있는데 나 혼자 떨어져 그 무리와 언제나 불화로 만난다면, 이 노릇 어찌하겠니. 글쓰기는 아닐망정 어차피 예술의 길로 가겠다고 너도 갈 바를 정한 터, 무리와 너와의 관계, 그 뭇뭇과 그 각각, 질기게 함께 갈 게다.

그 수건 좀 주렴. 땀이 많이 나는구나.

……새마을 운동으로 지붕 개량 사업이 한창일 때 면 서기가 이장 앞세워 가가호호 다니면서 언제까지 지붕을 슬레이트로 개량하겠다, 각서를 받은 적이 있어. 물론 오래전 얘기지. 네 할아버진 끝내 각서 쓰기를 거부했다. 그때야 새마을 운동이라면 뿔 달린 용왕이라, 아무도 거부할 수 없었지. 거부하면 농자금은 물론

이고 이것저것 수혜받을 일도 달아날 뿐 아니라, 무엇보다 마을 사람들한테 따돌림 받기 십상이야. 한 집이라도 지붕 개량이 안 돼 있으면 마을 전체의 점수가 깎이는 판이니까. 할아버진 그래도 막무가내였다. 슬레이트가 좋은 놈은 슬레이트 지붕 얹고 초가가 좋으면 초가지붕 얹고 살면 그뿐이라는 거였다. 초가지붕 밑에서 살 자유도 없느냐, 느이 할아버지가 그러니까 젊은 면 서기 단번에 눈이 세모꼴 돼 가지고, 자유가 없다니 그럼 지금 독재다 그 말이오, 하잖겠니. 독재라고 말만 해도 촌에선 잡아 족치는 빌미가 되던 세상이었지. 면 서기 가고 나니 네 할아버지가 날 불러. 넌 나보다 공부를 많이 하고 살 텐데, 배운다는 것이 뭐이냐. 다짜고짜 내게 이렇게 묻잖겠니. 공부 많이 한 사람은 이럴 때, 지붕 개량을 하겠소, 하고 도장을 찍는 사람이냐, 아니면 끝까지 안 찍겠소, 하는 사람이냐, 하고 말이야. 내가 눈치껏 대답한다는 것이 도장 안 찍겠소, 하는 사람이다 했지. 느이 할아버지 눈빛이 지금도 선하구나. 찢어질 것처럼 흘기던 그 광채 나는 눈빛. 썩을 놈. 할아버진 그 한마디로 끙 돌아앉더라. 지금 생각해도 모르겠어. 네 할아버지는 내게 어떤 대답을 기대했을까. 썩을 놈이라니 무슨 뜻이었을까…….

허어, 내 정신머리 좀 봐라.

밭이랑이 많이 남아 있는데 말품에 정신 빼기고 이리 앉아 있다니. 좀 재게 나가 볼거나. 질경이들이 많구나. 이놈들 마차가 다니는 길에서도 잘 자란다고 해서 차전초(車前草)라고까지 불리지. 하이코오, 이쁘다. 요 잡초 사이로 핀 이 꽃 좀 보렴. 가만있자, 옳거니, 이게 아마 금붓꽃이라 하지. 흔한 녀석은 아닌데. 약용으로 많이 써. 고향에 살 때 뒷집 애가 일없이 자주 토혈을 하는데 그 집 엄마가 금붓꽃을 찾아댕겨 쌓던 기억이 난다. 샛노란 게 차암 새침하게도 폈구나. 질경이야 뭐 여기 아니라도 흔하디흔해 빠졌고. 질경이 역시 예전엔 나물로 먹었어. 줄기까지 따서 고추장에 버무려 먹고, 떡도 만들어 먹고. 배부쟁이라고도 불렀는데. 암, 예전에야 웬만하면 다 먹었지. 민들레도 먹고 제비꽃도 먹고 나리와 원추리도 먹고 심지어 돼지나 멕이는 솜양지꽃도 먹고. 유학은…… 차츰 생각해 보자. 나이가 먹는지 자꾸자꾸 예 숨어 있으면서도 관계있는 사람들한테 미안한 것, 안타까운 것, 안쓰러운 것, 그런 게 늘어나. 너와 네 동생들한테도 그래. 특히 큰애 널 키울 땐 온통 내 시선이 집 밖 세상으로만 달려가고 있었지. 꼼꼼히 널 들여다보지도 못하고. 네 뺨을 발작적으로 친 적도 있었어. 내 중심으로만 생각하고. 그런 게 노상 마음 아프다. 설명 없이 뺨을 얻어맞았으니 아무리 어리지만 네가 얼마나 모멸감을 느꼈을까 싶어. 그 시절은 일하는 게 최고의 가치였지. 사랑도 일하듯, 내 방식대로만 했을 뿐. 이날 입때까지 애빈 도대체 사랑하는 방법을 찾지 못한 것 같다. 어떻게 사람과 사람 사이에 길을 내고 향기를 실어 나르는가.

……박새들이 오늘은 유난히 분주하게 나는구나.

얼씨구, 곤줄박이까지. 곤줄박이로는 새점을 친다. 쓰쓰 쁘, 하기도 하고 지금처럼 삐이, 삐이, 삐이, 하기도 해. 지금도 공원 같은 데 가면 새점을 치는 사람이 있을까 몰라. 땀 좀 닦으렴. 해가 그래도 많이 기울었지? 막둥이 고놈이 엊그젠 제 어미한테 막 대들더라지 뭐냐. 나이키 운동화를 새로 사 달랬나 봐. 엄마가 보니까 신고 있는 운동화도 성성하거든. 게다가 글 써서 먹고살았는데 글 안 쓰니 심리적으로 좀 몰리는 것도 있었을 테고. 엄마는 차근차근 설명한 거야. 비감(悲感)이 섞인 어조였겠지. 몇 달쯤 쉬는 게 아니라 네 아빤 어쩜 오래 글쓰기를 쉴는지 모른다고. 아빠가 남은 꿈을 찾아 나설 때까지 우리가 절약하는 살림살이로 아빠를 도와야 한다고. 막둥이 그 녀석 대거리하기를, 다른 아빠들은 새벽같이 나가 온종일 일하는데 우리 아빠는 온종일 일하는 것도 아니면서 왜 쓰고 있던 연재소설까지 끊느냐, 아빠는 아빠 생각만 하냐. ……알아. 네 맘도 알고 막둥이 고놈 맘도 알아. 고놈도 요즘 엄마 아빠 분위기에 눌려 스트레스를 받았던 게지. 제 본심과 달리 배참*으로 해 본 말이야. 그래도, 괜히, 막둥이랑 너희들한테 미안하기도 하고 부끄럽기도 하고, 나도 뭐, 글 쓰는 거 말고 달리 돈벌이할 일 없나 두리번거려지고.

저런. 제비나비가 왔네.

* 배참 : 꾸지람을 듣고 그 화풀이를 다른 데다 함.

엉겅퀴 꽃을 좋아하는 놈인데 저쪽 엉겅퀴 밭은 놔두고 어찌 예까지 왔나. 것도 혼자. 산책 나가 보면 어떤 날 아침에 2,30마리씩 저 녀석들이 떼 지어 계곡 주변 모래땅에 앉아 물 먹는 걸 본다. 저 녀석들을 보면 검은색이 화려한 색깔이구나 싶어. 떼로 모여 앉아 큰 날개를 흔들어 대는 모습, 참말 이쁘지. 우리 집 문갑에 수놓은 나비 있지. 그게 바로 제비나비야. 저 녀석, 이제야 제가 혼자된 줄 알았나 보다. 제 무리를 찾아 떠나는구나. 무리를 못 찾으면 천수(天壽)를 다 못 누려. 긴꼬리제비나비도 있고 산제비나비도 있고 사향 냄새 나는 사향제비나비도 있어. 애벌레에서 여러 번 탈피 과정을 거치고 또 어둡고 답답한 번데기 시절을 이겨 내야 저런 나비가 나와. 모든 나비가 다 그래. 적게는 두세 번, 많게는 대여섯 번 이상 허물을 벗는 경우도 있어. 얘. 거기 감자 꽃 따 주렴. 응, 꽃을 따 줘야 열매가 실하거든. 꽃이 피어 있음 양분이 꽃으로 가느라 뿌리에 저장할 새가 없지. 가령, 긴꼬리제비나비는 말이야, 처음 애벌레로 알에서 태어날 때 새똥 같은 모습을 해. 살아남기 위해 새똥처럼 위장하는 거지. 더럽고 징그러워. 애벌레는 여름과 가을의 긴 시간 동안 음습한 나뭇잎 그늘에 숨어 살며 몇 차례 허물을 벗는다. 제 거죽을 벗겨 내는 일인데 나비 애벌레라고 왜 고통스럽지 않겠니. 죽음 같을 거야, 탈피한다는 거. 여름엔 녹색이 되고, 가을이 오면 허물을 또 벗어 밤색 조끼를 두른 것처럼 변해. 긴꼬리제비나비의 애벌레에서 가장 웃기는 건 몸체에 비해 흉포하게 생겨 먹은 눈과 흰 눈썹이야. 어릿광대의 치장처럼 과장되고 허구적인 느낌을 주는, 괴상망측하지. 한데, 그 모습은 진실이 아냐. 그 과장된 눈과 눈썹은 보호색을 둘러쓴 가짜 눈과 가짜 눈썹이거든. 진짜 눈은 머리 아래쪽에 숨겨져 있어. 적이 나타나면 숨긴 눈으로 잽싸게 보고 뿔을 내뻗어 메스꺼운 냄새를 풍겨. 죽음 같은 탈피를 거듭하며 음습한 어둠의 삶을 살다가 가을이 깊어지면 때를 알고 번데기가 돼 나뭇가지에 매달리지. 겨울의 추위를 견뎌야 하는 거야. 긴꼬리제비나비는 흔히 나비 중에서 가장 미인으로 꼽혀. 검정 비단옷을 두르고 날씬한 꼬리를 길게 늘어뜨린 긴꼬리제비나비는 정말이지 화려하고 우아한, 그 어떤 영혼의 결정(結晶) 같아. 봄이 오면 번데기의 감옥 문을 열고 바로 그 녀석이 나와 눈부신 햇빛 속을 자랑스럽게 날아가는 거야. 프시케(Psyche)라는 말 들어봤니. 그리스어로 영혼이란 뜻인데, 나비라는 뜻도 갖고 있단다. 길고 고통스러운 어둠의 시간을 꿈꾸며 인내하고 나서 마침내 그 무명(無明)을 일시에 무너뜨리는 나비의 비상은…… 참된 영혼의 각성 같아 보여.

이제, 얼마 남지 않았구나.

예끼 이놈들. 저리 가지 못해!

청설모야. 뻔뻔스러워져서 요즘은 아예 대낮에 여기까지 내려오는구나. 저쪽, 옥수숫대 쓰러져 있는 것 좀 봐라. 저놈들 짓이야. 저놈들 특히 옥수수를 좋아해서 대를 갉아 쓰러뜨려 놓고 이제 막 알이 나오는 걸 남김없이 긁아먹어요. 잠자리에 누우면 벽 너머에서 밤새 옥수수 잎들이 부스럭부스럭 소리를 내. 청설모 일가족이 무리 져 내려오는 건데 막을 길이 없어. 하기야 이 궁벽진 곳, 밤이 깊으면 얼마나 적막한지 벽 뒤에서 청설모가 잔치를 벌이는 것이 노상 싫은 것도 아니고.

하이고요, 허리야.

아까처럼 네 젊은 등에 좀 기대자.

옳지. 편타. 담배 한 대 빼 다오. 박새와 찌르레기가 오늘따라 더 유난을 떠네. 박새하고 쇠박새는 똑같은 과에 똑같은 텃새지만 알고 보면 서로 경쟁 관계야. 좋아하는 먹이가 같거든. 그런데 어떤 책에서 보니까 요놈들 참 의뭉하더라. 먹이가 풍부한 여름철엔 박새 쇠박새 할 것 없이 나뭇잎에 붙은 벌레들을 잡아먹어. 먹이가 많으니까 함께 먹어도 굶주릴 것 없지. 하지만 먹이가 귀해지는 가을이 오면 사정이 다르거든. 쌈박질이 날밖에. 사람 같았으면야 힘 좋은 자는 먹고 힘없는 자는 굶고 그랬겠지. 자연의 법칙은 달라. 관찰해 본 결과, 쇠박새의 경우 가을엔 주로 까치박달나무나 새우나무의 종자를 많이 먹고, 박새의 경우는 종자가 아닌 나무줄기 표면에 붙은 벌레를 잡아먹더라는 거야. 공존해 갈 규칙이 자연 생겨난 거지. 쌈박질할 이유가 없어. 새든지 나비든지 곤충이든지 나무든지 간에 저들이 무리를 짓는 건 다른 것을 고립시키거나 다른 것의 그 무엇을 뺏기 위해서가 아냐. 구태여 말하자면 방어 개념이라고 할까. 찌르레기 무리 좀 봐라. 저기 서편 하늘. 가을이 되면 저 놈들 무리가 점점 많아져. 겨울을 나려고 서로서로 의지해 모여들거든. 박새는 저희들끼리뿐만 아니라 쇠박새 진박새 오목눈이 동고비, 심지어 오색딱따구리와 쇠딱딱구리보고 쑥돌 깎아 가슴에 집어넣었다고 터무니없는 공론에 하하 호호 함께 웃는 법도 없고, 내 편이 아니니 나가라 마라, 말하는 법도 없고.

인석, 손아귀 힘이 보통 아니네.

애비가 많이 말랐지? 난 네가 살아갈 시간이 많아 안쓰러운데 넌 내가 살아갈 시간이 많지 않아 안쓰러운 모양이구나. ……그래그래, 바로 거기. 목하고 어깨하고 이어지는 데, 거기 좀 주물러라. 아주…… 시원하다. 간밤엔 못난 애비 땜에 네가 상처받았다고 여겨 잠을 이루지 못했는데, 정작 만나 보니까 맘이 탁 놓인다. 네가 행여 작가로서의 애비에 대해 아무런 확신도 갖고 있지 못하게 된다면, 날 의심한다면 어떡하나, 그게 젤 마음 아프더라. 본질적으로야 물론 부끄럽기 짝 없는 것들을 썼다만, 네 둘째 고모 생각이 나. 기죽지 말어라 잉. 그 양반이 그랬어. 내가 고등학교 입학하고 나서 이맘때쯤. 됐다, 애야. 어깨가 부드러워진 것 같다. 글쓰기 중단했더니 멀리 홀로 있어도, 가족들은 더 가까워지는 느낌이 들어. 가까이 우는…… 저놈 오목눈이구나. 쮸리 쮸리 쮸리 하는 게 목청은 활달하지만 키는 작아. 꼬마 새야. 내가 다닌 고등학교는 그 일대에선 제법 명문이었는데, 교문에서부터 한 5, 60미터 진입로 좌우에 히말라야시더가 도열하듯 서 있었다. 히말라야시더 그놈들…… 그땐 참 젊었지. 네 둘째 고모가 젊은 히말라야시더 뒤에 있었어. 벌써 30년이 넘었구나. 누가 날 면회 온 사람이 있다길래 진입로로 뛰어나왔는데 아무도 없지 뭐냐. 둘레둘레할 밖에. 그제야 누가 히말라야시더 뒤에서 내 이름을 불러. 오늘만큼이나 봄 햇볕 쨍쨍한 정오쯤이었지. 썩은 생선 냄새가 먼저, 휘황한 신록 빛 히말라야시더 뒤에서부터 삐쭉삐쭉 나오고, 때 전 몸뻬 바지 검정 고무신 나오고, 숯검정 같은 얼굴, 함지박 머리에 인 누님이 마침내 나오고, 역마살 뻗친 매형이 어린것 경기(驚氣)하듯 홀연히 집 나간 지 이태, 올망졸망한 어린것 셋이나 둔 생과부 누님은 새벽마다 강경포(江景浦)로 나가 새우 젓갈 떼어 머리에 이고, 새우젓 사려엇, 고샅마다 동네마다 다리품 오지게 팔며 새우젓 사려엇, 행상으로 나돌 때였구나. 누님의 몸을 가리듯 서 있던 젊은 히말라야시더 신록 빛 가지 끝에 챙강챙강 부딪쳐 퉁겨 나가던 고 희디흰 햇빛, 눈에 선하다. 큰애 너도 알다시피, 네 둘째 고모, 우리 둘째 누님, 성깔이 얼마나 뚝별스럽냐*. 심술 났다 하면 아래위 할 것 없이 진상(進上) 가는 송아지 배때기 차고도 남을 양반이지. 그런데 별일이지. 그날만은 꼭 관청에 붙잡혀 온 촌닭마냥 겁먹은 눈알 뒤룩뒤룩 굴리면서 다짜고짜로 내 손에 뭔가 잽싸게 쥐여 주면서 그래. 왕사발 깨지는 평소 언성은 온데간데없는

*뚝별스럽다 : 보기에 아무 일에나 불뚝불뚝 화를 내는 별난 데가 있음.

낮은 쉰 소리 한 문장, 절대 기죽지 말어라 잉, 냅다 부려 놓고 돌아서 가는 거야. 손목시계였다. 누님은 고등학교 들어간 세상천지 하나밖에 없는 남동생, 손목시계 없는 게 기죽는 빌미 될까 봐 어찌어찌 그거 하나 사 들고 강경 이리(裡里) 간, 백여 리 길을 단숨에 달려왔던 거야. 내가 누님을 뒤따라가며 누니임, 했지. 콧날이 시큰해졌거든. 그런데 아따 그 양반, 따라오는 내 편으로 한순간 홱 돌아섰는데, 두 눈에서 불이 번쩍하더라. 썩을 놈, 하고 독살스러운 말투의 욕지거리가 날아왔어. 썩을 놈, 동무들이 보면 워쩔려고 미친년 달래 캐듯 따라오길 따라오냐. 아나, 이놈아. 새우젓 장수 누님 뒀다고 동네방네 나발을 불고 다녀라 잉. ……거기 지네 조심해라. 그냥 놔둬. 제 갈 데로 갈 거야. 이놈, 산괴불주머니가 여기 다 나네. 역시 군생(群生)하는 풀인데 바람에 날려 온 모양이구나, 풀씨가. 캐 버려라. 독성이 있어서 못 먹는 풀이야. 난 물론…… 나발을 불고 다니진 않았다. 새우젓 장수 누님 둔 것이 부끄러워서가 아니라 친구가 아무도 없었기 때문에. 우리 고등학교 입학생의 90프로는 같은 울타리 안에 있는 같은 재단의 중학교 출신이었어. 그쪽 감자 꽃도 따 줘라. 그냥 분질러 따면 돼. 그들은…… 이미 그 울타리 안에서 중학 3년을 생활했겠다, 너나없이 동창이겠다, 명문 중학 출신이라는 자부심 높겠다, 위세가 대단했다. 다른 변방에서 왔거나 그 중학만 못한 여타 중학 출신의 소수는 미운 오리 새끼 신세를 면하지 못했지. 두들겨 맞기 일쑤고 바보 취급 당하기 십상이라. 그 텃새, 말도 못해. 교문 앞에 등교 때마다 늘어서 있는 학생부 선배들이 호크가 열렸네, 모자 삐뚤어지게 썼네, 잡아 족치는 것도 모두 변방 중학 출신뿐이야. 사람이란 약한 자를 편들기 마련이라는 게 조작된 이데올로기라는 것을 그때 알았지. 히말라야시더 사이의 곧은 진입로를 다 지나면 왼편으로 붉은 벽돌의 본관 건물이 서 있고, 오른편, 교사(校舍) 있는 데보다 쑥 내려선 곳에 드넓은 운동장이 있었어. 교사 쪽 길을 턱 가로막고 선 코브라의 모습이 상기도 또렷이 떠오르는구나. 박달나무 몽둥이를 이러엏게 들고. 코브라가 직접 박달나무 몽둥이를 깎는 걸 본 적이 있다. 체육 선생이야. 툭 튀어나온 약간 벗어진 머리는 햇빛에 그을어 반질반질 윤이 나고, 입술이 얇은 데다가 하관이 빨아 턱이 뾰족한 게 인상부터 몰강스러웠지*. 담임 심부름으로 공작실에 갔었는데, 거기에서 코브라가 박달나무 몽둥이를 깎고 있더라구. 감동적일 만큼 단아한 표정이었어. 내가 공작실에 들어온 것조차 전혀 의식하지 못하는. 아마 시스티나 성당 벽에 「최후의 심판」을 그리고 있는 미켈란젤로의 표정이 그랬을 거야. 목표가 될 만한 학생을 발견하면 코브라처럼 몸이 쭉 늘어나듯 곧추서던 머리통도 그땐 조용히 내려앉아 있었어. 암튼 코브라는 아침마다 박달나무 몽둥이를 짚고 서서 본관으로 이어지는 길 한가운데 사뭇 강직하게 버티고 서 있는 거야. 우리 학교 학생들은 전

* 몰강스럽다 : 인정이 없이 억세며 성질이 악착같고 모질다.

교생 누구나 지켜야 하는 율법이 하나 있었다. 코브라가 만든 율법. 진입로가 끝나면 본관 건물까진 금방이지만 아무도 직진할 수 없어. 마지막 히말라야시더에서 우회전해 운동장의 긴 북편 담장을 따라 걸어야 해. 중간쯤 가면 멀리뛰기하는 모래밭이 있고, 그걸 지나 북쪽 담장 끝에서 직각으로 꺾어 나가면 운동장 서편 가운데, 철봉대와 평행봉들이 서 있지. 모래밭에 닿으면 멀리뛰기를 한 번씩 해. 그리고 철봉대 평행봉에 닿으면 턱걸이든 평행봉 체조든, 각자 기구를 이용해 운동을 하는 거야. 누구든 등교할 때는 이 순서를 밟아야 해. 그러고 나서 비로소 아침 햇빛 눈부신 운동장 한가운데를 직진해 가로질러 교실로 들어가지 ㄷ자를 엎어 놓은 것 같은 이 등교 라인을 이탈할 사람은 아무도 없었다. 왜냐하면 ㄷ자의 획이 열린 곳에 박달나무 몽둥이가 있었으니까. 뭐, 말처럼 체력 단련이 되는 것도 아냐. 돌아가라고 해서 돌아갈 뿐 너나없이 눈 가리고 아웅 하듯 철봉대에 매달리는 시늉만 하는데 체력 단련이 되겠어. 코브라는 체력 단련이 된다고 믿었을까. 아니. 그도 안 믿었을 거라고 난 확신해. 코브라는 어쩌면 50미터만 걸으면 교실로 들어갈 수 있는 우리들을 2백여 미터 이상 돌아가게 하는, 그 쾌감을 즐겼을 거라고 봐. 코브라의 존재 증명. 코브라가 있으므로 그 존재 증명을 위해 우리는 새벽마다 파블로프의 개가 됐던 거라구. 물론 우리들은 불만이 많았지. 같은 재단의 언필칭 명문 중학 출신의 무리들은 더욱 그랬고. 걔네들은 잘난 저희들끼리 모여 밤낮으로 궁리했어. 코브라를 어떻게 처단할 것인가, 하는. 애들아. 마침내 한 녀석이 탕, 탕, 탕, 칠판을 두들기고 나서더군. 애들아, 내일 아침엔 우리 모두 교문 앞에 모여서 등교하는 거야. 한꺼번에 가다가 코브라, 코브라 앞에까지 오면 있지, 일제히 우우우 하면서 교실로 그냥 밀고 들어오자 그 말이야. 한두 명이 아니니까 코브라도 어쩔 수 없을걸. 다른 반 애들도 각자 그러모아 봐. 아이들은 함성과 함께 박수를 쳤어. 칠판을 탕, 탕, 탕, 두들긴 그 애, 잘생기고, 완력도 좋고, 아버지가 우리 학교 재단 이사 중 한 분이고. 근사한 애였지. 눈빛 마주치면 괜히 이편에서 기부터 죽는. 내가 멍, 멍, 짖을게. 바로 내가 말이야. 그 애는 자못 비장한 목소리로 선언했다. 멍, 멍, 멍, 그게 신호야. 우린 파블로프의 개니까. 내가 너희들 속에서 멍, 멍, 하면 일제히, 이게 중요해, 일제히 교실을 향해 뛰라구. 코브라의 목을 납작하게 해 줘야 해. 그 애는 목소리까지 정말 멋있었다. 둘째 누님, 네 둘째 고모가 내게 손목시계를 주고 간 그날 오후의 일이다. 나는 책상 밑에서…… 손목시계만 만지작만지작하고 있었지. 절대 기죽지 말아라 잉. 손목시계가 내게 말했지만 나는 절로 기가 죽었어. 그 애는 멍, 멍, 멍, 짖고, 애들은 우와우와 함성을 내지르고, 나는 윤달 만난 회양목같이 오그라들고. 정말이지 엄두가 나지 않더라. 박달나무는 자작나뭇과에 속한 교목(喬木)이야. 목질이 워낙 단단해서 차바퀴로 쓰던 시절도 있었고, 조각 재료, 기계 설비, 빗 따위 만들 때 쓰지. 그날 밤…… 나는 꿈을 꾸었구나. 코브라가 든 박달나무 몽둥이가 순식간에 하늘을 가릴 만큼 자라나는 꿈이었다. 회흑색의 거대한 나무줄기는 지평선의 끝과 끝에 닿고, 톱니를 두른 나뭇잎들이 겹겹이 차양을 쳐서 세상은 칠흑처럼 어두운데, 갈색의 박달나무, 바가지만 한 암꽃 수꽃이 뚝뚝 떨어져 내 정수리를 강타하는 꿈을. 차라리 여느 때보다 훨씬 일찍 등교해 버릴까, 아예 한 시간쯤 지각해 버릴까. 나는 갖가지 궁리를 했는데. 정작 교문 앞에 당도했을 때의 내 몸은 이미 아이들의 이상한 침묵 한가운데 놓여 있더구나. 외지 중학교 출신 학생은 나밖에 없는 것 같았다. 우리들은 무리 져서 교문 안으로 들어갔어. 박달나무 몽둥이를 짚은 코브라가 거기, 교사 쪽 마지막 히말라야시더 앞에 서서 운동장의 북쪽 담장과 서쪽 담장을 따라 움직이는 엎어 놓은 ㄷ자형의 긴 행렬을 감시하고 있었다. 멍멍, 하고 파블로프의 개가 멍, 멍, 멍, 짖어야 할 순간이 빠르게 다가왔지. 소리는 그러나…… 들리지 않았어. 개 짖는 소리는 고사하고 다른 그 어떤 소리도. 그것은 절대의, 수만 광년 너머의 우주에서나 만날 수 있는 침묵이었다. 나는 고개를 숙이고 있었지. 팔목에 찬 손목시계가 언뜻 드러나 보였어. 그리고 청량한 아침 햇빛 한점, 손목시계 표면에 부딪쳤다가 이내 포악하게 내 눈을 찔러 왔다. 이 두 눈을 말이야. 그 순간, 나는…… 걸었다. 운동장을 향해서가 아니라 본관 건물 쪽으로 곧장. ……손목시계 때문이었을까. 아냐. 지금도 나는 확신해. 멍, 멍, 멍, 멍. 나는 개가 짖는 소리를…… 들었어. 손목시계의 금속 표면에 부딪쳤던 햇빛 한 점이 내 눈을 포악하게 찔러 왔을 때, 누가, 재단 이사의 아들인 그 애인지 다른 애인지는 몰라도 암튼, 무리 중의 누가, 내게 약속된 신호를 보내는 거였다구. 멍, 멍, 멍, 하고. 애들은 아무도 짖지 않았다고 말했는데, 나중에까지, 나는 마치 애들이 날 바보로 만들려고, 짜고 치는 고스톱처럼, 아무도 짖지 않았어, 그렇게 말한다고 생각했다. 박달나무 몽둥이가 물론 나를 가로막았지. 이미 나와 달리 운동장 쪽으로 방향을 잡은 무리들이, 내게서 멀리 떨어진 채 나를 보고 있었대. 멍, 하나에 한 발짝, 멍, 하나에 한 발짝, 나는 확실하게 걸었다. 박달나무 몽둥이가 모질음* 써 오금에 떨어지기 전까지. 나는 단 한 번의 매질에 태질당한 개구리처럼 쓰러졌고, 오르가슴과도 같은 그 어떤…… 고통의 쾌감을 그때, 경험했다. 축구에서 오프사이드 작전이라는 게 있지, 왜. 그냥, 갑자기 그게 생각나는구나.

제비나비가…… 저기, 토마토 밭에 또 왔네.

아마도 제 무리를 찾지 못한 모양이야. 화려한 날개를 맘껏 펴고 난다만, 저놈, 제 무리를 잃은 공포감에 지금 우왕좌왕하는 게 확실해. ……두 가지 고독이 있어. 하나는 생로병사(生老病死)로 이어지는 사람의 유한성에 대한 선험적 고독일 것이고 또 다른 하나는 바로 저것, 무리에서 떨어진 제비나비의 공포. 무리와 나의

* 모질음 : 고통을 견디어 내려고 모질게 쓰는 힘.

관계. 변방의 이 외딴집에서도 비 내리는 한밤중, 혹은 들새 산새들의 날갯짓 분주한 신새벽, 저기 사람 사는 세상의…… 무리를 나는 본다. 저기로 가는 길을 낼 수 있을까. 이 또한 선험적인 것으로 나는 느껴. 면면히 가계(家系)를 따라 이어 내려오는. 회한으로 죽을망정, 그 부토(腐土)의 해체에 이를망정 소통은 불가능할 것 같고…… 그럼 절망이 와. 나는 이것을 이기고 싶다. 설령 무리 안에 들었다고 해도 그래. 들었다고 생각하는 순간, 무리와 나 사이에 뭔가 투명하지만 완강한 강화 유리 같은 게 끼어드는 걸 느끼거든. 이것의 정체는 무엇인가. 어떤 땐 무섭고 어떤 땐 안타깝고 어떤 땐 절박한…… 무리와 만나고, 또 맞서는, 그 관계에의 서툶…… 소통 불가능한 중심 부위의 한끝에 아마도 내가 있겠지. 이 나이에도 도무지 붙잡을 수 없는 내가. 제비나비가…… 이번엔 마을 쪽으로 내려가는구나. 마을로 가면 제 무리와는 아마도 더 멀어질 게다. 저렇게 두서없이 헤매다가 지치면 꽃그늘 뒤에서 숨어 있는 왕사마귀 밥이 되기 십상이야. 뭐, 영웅? 코브라의 박달나무 몽둥이에 기함할 만큼 맞고 났으면 그 대가로 아이들 사이에선 내가 영웅이 됐겠다 그 말이지? 그렇게 상상할 수 있지. 내 비록 천성은 심약하다 할망정 어찌 됐든 홀로 박달나무 몽둥이의 회오한 강압에 맞섰으니, 애들이 젊은 히말라야시더만큼이나 날 우러러보고, 닭이 천이면 봉이 한 마리구나, 영웅 대접 봉황 대접 받을 만하고말고. 하지만 얘야. 비참한 것은 박달나무 몽둥이가 내 무릎을 꺾던 그 순간이 아녔어. 그 후부터, 박달나무 몽둥이에 얀정머리* 없이 두들겨 맞고 난 그 후부터, 아무도, 영웅은커녕 심지어 내 옆자리 짝꿍까지, 미운 오리 새끼 같은 처지의 변방 중학 출신 애들까지, 나한테 일절 말을 걸어오지 않을 때…… 참말 비참했다. 무리에서 떨어져 혼자 박달나무 몽둥이를 향해 한 발짝 떼어 놓았을 때, 내가 이미 무리로부터 버림받는 운명에 놓이게 됐다는 걸 깨닫는 데는 오랜 시간이 필요 없었어. 저 새끼 땜에 일을 망쳤어. 병신 새끼. 완전히 미친 새끼야. 재단 이사 아들은 말했고, 무리는 거기 동의했다. 동의하지 않으면 자신들의 비겁함을 인정해야 하니까. 내가 지나가면 애들은 내 등 뒤에 곧잘 손가락으로 동그라미를 그려 보였어. 저 새끼. 또라이야. 그들은 암묵적으로 만장일치 합의한 셈이지. 또라이…… 그것이 고독이었다. 세계가, 무리가, 나를 중심 삼아 뱅그르르 돌려 동그라미를 그리는. 원 밖으로 나가려고 하면 할수록 또라이, 또라이, 또라이, 피켓은 늘고, 그러니 원은 좁아진다. 악을 쓰고, 몸부림치고, 애원하고, 무릎 꿇고, 어떻게 하든, 원은 점점 좁아져 마침내 사지가 결박된 상태가 되는 거야. 포악한 고독이지. 더 자라서…… 첫 직장이나 다름없던 강경의 모 여학교에서 떠난 이유도 그거였다. 그때 나는 스물여섯이었고, 네 엄마와 연애 중이었어.

주스 남은 것 있지? 그거 한 잔 더 다오.

* 얀정머리 : '인정머리'를 낮잡아 이르는 말.

찌르레기랑 박새들이 어째 잠잠하구나. 그럼 그렇지. 저 비닐하우스 뒤편을 보렴. 활상(滑翔)으로 미끄러지듯 비행하는 저놈, 새매야. 가슴팍이 불그레한 게 붉은배새매가 틀림없다. 개구리를 좋아하지만 박새나 오목눈이 같은 꼬마 새들도 즐겨 잡아먹어. 자연 속에서의 먹이 사슬은 거의 기하학적이야. 풀잎이나 나뭇잎은 메뚜기 나비 애벌레 등 초식 곤충이 먹고, 초식 곤충은 제2차 소비자라 할 수 있는 사마귀 잠자리 등 육식 곤충이 먹고, 육식 곤충은 박새나 찌르레기 같은 꼬마 새들이 먹고, 꼬마 새들은 수리나 매가 먹는다. 도식적으로 나타내면 피라미드가 돼. 그물망같이 엮이는 이 자연의 먹이 사슬은 사람이 관여하지 않는 한 반듯하게 균형을 유지한다. 새매 저 녀석, 뭘 먹을까 궁리가 한창이구나. 그렇지 참. 강경 떠나던 때 얘기를 하다 말았지. 난 강사였어. 중등학교에는 전임 강사 제도가 있었다. 신분 보장은 안 되지만 월급은 정식 교사의 3분지 2 수준이었지. 물론 교사 자격증이 있어야 되고. 강경이야 나한테 고향이나 다름없잖니. 연줄도 좀 있었고, 또 그 학교 당시의 교장 선생님, 별명이 불도저였는데 도내 교육계에선 영향력이 큰 분이었고, 그래서 이렇게 저렇게 한 1년 지나면 다음 해 정식 교사가 되는 건 따 놓은 당상이라 여겼다. 한데, 이 불도저 교장 선생. 천성이 그랬는지 당신의 영향력에 대한 과신이었는지 횡포가 이만저만이 아닌 거라. 선생들을 완전히 장군이 졸병 다루듯, 지주가 머슴 다루듯 했어. 교장 앞에선 쉰 살이 넘은 선생님일지라도 숨도 제대로 못 쉬었다. 강사인 나도 물론 담임에 수업도 다 해. 보충 수업이 있어서 하루 꼬박 여섯 시간 이상 수업을 맡아야 했지. 보충 수업은 정규 수업 후에 일테면 과외처럼 하는 수업인데, 보충 수업비를 받아. 문제는 보충 수업비야. 원래 규정대로 하면 보충 수업비는 전액을 수업 시간 수에 따라 교사들에게 분배하도록 되어 있어. 딴 데 전용하면 안 돼. 그 무렵이야 교사들도 가난했지. 온종일 목 쉬게 강의하고, 학교 새마을 운동이 다 뭐다 온갖 잡무에 시달리고, 교장의 사병(私兵)인 양 쓸데없는 실적 전시에 밤낮없고, 그래도 월급 받으면 매달 언 발에 오줌 누기라. 특히 40대 이상 된 교사들은 새끼가 크니 허구한 날 안팎곱사등이 흉년에 윤달일밖에. 사정이 이러한데, 보충 수업비 쓰임새가 오리무중이었어. 교사들이 수당으로 지급받는 보충 수업비 전액을 합해 봤자 걷어 들이는 돈의 반도 안 됐거든. 전액을 수당으로 지급하라는 규정을 무시하고 교장이 반 이상 전용하는 거야. 해명도 없어. 교사들은 누렇게 뜬 얼굴로 점심 식사 때마다 라면을 먹을까 떡 라면을 먹을까 그걸 고민해. 떡 라면이 10원 비쌌는데, 10원 가지고 끼니때마다 갈등을 겪는 거지. 그런데도 정작 아무도 교장에게 보충 수업비 전용의 해명조차 요구하지 못하는 거야. 어느 새벽…… 그래, 우리는 교장 요구대로 정해진 출근 시간보다 한 시간 일찍 나와야 했으니까 새벽이지, 직원회의가 열리고 있었다. 직원회의래야 살얼음판 같은 긴장된 침묵 속에서 교장의 일방적인 훈시 명령을 듣는 거였지만. 교장은 탁자를 치며 말했어. 무릇 교사란 무엇이냐, 라고. 뭐긴 뭐겠니, 천직(天職)이다 그 말이지. 그 양반 허구한 날 하는 얘기야. 하늘이 내린 직분이니 그 직분을 수행함에 있어 먼저 헌신하고자 하는 신념이 있어야 하고, 다음은 성실 근면으로 사표(師表)를 보여야 하며, 하는 식이야. 처음 듣는다면 자못 감동적으로 들릴 만큼 적당한 인용과 보편적 논리로 짜인 연설은 대개 헌신에서 헌신으로 끝나. 대가를 바라지 말고 일할 신념 체계를 갖추라는 것, 그것이 아니면 오늘 당장 사표를 쓰라는 것. 자못 포효하는 목소리로 그가 교사들을 잡도리* 하는 그날의 소재는 보충 수업이었다. 정규 수업이 아니라고 해서 보충 수업 시간을 얼렁뚱땅 넘기려는 선생이 많다는 거였어. 더구나, 하고 그는 소리쳤지. 더구나, 보충 수업은 보충 수업 수당을 받는다 그 말이오. 그런 대가가 없어도 당연지사 가르치고 또 가르쳐야 하는 것이 우리 선생들의 직분인즉, 수당까지 받아먹으면서 어영부영 시간이나 때우려 들고…… 선생 놈들이 밤새워 술이나 처먹고. 그는 흥분했던 거야. 내가 상기도 기억하는 건 '선생 놈'이란 말과 '처먹고'란 말이다. 흥분하게 되면 다른 때도 곧잘 선생 놈들이란 말을 그는 썼다. 다혈질이었어. 멍, 멍, 멍, 하고 개가 짖었을까. 파블로프의 개가. 모르겠다. 뭔가…… 아주 단단한 청죽(青竹) 같은 것이 내 전신을 직립으로 꿰어 세우는 듯한 느낌이었다.

* 잡도리 : 단단히 준비하거나 대책을 세움.

저절로, 스스로 막을 길 없이, 내 몸이 곧게, 곧게 일으켜졌으니까. 무슨 말을 서두로 삼았는지는 생각나지 않아. 암튼, 나는 보충 수업비에 대해 전 교사들이 의문을 갖고 있다고 말했어. 의지라기보다 그 역시 저절로 말이 나왔다. 멍, 하나에 한마디, 또 멍 하나에 또 한마디. 교장의 얼굴이 벌게져서 살기 띤 눈빛을 쏘아 보내며 들고 있던 펜대를 교무실 바닥으로 집어던지더군. 저놈 뭐야, 라고 그는 소리쳤다. 감히 어디 대고…… 저 버르장머리 없는 놈, 뭐야, 라고. 그 시절은 잉크를 찍어서 사용하는 펜을 썼어. 책상마다 놓여 있었지. 잉크를 따라 놓고 쓰는 유리그릇이. 구멍이 두 개 패어 있는데 한 구멍엔 붉은 잉크, 다른 구멍엔 푸른 잉크, 그랬다. 교감과 교무 주임이 황급히 일어섰고, 옆 자리 선생이 날 주저앉히기 위해 내 어깨를 잡더라. 그게 화근이었어. 반동(反動)은…… 내 본질일까. 내가 집어던진 잉크 그릇이 단호하게 날아가 교감 책상에 맞았다. 사방으로 붉은 잉크 푸른 잉크가 튀었지. 새로 다려 입은 교장의 새하얀 와이셔츠에도.

새매가 어느새 갔구나.

개구리 한 마리쯤 잡아챘을까. 아님 박새나 찌르레기가 먹혔는지. 봐라, 새매 떠나고 나니까 저놈들, 꼬마 새들, 한참 짓이 났구나. 잉크? 그 시절은 지울 방법이 없었지. 빨아도 소용없어. 요즘은…… 붉은배새매가 한창 알을 품을 시기야. 스무 날쯤 품고 있으면 아기 새매가 탄생해. 아니다. 매사냥하는 건 새매가 아니고 그냥 매야. 텃새지. 붉은배새매는 숲에다 집을 짓지만 매는 주로 해안 암벽 같은 데 살아. 수컷이 먹이를 사냥해 오면 암컷인 어미가 이를 잘게 찢어 새끼에게 준다. 먹여 주지 않고 공중에서부터 새끼들 있는 데로 떨어뜨려 줘. 새끼들은 자연 먹이를 더 먹기 위해 저희들끼리 경쟁해야 하지. 또 어떤 먹이는 집 밖으로도 떨어지니까, 받아먹으려면 모험을 감수할 수밖에 없어. 집 밖으로 떨어지는 먹이를 받아먹다 암벽에서 떨어지는 놈도 생긴다. 다리가 부러지고 그러지. 그런데, 이 다리가 부러진 놈이야말로 어른이 되면 제일 사납고 억센 매가 된다는 게 재밌어. 이런 놈을 낙상매〔落傷鷹〕라고 불러. 낙상매는 매사냥에선 최고 진상품으로 치지. 요즘은 매 보기 정말 쉽지 않아.

허헛, 또 영웅 얘기냐.

물론 그 당장에 학교를 그만둔 것은 아냐. 그만둘 이유도 없었고, 교장은 그날 나를 따로 불러서 오히려 내년에 정식 교사가 되게 보장해 주마, 어쩌고저쩌고 회유하더라. 보충 수업비 때문에 시끄러워지면 그 양반 입장만 난처해질 테니까. 다음 달부터 보충 수업비 수당도 좋아졌지. 먹고살 대책도 없으면서 내가 끝내 그만둔 것은…… 동료 교사들 때문이었어. 그들 역시 일제히 내게 등을 돌리고 말더라구. 아무도 날 가까이하려 하지 않았어. 코브라의 박달나무 몽둥이에 두들겨 맞고 나서 또라이가 됐듯, 이번에도 나는 고립되었다. 그들은 나와 가까이하는 게, 내 편이 되는 게, 곧 교장에겐 적으로 취급될 거라는 사실을 잘 알고 있었거든. 박달나무 몽둥이 사건보다 훨씬 더 복잡하지. 이해까지 얽혀 있으니까 말이야. 사람이란 혼자 있으면 무섭고, 무리가 되면 몰강스럽고 멍청해져. 그들은 행여 내 편이라고 찍힐까 봐 전전긍긍하면서 역시 암묵적으로 맺어져 교장 대신 나를 하나의 고립된 원 속에 가두는 거야. 케플러의 법칙이라는 게 있어. 우주의 모든 행성은 타원을 그리며 돈다는 거야. 타원은 초점이 두 개야. 어떻게 좁아 들어도 남는 면이 있다구. 살 수 있지. 그러나 무리로부터 버림받아 혼자 갇히는 원은 초점이 한 개뿐이다. 좁아 들면 살아날 방법이 없어. 그래서 학교를 그만두고 강경을 떠났다. 그곳에 있으면 있을수록 나를 고립시킨 원은 점점 더 좁아질 테니까 말이야. 서울로 와서 여러 직업을 전전했지. 어디를 가든 그 원의 함정이 나를 기다리고 있더라만.

혼자된 제비나비, 끝내 안 오는구나.

어이구우, 시원타. 두 이랑이나마 이리 깨끗이 매 놓으니 이제 밭 꼴이 난다. 네 덕분에 우리 감자 밭이 호사하는 거지. 벌써 황혼인데, 오늘은 이만 하고 저녁이나 해서 함께 먹자. 삼겹살이 좀 있을 게야. 상추 뽑아서 쌈 싸 먹고, 또 아욱국 좀 끓여 주랴. 허헛, 인석. 혼자 살면서 늘어난 게 음식 솜씨뿐인데 날 못 믿겠니. 아욱국만은 네 엄마 못지않아. 상추든 아욱이든 쑥갓이든 밭에서 금방 뽑아 먹으면 향기가 달라. 여기도 씀바귀가 많구나. 씀바귀니 체꽃이니 고사리니, 하다못해 민들레 질경이도 있는데 뽑아서 좀 무쳐 먹을 걸 그랬구나. 쯔쯔삐 쯔쯔삐 쯔쯔삐, 박새들 노랫소리 참 낭랑하다. 어떠니. 찌르레기하고 박새하고, 지저귀는 새소리가 이제 구별되니. 새소리, 노래가 아냐. 우리는 노래라고 하지만 걔네들은 어떤 땐 짝을 부르고 어떤 땐 무리를 부르고, 경계하고 사랑하고 울부짖고…… 말하자면 언어지. 새의 언어. 박새란 놈 쯔쯔삐 하고 울다가 쥬쥬 치이, 하고 울다가 그래. 쥬쥬 치이, 하는 건 적이 나타나거나 했을 때의 경계의 뜻을 담고 있어. 그들의 언어는 리얼해서 말과 말한 놈 사이에 간격이 없어. 까마귀나 딱따구리 같은 건 소리다운 소리를 못 낸대. 그런 놈들은 그 대신 날개 소리를 크게 내거나 나무를 두들겨 신호를 보내. 얘얘. 그렇게 한쪽만 뽑지 말고, 옳지, 솎아 준다고 생각해서 밴 데를 고루 뽑으렴. 원래 상추는 뽑아 먹는 게 아니라 잎만 따먹는 거야. 따먹으면 금방 새잎이 또 나오거든.

뭐 서울?

서울에선 어떤 무리가 또 나를 원 안에 가두려 하더냐, 그 말이야. 헛, 아무래도 너하고 밤을 새워야겠구나. 처음 올라와…… 어떤 신문사 입사 시험을 봤어. 자신은 없었지만 암튼 좀 쉽겠다 싶은 데로 원서를 냈구나. 내 영어 실력은 형편없었다만 워낙 독서량이 많아 기사 작성, 국어, 논문, 상식, 이런 다수의 과목은 일류 대학 출신한테 절대 뒤지지 않았어. 정부가 주인인 신문이었는데 천만 다행으로 필기시험은 합격했지 뭐니. 면접 날이 다가왔다. 날은 야멸치게 추웠는데, 연애하던 네 엄마의 배웅을 받고 신문사로 갔지. 네 외가에서 날 탐탁하게 생각하지 않아 사랑하는 여자하고 같이 살기 위해서라도 어떡하든 어엿한 직장을 잡아야 했어. 면접이래서 사지 멀쩡한가 뭐 이런 것만 보는 줄 알았는데 그렇지가 않더라. 이것도 필기시험처럼 과목별 코스가 있더라구. 영어 코스에 들어가면 면접관이 『타임』지같이 생긴 걸 툭 던져 주고 몇 페이지 윗줄부터 읽고 해석해 봐요, 이런 식이야. 그러니 면접도 하루 온종일 걸릴 수밖에. 마지막 코스인 사장실 문 앞에 도착했을 땐 저물무렵이었어. 광화문이 어디 있는지도 잘 모르는 촌놈에다가, 앞뒤 모두 일류 대학 출신인데다가, 코스를 낱낱이 돌면서 아무래도 떨어졌구나 하는 예감과 이미 만난 데다가, 기죽지 말아라 잉, 네 둘째 고모 그 한마디 골백번 생각했다만, 그래도 사장실 앞에 당도하니까 몸은 주저앉고 싶을 만큼 지치고 마음은 응달의 승아* 대마냥 야코가 팍 죽어 있는 거야. 더구나 사장실 문 앞에서 잘 씻은 팥알같이 뵈는 젊은 비서가 말하길, 사장실 안으로 들면 백묵으로 동그라미 두 개를 바닥에 그려 놨은즉, 그 동그라미 찾아 발을 딛고 서라는 데는 그냥 돌아서 도망치고 싶었다. 차례가 와서 마침내 들어갔구나. 생전 처음 보는 붉은 카펫이 쫘악 깔려 있었어. 그것도 요즘 같은 촘촘히 실로 짠 카펫이 아니라 털이 부스스 하늘로 곧추

* 승아 : 마디풀과에 딸린 여러해살이풀. 수영의 또 다른 이름.

선 그런 카펫이야. 더 기가 죽을밖에. 하도 긴장해서 다른 건 전혀 생각나지 않고 다만 좀 전에 비서가 문밖에서 해 준 말, 백묵으로 그린 동그라미 두 개를 밟고 서시오, 그 말만 귓속에 쾅쾅 울리는 기분이었다. 동그라미 두 개를 밟고 서시오. 마치 동그라미를 빨리 찾아 밟고 서면 합격, 동그라미를 빨리 찾지 못하면 불합격, 그리 느낀 것 같아. 나는 눈에 쌍으로 헤드라이트를 켜고 찾았지. 둘레둘레, 이리 한 발짝 저리 한 발짝, 그렇게. 생각 좀 해 보렴, 큰애야. 털이 부스스 선 카펫에다가 백묵으로 동그라미를 그리면 그 동그라미 선(線)이라는 게 어디 선명하겠니. 더구나 앞서 면접을 받은 사람들이 여러 번 밟고 섰다 나갔으니 백묵 선은 더 흐릿할밖에 없지. 난 정말 초조하고 불안했다. 게다가 간신히 백묵의 자취를 찾아 서서 비로소 고개를 똑바로 들었더니 이번엔 눈앞에 있어야 할 면접관이 뵈지 않는 거라. 설 자리를 잘못 찾았구나. 가슴이 철렁하더라. 그제야 사장의 말소리가 들리는 거야. 천상(天上)에서. 왜 천상이냐구. 그때의 그 신문사 사장실은 그랬어. 교실 넓이는 됨직한 사장실이 반으로 나뉘어 있는데, 집무 책상이 있는 자리는 다른 자리보다 1미터쯤 더 높은 단으로 되어 있었거든. 결재 받으러 직원이 사장실에 들면 단 아래에서 먼저 차렷 자세로 인사하고 절도 있게 다섯 계단쯤 올라가 사장 책상에 결재 서류를 펴놓는 거야. 나는 물론 보기 좋게 낙방했다. 그러나 낙방한 건 오히려 고통스럽지 않았어. 그보다, 그날부터 자주 천상에서, 단 위에서 내려다보듯, 내 자신의 모습이 아주 객관적으로, 아주 막힘없이, 아주 낱낱이 내 눈에 보이는 것, 그것이 고통이었구나. 붉은 카펫 위에서 얼굴은 시커멓고 눈은 쑥 들어간 한 깡마른 젊은이가, 빌려 입은 것처럼 안 맞는 낡은 양복에 어색하게 넥타이를 잡아맨 한 촌스런 젊은이가, 잔솔밭에서 바늘 찾기로, 쌍심지 두 눈에 켜고, 술 취한 놈 달걀 팔듯, 설 자리를 초조하게 찾아 갈밭 매는, 어릿광대 같은 내 자신, 그 극단의 희화(戱畵). 그것이 떠오르면 잠자다가도 나는 벌떡 일어나 수치심과 모멸감을 견뎌 내기 위해 발가벗고 물구나무를 서곤 했었어. 그리고 결심하고 결심했지. 어느 누구든, 그 무엇이든, 다시는 내게 동그라미를 그려 넣고 그 안에 서라고 요구하지 못하게 하겠다고. 그렇게 살 바에야 차라리 앉은 채 굶어 죽겠다고.

자, 우물로 가서 상추부터 씻자.

한 장씩, 흐르는 물로 씻어라. 옳지. 그렇게. 농약 안 쳤으니, 먼지만 씻어 내면 돼. 새들도 모두 제 집에 들고…… 적막하지?

저기 놀빛 좀 보려무나.

여기 저물녘은 이래. 동쪽 산은 굴암산이야. 휘어져 간 저 길 따라 올라가면 암자 하나 있고, 그 사이 풍화된 무덤들로 이어지는 소로가 갈려 나간다. 네 증조부모 산소도, 길은 다르다만, 따져 보면 저 굴암산과 연접한 두어 개 산을 넘은 곳, 거기 있어. 이 집터를 산 게 그 때문이야. 밤 깊어 이 집에 홀로 누워 있으면 꼭 어머니 등뼈에 등을 대고 누운 기분이 들어.

여기, 철제 의자에 잠깐 앉아 보렴.

이 의자, 낯익지 않니. 화곡동 살 때, 우리 식구 숫자대로 다섯 개를 샀는데 지금은 이거 하나 남았구나. 이맘때면 곧잘 애비는 지금 너처럼, 그렇게 앉는다. 이제 곧 어두워질 게야. 어둠은 장강(長江)처럼 천천히 흐르다가 갑자기 깊어져. 보려무나. 하늘엔 암갈색 놀빛이 남았는데 산으로 가는 길은 벌써 보이지 않잖니. 마을 외등에 불이 켜지는구나. 더 어둠이 깊어지면 있지, 마을 집은 오히려 밝아 보여. 외등 불빛에 용마루 선들이 선연히 드러나기 때문이기도 하지만 창마다 켜지는 불빛들 때문이야. 불빛은 어둠이 깊을수록 더 가깝거든. 요즘은 날씨가 얼마나 좋으냐. 망연자실 앉아 있음 바람조차 내 몸에 닿아 미끄러져 흘러가는 게 아니라 늑골 사이로 통과해 가는 것 같아져. 그럼 혼잣말로 나는 자신에게 물어봐. 천명(天命)의 나이에, 상기도 그리운 무엇이 남아, 너는 여기, 날 저문 외딴집에 남아 있느냐. 저 마을은…… 무리와 세상으로 나가는 통로야. 가만히 숨죽여 보고 있으면 식탁에 둘러앉는 사람들의 어른거리는 그림자가 뵌다. 네 할머니는 굉장한 히스테리를 부렸어. 이제 생각해 보면 가난보다 외로워하셨던 같아. 장돌뱅이 아버지는 먼 길로 사뭇 떠돌고, 말만 한 네 딸들 하나같이 성깔 뚝별스럽고, 어머니 당신 또한 척박한 삶과 묻은 꿈 사이의 고단한 일상. 그래서 집안은 허구한 날 불화(不和)가 그칠 날

없었다. 학교에서 돌아오다 보면 매양 울타리 너머에선 어머니 누님들 악다구니 소리가 들려. 감수성 예민했던 나는 차마 집 안에 들어가지 못하고, 바람 찬 밤, 고샅으로 나앉은 굴뚝에 앉아서 집 안이 잠잠해질 때까지 기다리는 거야. 그때 알았지. 어둠은 장강처럼 천천히 흐르다가 갑자기 깊어진다는 것을. 이윽고 맞은편 철이네 집 불이 켜지고, 어쩌다 밥사발에 숟가락 부딪는 소리, 도란거리는 소리, 나지막하게 합치는 웃음소리 들리고…… 그러나 어린 소년이었던 나만 문밖 어둠 속에 혼자 있다. 내 최초의 세계 인식은 그거였어. 나는 세상이 불화로 꽉 차 있는 줄 알았지. 화해는 보이지 않는 문 뒤에서 단지 실루엣으로 존재할 뿐이었어.

그것이다.

그것이 부랑(浮浪)의, 내 문학의 시작이야.

어둠에 묻힌 산은 그 형체가 이미 사실의 바다를 떠나 있어. 저기 저 산 좀 봐. 저것은 이승이래도 이승이 아냐. 초월적인 그 무엇이지. 그러나 불 켜진 마을의 방들은 다르다. 저곳엔 상처의 한숨과 함께 다른 것들이 섞여 있다. 철이네 집 밝은 창호지 불빛에 어른거리던 것. 혹은 온갖 살아 있는 것들 섞여 사는 내 텃밭 같은. 어떤 때 나는 산으로 가고 싶고, 어떤 때 나는 마을로 가고 싶어. 그러나 나는 아무 데로도 가지 못하고 여기 부초로 있다. 망집(妄執)의 사슬 끊지 못했으니 산으로 들 수 없고 무리와의 향기로운 길 열지 못했으니 마을로 갈 수도 없는 게지. 부랑은 선험적인 것일까. 나는 찾아 헤맨다. 네가 앉은 그 의자에 결박당해 앉은 채 내 몸 어딘가, 작은 창자 안쪽이나 좌심방 우심실이나 작은골 큰골 사이나 실핏줄이나, 그런 데 숨겨져 있을 부랑의 연원(淵源). 그러다 보면…… 회한에 목메며 마침내 깨닫는 것 하나 있단다. 아니. 하나라는 구렁에 오른발 아닌 왼발을 내민 것, 박달나무 몽둥이를 향해 직진해 걸어갔던 것, 그런 것들은 후회 없다. 멍, 멍, 멍, 직진의 신호를 보내던 그것, 내 안의 또 다른 것은 소중하고 소중해. 정말이다. 약해 뵈지만 나의 내부엔 엄청나게 강인한 그 무엇이 있다고 나는 믿는다.

하지만.

그렇지만…….

그럼에도 불구하고…… 아니다, 얘야. 너는 나보다 나을 거야. 나는 널 믿어. 믿고말고. 말할 날이 또 오겠지. 별이 많이 났구나. 그만 들어가자, 큰애야. 제비나비는 있지, 네 번 허물을 벗어. 아무래도 아까 무리에서 떨어져 혼자 마을 쪽으로 내려간 그 제비나비가 잊히지 않는구나. 상추 담아 들고 일어서라. 삼겹살이 얼마나 남았는지 원.

아버지.

잠든 아버지 모습을 한참이나 내려다보았어요. 잠들어 있으면서도 아버지는 슬픈, 외로운 표정을 짓고 계셨어요. 아마도 마을

쪽을 향해 혼자 날아간, 무리에서 떨어진 제비나비의 꿈을 꾸고 계신가 봐요. 언젠가, 제가 아주 어렸을 때, 아마도 설악산 오색 약수터에서였을 거예요. 사람들이 약수를 받아먹기 위해 길게 줄을 서 있었는데요, 술에 취했는지 어땠는지, 우락부락한 청년 몇몇 드러내 놓고 새치기했던 일이 기억나요. 아버지가 참지 못하시고 줄을 서라고, 새치기는 잘못이라고 말하셨어요. 청년들은 곱지 않은 눈빛을 하고 자신들은 줄을 섰다가 잠깐 가게 다녀온 것이라고 뻔한 거짓말을 했어요. 그래도 아버지가 믿지 않으니까 청년들은 한술 더 떠서 새치기 당한 어떤 중년 남자에게, 또 어떤 여자에게 거칠게 묻는 것이었어요. 그랬죠, 아저씨? 우리가 분명히 줄을 섰었죠, 아주머니? 아저씨 아주머니는 물론 거기 줄을 서 있던 모든 사람들이 청년들의 눈빛을 피하면서, 암묵적으로, 청년들의 말을 인정했어요. 그랬더니, 아버지가 갑자기 소리를 지르기 시작하셨어요. 아니다. 너희는 거짓말하고 있다. 여기 있는 다른 사람도 너희들 거짓말을 다 알고 있다. 아버진 그런 내용의 말을 쏟아 놓고 있었지만 워낙 흥분해 소리치는 것이어서 제대로 말이 이어지지 않았던 것 같아요. 죄송한 표현이지만, 아버지는 그때 꼭 미친 사람 같았다구요. 청년들은 결국 기가 질렸는지 어땠는지 슬금슬금 꽁무니를 뺐구요. 우리 또한 약수 마실 걸 포기하고 물러 나왔어요. 그때의 아버지는 차암 젊으셨구나, 하는 생각, 잠든 모습 보면서 했어요. 그리고 그때의 아버지가 왜 발작하듯 하셨는지도요.

마을에서 첫닭이 우네요, 아버지.

밤새 깨어 있으면서, 아버지가 그랬듯, 저도 어둠 속에 앉아 동창의 캄캄한 산과 서창의 밝은 마을을 번갈아 내다보았어요. 아버지는 무엇을 말씀하려다 마셨을까. 어둠으로 부드럽게 가려진 저 초월적인 산과 불 밝은 저 무리의 마을 사이, 이곳에서 아버지가 밤마다 만나는 고독, 밤마다 만나는 회한은 무엇일까. 그랬더니 더더욱, 오색 약수터에서의 아버지 모습이 선명해지데요. 박달나무 몽둥이 앞으로 걸어가던, 교장을 향해 잉크병을 던지던 젊은 아버지 모습 말예요. 무리와의 잔인한 충돌에서부터 언제나 용수철처럼 튕겨 나왔던 아버지를 저는 사랑해요. 아버지는 그때마다 엑스표를 치신 거지요. 내 친구들에게 제가 가새표를 쳤듯이요. 가미카제처럼, 그 비겁하고 몰강스럽고 멍청한 무리에게 달려가 함께 산화하고 싶었던 아버지 젊은 날, 그리고 제 곁에 잠든 쉰 살의 아버지. 저는, 깨달았어요. 아버지는 지금 이렇게 묻고 계신 거예요. 왜 끝내, 남은 사람들과 약수를 나누어 마시면서 소리 지를 수밖에 없었던 이유를 설명하려 하지 않고 서둘러 등 돌려 떠났던가, 하구요. 증조부님은 규정공 파 그 마을에서 떠나지 않고 끝까지 견딜 수는 없었는가, 하구요. 새마을 운동 지붕 개량 사업이 마무리될 때쯤, 고향을 떠나 강경 읍내로 이사한 할아버지의 결정은 최선이었는가, 하구요. 또 아버지 당신 스스로, 왜 강경의 그 여학교를 서둘러 등졌던가, 하구요. 떠나고 떠나다 보면 부랑은 끝이 없다. 아버지는 저 우물가에서 마지막으로 제게 그 말씀을 하려다 마셨다는 거, 이제 알아요. 두 주먹 불끈 쥐고 그 무리들 이기겠다, 싸우듯 사셨지만요, 아버지는 그것이 과연 진정한 싸움이었던가, 참된 용기였던가, 돌아보고 계신 거지요. 좀 더 깊이, 좀 더 끈질기게, 그 무리 속에 붙박여 있으면서, 그러나 결코 굴복하진 말고, 멍, 멍, 멍, 북 치고 나오는 자신을 소중히 열고, 무리를 열고, 그리하여 그 사이를 소통하는 향기로운 길 찾아내라는 아버지가 침묵 뒤로 남기신 말, 저는 이렇게 깨어서 듣고 있어요. 죽음 같은 탈피의 순간에 제 목숨을 몇 번씩 걸고도 모자라, 어둠의 관 속에 거꾸로 매달려 긴 혹한을 견딘다는 제비나비, 이윽고 신생의 봄날, 잔인한 무명(無明)을 일시에 무너뜨리고 날아가는 프시케, 그 영혼의 아름다운 각성을요. 유학 가겠다고 충동적으로 말한 제 허물, 아버지, 용서해 주세요. 저는 오늘 무리 속으로 돌아가 그 무리와 다시 만날 거예요.

동이 트려는지 새소리 들려요, 아버지.

좀 슬픈 얼굴을 하고 계시지만, 아버지의 잠든 눈 속에, 한 작가로서 새로 꾸는 그 꿈들 보이는 것 같아요. 허물을 벗고 또 벗을지언정, 저기 세상과 여기 쉰 살의 아버지 사이, 아니 저기 마을에서부터 여기 아버지 자신한테로, 여기 아버지 자신에게서부터 저기 초월적 산으로 뚫린, 광휘의, 향기로운 길, 그 먼 꿈 말예요. 쉰 살에 꿈꾸는 아버지의 꿈이 얼마나 푸르고 젊은지 눈물이 날 것 같은 기분이 들어요. 아버지가 저를 믿듯, 저 또한 아버지를 믿어요. 아버지는 반드시 소문으로서의 아버지와 본디의 아버지, 또 아버지의 언어가 합치되는 행복한 날들, 반드시 만나게 되실 거라구요.

하늘이 밝아지기 시작했어요.

집에 들러 교재를 챙기고 1교시 수업에 늦지 않게 대가려면 지금 출발해야 해요. 저는 훌륭한 연출가가 될 거예요. 제 연극이, 제비나비처럼, 무리와 저 사이에 향기로운 소통의 길 열고 비상하는 걸 아버지께 보여 드릴 날, 꿈꿀 수 있어 참으로 행복해요. 제가 일등 관객으로 아버지 모실 날을 기다려 주세요.

박새 소리 들려요.

큐리릿큐리릿, 쌀 씻어 안치는 찌르레기 우는 소리도요.

참, 아버지. 남은 국은 국그릇에 담아 랩으로 싸서 밥솥 안에 밥그릇과 함께 넣어 뒀어요. 따로 데우지 않아도 따뜻할 거예요. 고추 밭이랑 토마토 오이 가지 심은 데는 풀 매지 말고 그냥 놔두세요. 다음 일요일에 애들 데려와 함께 매어 드릴게요. 규식이, 현우, 상민이, 종수, 기환이, 걔들하고요.

아버지.

『흰 소가 끄는 수레』, 창작과비평, 1997.

바이칼 그 높고 깊은

— 흰 소가 끄는 수레 4

편지 하나

사랑하는 하나.

동아리 MT 잘 다녀왔겠지. 오늘 돌아온댔으니까 아마 지금쯤 집에 당도해 있겠지. 널 못 보고 떠나와 마음에 걸린다. 요즘 나날이 더욱 깊어지던, 그렇지만 이상한 광채에 싸여 있는 듯한 네 눈빛이 눈앞에 있구나.

비행기는 몽골의 대초원을 지난다.

김포공항을 떠난 지 세 시간, 동시베리아의 관문이라 알려진 이르쿠츠크까진 불과 한 시간 남짓 비행시간을 남겨 두고 있을 뿐이다. 놀랍지 않니, 불과 네 시간 만에 이르쿠츠크까지 날아갈 수 있다는 게. 이광수 선생이 쓴 러브 스토리 『유정』을 혹 읽어 보았는지 모르겠구나. 이룰 수 없는 사랑의 내밀한 격정을 그린 그 소설의 여주인공이 한 달여에 걸쳐 죽음을 무릅쓰고 임을 쫓아갔던 만주, 송화강, 아무르 강, 대흥안령산맥, 그리고 이르쿠츠크에 이르는 머나먼 동토의 길이 떠오른다. 오늘 이렇게 빨리 갈 수 있는 것은 중국 내륙과 몽골을 곧장 가로지르는 직항로를 따라왔기 때문이야. 무역업자들이 빌린 전세 비행기의 빈자리 하나를 얻어 탄 게 행운이었구나. 중국은 아직껏 우리 여객기의 영공 통과를 공식적으로 막아 놓고 있으니까. 말하자면 이르쿠츠크까지 직항로로 날아가는 최초의 비행기라는 거야. 이 케이이(KE) 9515호기가.

내 좌석은 A42호석.

창밖 햇빛은 투명하고 힘차다.

몽골의 대평원은 뒤로 쓰러지고 어느새 갈색의 연봉들과 눈 덮인 고산들이 다가든다. 저기 저 산맥 너머 어디쯤 정결하고 수줍은 새색시 같은 얼굴로, 그래, 꿈에도 그리운 바이칼, 그 물 맑은 호수가 있겠지. 호면 해발 455미터, 깊이가 최저 1,620미터나 된다는. 세계에서 가장 높고 가장 낮은.

축하한다, 네 생일.

여행 일정표를 들여다보다가 네 생일이 불과 사흘밖에 남지 않았다는 걸 알았어. 스튜어디스 언니가 서울로 돌아가 부쳐 준댔으니 아마도 네 생일에 받아 볼 수 있을 것이다. 비행기 안에서 파는 몇 가지 면세품 중에서 고른 귀고리 선물 세트를 함께 보낸다. 귀를 뚫은 사람이 쓰는 귀고리 선물 세트와 귀를 뚫지 않은 사람이 쓰는 귀고리 선물 세트 중 무엇을 살까 망설이고 있는데 어떤 여자 손님이 그러는 거야. 안 뚫었어도 다 뚫기 마련이에요. 스무 살쯤 된 처녀라면 무조건 귀를 뚫은 사람용으로 사세요.

그래, 하나야.

너도 귀를 뚫겠지, 이제 성숙한 처녀니까. 네가 스무 살이라는 게 꿈같구나. 3킬로 몸무게로 네가 세상에 나올 때 나는 재직 중이던 여중학교에서 살어리 살어리랏다, 청산에 살어리랏다, 「청산별곡」을 강의하고 있었어. 가난하던 시절이었지, 출근할 때마다 5백 원씩 네 엄마한테 하루 일당을 받곤 했던. 5백 원이면 담배 한 갑, 구내식당 점심 값, 그리고 버스비를 제하면 꼭 10원이 남는 돈이었구나. 네 엄마는 주면서 미안해 딴 데 보고 나는 받으면서 미안해 딴 데 보는 금쪽같은 5백 원. 하지만 엄마 배 속에 네 생명의 심지가 박혔을 때 나는 이미 하나, 하나라고 네 이름을 지어 놓았어. 5백 원을 지갑에 넣어 안주머니에 간직하고 투명한 아침 햇빛 속으로 걸어 나올 때, 불광동 언덕배기, 너는 아마 기억조차 못할 그 작은 옛집을 걸어 나올 때, 매양 눈물이 날 것 같아지면서, 때가 오면 너와 함께, 청산에 살어리랏다, 어디로 어떻게 흐르든, 청산(青山) 하나 품고 살리라 꿈꾸었어, 아빠는. 가난했지만 비참하지도 황야를 품고 살지도 않았다. 저 아래. 내 가슴 깊은 곳, 맑은 우물은 넘치고, 햇빛도 만지고 바람도 만지면서, 그러엄, 그렇고말고, 청산 하나 드높이 세워 기대고 살았지. 나는 구내식당에서 백반 대신 라면을 먹었어. 네가 엄마의 자궁을 조금씩 조금씩 채워갈 때 내 안주머니엔 백반 값 라면 값의 차액이 역시 조금씩 조금씩 채워 가고, 예쁜 공주님을 얻으셨어요. 전화통에 울리던 간호사의 목소리가 상기도 생생하다. 나는 안주머니에 차곡이 쌓인 백반 값 라면 값의 차액을 통틀어서, 세상의 모든 햇빛 같은, 장미꽃 바구니를 샀다. 물 아래 옥돌, 순결하고 순결한 네게 바치려고. 너는 단번에 장미꽃 바구니의 아름다움을 알아보았어. 악을 쓰고 울던 네가 장미꽃 바구니를 신생아실 유리창에 들이댔더니, 뚝 울음을 그쳤거든. 너는 태어날 때부터 아름다운 것을 알아보았던 거야. 그리고 지금 넌 바람 속 스무 살.

아무래도 재, 무슨 일이 있나 봐요.

네 엄마가 말하더라. 전에 없이 말수 없어지고, 신새벽 돌아오기 일쑤고, 나날이 눈은 깊어지고, 그리하여 그 어떤 불가사의한 자력에 끌려가듯, 이제 곧 만나고 말 상처를 향해, 두려움 가득 차서, 그러나 채찍 휘둘러 자신의 정수리 후려치면서 급속히 끌려 들어가는, 네 내면의 한 켠을 엄마는 본 게지. 내가 보았듯이.

물 아래 옥돌 같은, 하나야.

아빠는 지금 바이칼로 간다.

아주 오래전부터 그리웠던 그 바이칼에, 이제 글쓰기조차 완전 중단하고 2년여, 아직 내 가슴의 뜰은 황야지만, 그래도 싸르락싸르락, 잃어버린 청산의 새살이 돋아 나올 애틋한 예감의 비늘 속

깊이 품고서, 시린 물로 이마 씻으러, 그래, 시베리아 대삼림 가운데 물 맑은 영혼의 심지로 박혀 있는 바이칼, 그를 만나러 홀로 간다. 바이칼에 혼자 갑니까. 멀고 먼 여로를 혼자 떠나온 내가 아무래도 수상쩍어 뵈는지 묻고 또 묻던 B42호석의 비대한 남자 손님이 마침내 코를 고는구나. 제국주의적 상혼으로 무장한 그는 알까. 세계에서 가장 높고 가장 낮은 바이칼이, 아직껏 다 용서하지 못한, 그래서 필연코 용서해야 할 내 인생을 손짓해 부르고 있다는 것을. 내가 용서하지 않는다면 나의 인생은 언제까지나 치마 뒤집어쓴 심청이처럼 불쌍할 것이다. 곧 이르쿠츠크에 도착할 모양이다. 안전벨트를 매라는 신호등에 불이 들어와 있구나.

오, 저 아래, 바이칼이 보인다.

편지 둘

여기는 이르쿠츠크 인투리스트 호텔 703호.

밤 10시가 됐지만 겨우 황혼이다. 백야(白夜)가 다가오고 있기 때문이다. 창 너머, 앙가라 강의 수면이 황금 비늘을 수천수만 매달고 있다. 강을 건너면 강안을 좇아 활처럼 휘어져 흐르는 시베리아 횡단 철도. 모스크바에서 극동의 블라디보스토크에 이르는 장장 9,297킬로미터의.

하나야.

오후엔 앙가라 강을 따라 걸었어.

바이칼 호는 수백 군데 크고 작은 강줄기를 빨아들여 그 깊은 속을 채우면서 인색하게도 물을 흘려보내는 출구는 단 하나, 앙가라 강뿐. 앙가라 강을 따라 흘러나간 바이칼 물은 곧 깊이 5천 킬로미터가 넘는 대예니세이와 합류, 광대한 시베리아 중서부를 힘있게 관통하여 마침내 북극해에 닿는다. 옛날, 아주 옛날 일이야. 한땐 씩씩하고 지혜로웠으되 이윽고 늙어 처연한 몰골로 변해 버린 '바이칼'이라는 이름의 추장이 살았다고 한다. 늙어 그나마 의지할 곳은 아름답게 성장한 '앙가라'라는 딸 하나뿐이었는데, 앙가라는 젊은 무사 '예니세이'를 만나 사랑에 빠져 결국은 늙은 애비의 반대에도 불구하고 예니세이를 따라 떠났다는 것이다. 그래서 지금도 바이칼 물은 앙가라를 통해 예니세이로 흘러 떠나면서 저 잔인한 시간의 흐름이 가져오는 필연적인 소외와 고절(孤絶)의 슬픔을 말해 주고 있다. 이곳은 지금 민들레 꽃과 사과 꽃이 한창이야. 딸에게조차 버림받고 고절한 말년을 살았을 바이칼 추장의 영혼일까. 강을 따라 도열한 사과나무 아래엔 노란 민들레 꽃이 무리 져 무리져 피어 있다.

민들레 꽃 사이로 걸어서, 나는 한 수도원으로 간다.

즈나멘스키 수도원은 아주 오래된 장엄한 회색 건물로서 산책로로 유명한 가가린 거리의 북쪽, 끝쯤에 위치해 있다. 데카브리스트 무장봉기로 유배당한 귀족 장교들을 사랑했던 여인들의 유해가 묻힌 곳이야. 시대의 전면에서 살았던 귀족 장교들의 이상과 열정이 묻힌 곳이기도 하고. 농노제 폐지를 부르짖었던 데카브리스트 무장봉기는 1825년 12월, 유난히 군대식의 압제와 복종을 좋아해, 짐은 인간 생활 전체를 군무(軍務)로 간주한다, 라고까지 선언한 바 있는 니콜라이 I세의 즉위 직후에 일어났다. 오랫동안 비밀 결사 조직으로서 보다 더 인간다운 삶의 조건을 모든 억압받는 민중에게 나누려 했던 봉기의 주체 세력은 남방 결사, 북방 결사, 통일 슬라브 결사 등으로 갈등과 분열을 거듭하던 중, 황제 알렉산드르 I세가 사망해 일시 공위(空位)가 생겼을 때, 세밀한 준비 없이 갑자기 봉기했다가 새 황제 니콜라이 I세에게 간단히 진압되고 말았지. 15세기부터 지배가 더욱 강화되어 온 러시아 농노제도는 영주의 마음대로 농노들을 매각, 증여, 저당할 수 있었을 뿐 아니라 무제한 징벌이 가능했다는 점에서 유례가 없는 비인간적 제도였다. 진보는 언제나 우발적인 것이 아니라 필연이라고 나는 믿는다. 개인적인 삶으로 보면 부러울 것 없이 호의호식할 수 있었던 젊은 귀족 장교들이 수백 년간 관습과 제도로 뿌리내린 농노제의 사슬을 끊어 내고자 했던 것도 역사의 한 필연이었음에는 틀림없다. 그렇지만 그들은 이상은 높고 열정은 앞섰으나 참된 힘의 결집에 대한 지혜로운 전술은 확보하지 못했다. 어떤 혁명도 비단 장갑으로는 이룰 수 없다는 스탈린의 말을 그들은 알지 못했던 것이다. 봉기는 너무도 간단히 진압되어 니콜라이 황제의 특별

법정에서 579명이 재판을 받았고, 그중 5명이 교수형, 121명이 시베리아 유형에 처해졌다. 이르쿠츠크는 그때 물론 시베리아 유형지의 하나였다. 여러 명의 젊고 아름다운 여인들도 스스로 귀족 신분을 버리고 이상주의자였던 임을 따라 페테르부르크에서부터 이르쿠츠크까지 만 리 길을 함께 왔다. 그들은 미개한 시베리아에 문명의 불씨를 지핀 개척자들이기도 했어. 1856년 황제의 특별 사면을 받아 살아남은 유배자들이 페테르부르크로 귀환할 때, 이미 죽은 청년 장교들과 순애보의 주인공인 부인들이 묻힌 곳, 바로 여기 즈나멘스키 수도원. 자작나무 그늘에 놓인 석관들과 석비를 나는 오래오래 내려다보았구나. 더듬더듬, 러시아어의 음운 체계를 영어로 바꾸어 석비를 읽었더니, 어떤 것은 니키타 트루베스코이, 또 어떤 것은 블라디미르, 라고 쓰여 있어. 블라디미르 1838~1839라고. 유배되고 13년 만에 동토의 유배지에서 낳은 아들이 엄마 곁에 묻힌 거지. 예카테리나 백작 부인, 이라는 대리석 석관에 새긴 이름도 보였다. 유배된 남편을 따라, 남편을 따라가지 않으면 아무런 신분상의 불이익도 없을 것이라는 회유를 뿌리치고 잔혹한 동토의 만 리 길을 떠나올 때, 영화롭던 가문, 드높은 신분을 쓰다 만 골무처럼 버렸을 부인이지만 그 석관에는 영화롭던 시절의 스냅 사진처럼, 백작 부인이라 새겨져 있어.

요컨대, 무슨 얘길 하시려는 거예요?

네가 뾰로통하게 입술 내밀어 말하는 소리 들릴 것 같다. 하지만 걱정하지 말렴. 네가 신념 따라 가는 길 가로막고 서서 에비이, 하진 않으마. 돌아가라고, 아버지라는 권위의 망토 걸치고서 소리 지르지도 않으마. 네가 가는 길은 어디까지나 네 신념과 네 속 깊은 그리움이 주인이어야지 아빠가 주인일 수는 없으니까.

어떤 날, 나는 보았지.

작년 가을이던가. 추적추적 비가 오던 저녁 무렵이었다. 우연히 네 방에 들렀다가 여러 권의 노트와 책들이 꽂혀 있는 네 방 책장 서랍에서 꺼내 본 검은 표지의 스크랩북. 총학생회 해오름식 전야제의 선전지가 스크랩북의 맨 첫 장에 끼워져 있더라. 등록금 투쟁의 승리를 확신하며. 민족 기본권 수호를 위한 통일 학도 총궐기 투쟁 결의문. 범청학련 남측 본부 산하 구국의 횃불 서총련 조국통일위원회. 전민항쟁의 불바람. 민족 통일의 큰길을 여는 애국 대오. 두꺼운 스크랩북엔 그런저런 선전지들이 날짜별로 거의 완벽하게 정리되어 있어 나는 단번에 너의 젊은 열정과 사랑이 어떤 길을 향해 가고 있는지 가슴 서늘히 느낄 수 있었구나. 너는 밤이 깊어도 돌아오지 않고, 돌아오지 않는 네가 그리워 너의 대학으로 엄마 몰래 갔었지. 우산도 미처 갖고 가지 않아 학생 회관 중앙 현관을 걸어 들어갈 때 내 몸은 온통 비로 젖었단다. 너는…… 그곳에 있었어. 학생 회관 중앙 홀의 대형 게시판 앞에. 나는 대자보를 붙이고 있는 너의 가녀린 어깨를 보았다. 민중의 핏값으로 정권을 공고히 하는 아, 문민정부여. 네가 붙이는 대자보의 큰 글씨가 아직도 선연하다. 때마침 다른 일이 생겨 네 동료들이 어디로 몰려 갔던 것일까. 빗소리에 포위된 천장 높은 그 중앙 홀 너른 곳에 너는 오직 혼자였다. 먼지 낀 형광등 불빛이 네 성긴 머리칼에 내려 앉고, 혼자서 대자보를 붙이니 대자보의 한쪽을 붙이면 한쪽이 떨어지고, 또 다른 한쪽을 붙이면 또 다른 한쪽이 떨어지고, 수은 같은 네 손이 몇 번씩 높은 게시판 꼭대기에 벌서듯 올라갈 때, 나는 다가가서 그 대자보를 함께 붙여야 한다고 생각했다. 그 대자보의 내용에 흔쾌히 동의해서가 아니라 이제 겨우 새내기 1년을 다 보내지 못한 네 뒷모습이 너무 외로워 보였기 때문이다. 너는 쓸쓸하고 쓸쓸해서 차라리 버림받은 소녀가 외로운 기도를 올리고 있는 것 같았어. 늘 잊을 수 없는 정경의 하나는 바로 그것이다. 네가 운동권으로 편입되어 간 것은 내게 조금도 새삼스럽지 않아. 너는 본디부터 너 자신의 희로애락에 대해선 말이 없는 대신 주변 친구들의 불행한 환경에 대해선 문 닫아걸고 울었던 애니까. 모두가 더불어 바르게 사는 길에 대한 관심이 유난히 많았던 애니까. 그렇지만, 그날의 네 뒷모습은 내게 연민의 깊은 그늘 하나 심어 놨구나. 한 떼의 네 또래 아이들이 우르르 2층에서 내려오는 걸 보고 나는 그냥 홀로 집에 돌아왔다. 너는 새벽에 귀가해 잠들었고, 나는 지쳐 잠든 네 모습 지켜보았지. 쓸쓸한, 그러나 달려가는 불(火)의 냄새가 네 몸에서 나더라.

그리운 하나야.

이제 비로소 어둠이 깃든다.

밤 11시. 한국과 러시아의 무역업자들이 외교적으로 웃고 실리적으로 배 맞추는 파티도 끝났는지 사위가 이젠 조용하다. 앙가라강을 거슬러 불어오는 밤바람도 서늘하구나. 강안의 민들레들도 잠들었을까. 꽃이 지면 정수리의 순백색 관모(冠毛)가 삿갓 모양 뻗어 섰다가 부드러운 바람에도 천지 사방 날아가, 또 나고, 또 자라는, 천 번이 넘는 외침(外侵)과 혹독한 압제를 견디면서 오늘까지 살아남은 우리 민족의 혼을 닮은 야생의 꽃 민들레.

나는 내일 아침 이곳 이르쿠츠크를 떠난다.

어떤 고기(古記)에 이르기를, 바이칼 호 부근이 본디 우리 민족의 시원(始原)이라 했거니와, 여길 떠나 마침내 그리운 바이칼에 닿으면, 좌(左) 변덕 우(右) 질투, 여태껏 망집(妄執)의 사슬 다 벗어 내지 못하고 아비지옥의 화택(火宅)에 살고 있는 내 본체가 하마 보일까.

잘 자거라.

혁명을 꿈꾸는 어린 전사야.

편지 셋

하나야.

비 내리는 어느 저녁에 나는 우리 집 정원의 후미진 서편 자귀나무 밑에 앉아 있었다. 아빠가 언젠가 울 너머 빈터에서 주워 온 버린 목재들로 짜 놓은 그 나무 의자에. 이른 저녁이었지만 자귀나무는 벌써 함초롬히 잎을 접었고, 물안개는 그곳에 옹기종기, 조밀하게 선 소나무 살구나무 감나무 석류나무 자귀나무 사이를 흘러 다녔으며, 내가 들고 있는 검정 우산 위로, 바람이 불면, 자귀나무 잎이 머금고 있던 빗물이 후드득후드득 떨어졌다. 우산에 떨어지는 빗방울 소리가 얼마나 듣기 좋았던지. 나는 어린 짐승처럼 가만히 웅크리고 다만 앉아 있었다. 아무런 사념도 없었어. 몸은 무게를 느낄 수 없고 마음은 그 자취를 찾을 수 없는. 아무 데든 가고 싶은 대로 가. 누가 말하는 소리에 나는 잠을 깨듯 고개를 돌렸지. 네 엄마가 설거지를 끝내고 나를 찾아 나와 옆에 앉아 있더라. 바이칼에 가고 싶어. 그것은 전혀 무의식중에 나온 대답이었구나. 아무 데든 가고 싶은 대로 가라는 네 엄마의 말도 그러했을 거야. 웅크리고 앉은 내 모습이 허깨비 같아 보였던 게지. 떠나고 싶어도 차마 떠나지 못했던 비 젖은 허깨비. 허수아비. 난 바이칼을 미리 생각했던 것은 아냐. 내 입에서 바이칼이란 말이 뱉어지고 나서야 그곳이 시베리아의 호수라는 걸 떠올렸으니까. 알아, 라고 네 엄마가 역시 조용히 대답했어. 알아. 정임을 못 잊은 최석이 죽음을 무릅쓰고 찾아갔던 곳. 처녀 적의 네 엄마한테서 빌려 읽은 책 중에 이광수 선생의 『유정』이라는 소설이 있었다는 걸 나는 비로소 상기했다. 어리고 순결한 처녀 '정임'을 향한 사랑의 격정과

숙명적인 금기 체계 사이에서 온몸 찢기다시피 하고 시베리아를 횡단, 눈 덮인 바이칼로 찾아가던 '최석'의 애달픈 말년을 엄마와 나는 동시에 떠올리고 있었다. 눈 덮인 시베리아의 인정 없는 삼림 지대로 한정 없이 헤매다가 기운이 진하는 곳에서 이 목숨 바치고 싶소……라던 그의 독백도.

여기는 바로 그 바이칼이다.

초승달 같은 바이칼 호의 한가운데, 초승달의 눈처럼 찍혀 있는 올혼 섬은 사람이 사는 유일한 섬이다. 이르쿠츠크를 떠난 버스가 다섯 시간을 달려 민둥산 고개 하나 훌쩍 넘고 나자 발아래 깔리는 푸른 비단의 물결. 길이 636킬로미터, 최대폭 79킬로미터나 되는 거대한 호수지만 지도에서 보았던 초승달 모양 때문일까, 바이칼이 보여준 첫인상은 아미를 내리깔고 앉은 수줍은 신부의 느낌 그것이었어. 선착장이 있는 작은 호반 마을 메레예스에서 나는 배를 타고 올혼 섬 북쪽 마을, 여기 후지르에 왔다. 인구 천여 명이 고기잡이로 생계를 꾸려 가며 모여 사는 후지르에 오면 너는 무엇보다 그들 중에서 우리와 닮은 사람이 너무도 많다는 점에 놀랄 것이다. 우리와 똑같은 피부색, 우리와 똑같은 웃음, 우리와 똑같은 눈빛, 바로 몽골계의 부랴트족. 칭기즈 칸이 태풍처럼 광대한 유라시아 일대를 제패하기 훨씬 전부터 그들은 바이칼 호 주변 땅의 주인으로 살았다. 호수 주변의 부랴트족은 주로 어업으로 살지만 몽골 일대에 사는 하르하 부족의 생활양식을 그대로 이어받은 유목민이었지. 골 깊은 얼굴과 심술을 감춘 듯한 눈매의 노파 얼굴에서 나는 돌아가신 너의 할머니를 만났어. 보퉁이를 들고 배의 이물에 기대서 있는 처녀의 뒷모습은 또 어쩜 너하고 그렇게도 닮았는지. 생김생김이라는 게 수백 마디 말보다 더 나은가 봐요, 라고 이르쿠츠크에서부터 나와 동행한 이민형 사장은 말하더라. 이민형 사장은 3년 전에 이르쿠츠크에 들어와 햄버거 가게로 사업을 시작, 지금은 인투리스트 호텔 내의 나이트클럽과 한국 식당을 운영하는 분이야. 내가 바이칼 가는 길을 물었더니 자신도 마침 생선 구입 거래처에 볼일이 있다면서 선뜻 동행해 나선 거란다. 사업을 하다 보면 관청에 갈 일이 많은데요, 들어가면 눈으로 먼저 부랴트족을 찾아요. 부랴트족을 만나 얘기하면 안 될 일도 잘 되는 경우가 많거든요. 보세요. 저 사람들하고 마주 앉으면 뭐든지 얘기보따리가 확 풀릴 것 같지 않냐구요. 아주 오래전 천제한님〔天帝桓因〕이 밝은 빛으로 온 우주를 비추고 큰 권화(權化)로 만물을 낳았다는 시절, 우리의 선대가 고기(古記)에 있는 대로 이곳 바이칼 동쪽에 애초 살았다 하면, 그 모습 또한 오늘의 부랴트족을 닮지 않았었을까.

그리운 내 딸 하나.

바이칼의 아침은 댓잎처럼 푸르다.

이민형 사장에게 바이칼 생선을 대 주는 37세의 성실한 러시아 총각 니키타 파르진스키의 통나무집은 후지르 마을 서쪽 깎아지른 절벽 위에 있다. 딱딱한 나무 침대와 진흙을 발라 만든 러시아식 벽난로와 바이칼 호가 내다뵈는 작은 창이 있는 그 집의 서쪽 끝 방에서 나는 간밤에 거의 잠을 이루지 못했다. 밤이 되니까 우리의 늦가을 저녁처럼 날씨가 서늘해져 벽난로에다가 통나무를 많이 쟁여 넣었더니 내내 한증막 같았지 뭐냐. 새벽녘에야 잠깐 잠이 들었는데, 꿈을 꾸었구나. 네가 한 아름도 더 되는 커다란 유리병에 시너와 석유 기름을 섞어 붓는 꿈이었어. 꿈속이었지만 네가 세상에서 제일 큰 화염병을 만들고 있다는 걸 나는 알아차렸지. 마치 장인(匠人)처럼 넌 그 일에 열중해 있었다. 그렇게 큰 화염병을 과연 누가 던지겠느냐고 내가 말했던 것 같아. 너는 조용히 미소를 지었어. 그는 키가 기린보다 크고 어깨 넓이는 하마보다 넓으며 팔 근육이 사자의 그것보다 더 날렵하고 강인한걸요, 라고 너는 말했어. 나는 네가 젊은 무사 예니세이와 사랑에 빠졌다는 걸 알았단다. 앙가라 처녀가 바이칼 추장의 반대를 무릅쓰고 따라간 예니세이. 시베리아 광대한 중서부를 관통해 죽음의 대지 북극해로 나가는. 그것은 쓸쓸하고 슬픈 꿈이었어. 네가 내 곁을 떠날 것이기 때문이 아니라, 네가 화염병의 끓는 불 속에 있게 될 거라는 예감 때문이 아니라, 너를 말릴 수 없었기 때문이다. 폭력은 안 된다는 식의 상투적인 말조차 할 수 없는 나는 네 아빠인가, 아니면 작가인가. 나는 그 어느 쪽도 자신 있게 선택할 수 없었어. 그 거대한 화염병 만드는 일을 돕고 싶기도 하고, 또 안 된다고 깨박 치고* 싶었지만, 보아라. 내 쉰 살의 발밑에 지나간 젊은 날, 청춘의 이름으로 혐오해 마지않던 관념의 성긴 바람이 부는구나. 관념적이란 말은 정말 싫다. 예전에도 그랬고 지금도 그래. 하지만 어느 사이, 관념의 그물망이 너와 내 사이에까지 문 장식에 낀 곱때처럼, 끼여 있다는 걸 나는 알아. 눈을 떴을 때 여명 터 오는 창 너머, 바이칼이 흔들리는 소리가 들렸다. 나는 서늘한 새벽바람 사이로, 풀들이 선뜻선뜻 깨어 일어나는 초원을 맨발로 걸어 서쪽 절벽 끝까지 다가갔어. 그리고 낱낱이 보았지. 댓잎보다 푸른 바이칼의 모든 아침.

해가 떠오를 때까지 거기 있었어.

여명 사이의 바이칼 수면은 짙푸르렀고, 바람은 빠르지도 느리지도 않게 불었고, 절벽 끝의 몇몇 노송 아래, 민들레 꽃들이 맑게 씻긴 아침의 영혼으로 고개를 쳐들고 있었다. 인위적인 가필의 흔적이 전혀 없는 그곳의 아침은 관념화되기 이전의 인간처럼 조용하고 힘이 있어 보였다. 나는 무엇을 찾아 작가로 살았으며 또 무엇이 그리워 이 어둔 날들의 길을 찾아 떠나려 하는가, 하고 생각했다. 수만 년에 걸친 여러 단계 침강(沈降)을 통해 역시 수만 년에 걸쳐 제 깊은 속을 채워 온, 아시아의 온갖 산야와 민족과 그 관념들, 그리고 살아 있는 온갖 것들의 관성이 뿜어내는 독기 가득 찬 오물들 다 빨아들이고도, 투명도 40미터가 넘는 정한수 2만 3천 세

*깨박 치다 : 메어치다. 세게 집어던지다.

제곱킬로미터를 담고 있는 바이칼. 이곳은 여름엔 섭씨 30도를 웃돌고 겨울 또한 섭씨 영하 30도를 웃돈다. 겨울엔 호수 전체가 깊이 얼어 모든 배들은 닻을 내리고 트랙터 트럭 버스 승용차 달구지가 수면 위로 자유롭게 왕래해. 하지만 그것은 수심 10여 미터 혹은 20여 미터까지에 영향을 줄 뿐이다. 홍수가 져서 3백여 개의 하천이 범람해 흘러들고 또 흘러나가는 것도 그래. 최대 풍속 40미터가 넘는 '사르마'가 불어와 5미터 이상의 파도가 치는 날도 마찬가지. 그것들의 영향을 받는 것은 바이칼의 표피에 불과하다. 바이칼 호수의 수심 2백 미터 아래에 저장된 물은 천 년 2천 년이 지나도 바뀌지 않아. 고사서(古史書)의 하나인 『삼성기(三聖記)』에 기술되었듯, 역사가 시작되기 이전, 우리의 원조 천제한님이 파나류산(波奈留山) 밑에 한님〔桓因〕의 나라를 세운바, 그 나라가 천해(天海) 동쪽의 땅이라 한다면, 천해는 북해(北海)의 이기(異記)이고 북해는 바이칼의 이기이니, 우리 민족이 역사 이전에 마시고 씻었던 물의 일부가 아직껏 바이칼 수심 2백 미터 아래에 증류수보다 더 맑은 영혼으로 살아남아 있다는 말이 돼. 여름 한철 수면 온도가 섭씨 20도까지 상승하는 바이칼이지만 수심 2백 미터 아래에 이르면, 그곳에서 천6백여 미터 바닥까지 시간적 공간적 다른 조건에 관계없이 영구한 불변의 섭씨 1도. 여름과 겨울이 없고 홍수와 가뭄이 없고 흐름과 막힘이 없는, 부동의, 아, 시간의 흐름도 없는. 나는 눈시울 뜨거워져 차마 바이칼을 바로 보지 못한다. 불생불멸(不

生不滅)의 진여(眞如). 이 법이 법의 자리에 머무나니(是法住法位) 세간상 이대로 상주불멸이니라(世間相堂住). 내가 감히 꿈꾸는. 세상을 떠나온 흰 소가 끄는 수레들이 여기 바이칼 수심 2백 미터 지점에 황홀하게 모여드는 것을 나는 본다. 모든 색신(色身)과 물질과 육체의 속박을 벗어난 자유로운 심신(心神)만이 존재하는 사유의 세계, 무색천(無色天)이 여기 있구나.

아빠 작가보다 도사가 되시는 게 좋겠어요.

너의 빈정거리는 말이 들릴 듯하다. 언감생심, 색계(色界)에도 이르지 못할 내게 무색천의 나라가 무슨 소용이랴. 색법(色法)을 벗기는커녕 글쓰기는 멈추었음에도 부활의 헛된 탐욕 다 깨뜨려 버리지 못하고 번뇌 가득 차서 혹은 깜깜절벽, 혹은 불구덩이 속을 더듬거리지 않는냐고, 그래. 눈 시린 바이칼이 내게 들이대어 묻는다. 네가 짊어지고 가고자 하는 언필칭 운동의 길이 겨울엔 얼어 터지고 여름엔 풀려 넘치는 바이칼의 수면에 있고, 내가 가고자 하는 언필칭 문학의 길이 바이칼 수면의 변화무쌍한 분열상을 구조로 꿰뚫어 보는 수면 아래에 있을진대, 항차 수심 2백 미터, 그곳에 이르는 흰 소가 끄는 깨달음의 수레가 있다 하더라도, 허깨비 관념이에요, 라고 너는 말하고, 홀로 타고 가는 흰 소가 끄는 수레, 무슨 소용이에요, 라고 너는 말하고, 어차피 거기 이를 수 없을 바에야 수면 위로 올라와 빙점의 기름을 눈에 불 켜고 보세요, 너는 또 말하고. 그리하여 하나야, 눈시울 붉히며 내가 마침내 품에 받아 안는 것은 겨우 바이칼의 해돋이다. 수만의 황금색 물비늘이 바이칼 수면에 일제히 매달리는 것을 나는 보았다. 그것은 세상의, 운동의, 문학의 아침이다. 나는 이 현상의 모든 아침을 기실 얼마나 사랑하는가. 불균형하다는 이유로 타는 사랑을 억압해서 얻어 내는 흰 소가 끄는 수레가 있다면 그까짓 거, 깨박 치고 말지. 나는 양팔을 높이 들어 바이칼의 모든 아침을 받아 안는다. 갑자기 상상력의 바다에 수천수만, 형형색색 날아드는 나의 나비 떼, 열린 직관 열린 감수성의 통로로 날아드는 나의 나비 떼. 해가 떠오를수록 그 일광의 높이에 따라 황금색 물비늘은 순백으로 뒤집히고, 나는 떨면서 내 가슴을 X자(字)로 껴안고 만다. 사랑을 하고 싶어 환장할 지경이다. 황홀한 오르가슴과도 같은 느낌이었지. 네가 꿈꾸는 것, 내가 그리는 것들의 합일을 나는 보는 것이다. 수심 2백 미터의 진여(眞如), 그 불멸을 감춘, 살아 있는 저 광채를. 죽었던 나의 세포들이 새벽 풀보다 빨리 일어나고, 막혔던 나의 직관이 청년의 눈빛보다 더 힘차게 열리는, 이 복원(復原)의 예감에 입 맞추어 다오. 나의 뜨거운 사랑을 여기 두고, 나의 속 깊은 그리움의 심지를 저기 수심 2백 미터에 박고.

지금은 밤이다, 하나야.

밤이지만 아주 어둡진 않아.

니키타 파르진스키가 바이칼의 대표적 물고기인 오물을 구워와 이민형 사장하고 보드카를 한잔 나누어 마신 뒤지만 취기가 오르진 않는구나. 백야의 끝물이어서 창 너머, 후지르 마을의 서쪽 초원 지대는 아직도 여명처럼 어슴푸레해. 아마 30분쯤 지나면 전등불이 꺼질 거야. 이곳은 발전기를 돌려 각자 전기를 쓰기 때문에 11시 반이면 불을 끄거든. 니키타 파르진스키가 귀한 손님이 오셨다며 그나마 소등 시간을 늘린 결과가 그래. 가난한 더 많은 집들은 발전기를 살 수 없어 전기를 쓰지 못해. 하긴 전기가 들어온다고 해도 밤이 깊을 때까지 그것을 사용할 사람도 없을 거야. 오랫동안 자연의 법칙에만 순응해 살아온 이곳 사람들은 저물녘만 되면 모두 집 안에 들어가 나오지 않아. 나와도 갈 데가 없거든. 법석대는 카페도 없고 외지인을 위한 호텔도 전무하니까. 밤은 고사하고 한낮에도 인적이 드물어 마을 전체가 뭐랄까, 빈 무덤같이 느껴진다. 통나무집 사이로 난 너른 마을 안길엔 하릴없는 개 떼만 어슬렁어슬렁 걸어 다닐 뿐이야. 이곳에선 시간이 정지되어 있다. 이곳에 도착해 맑은 햇빛, 부드러운 바람, 빛나는 바이칼의 물빛에 감동하는 것은 전적으로 내가 나그네이기 때문이다. 러시아 전역이 개방과 개혁의 물결을 타고 급변하고 있어도 아직 이곳까진 영향을 미치지 않고 있는 듯하다. 이곳 사람들은 이곳에서 나고 자라고 살고 죽어 묻힌다. 젊은이는 대처로 떠나고, 갈 데 없어 남은 사람들은 평생 이르쿠츠크 한번 못 가는 이가 대부분이야. 변화를 모르니 희망이 있을 리 없고 소유 개념이 확립되어 있지 않으니 경쟁과 부자가 있을 리 없어. 골 깊은 주름살과 처진 눈매엔 단지 수천 년

전부터 흘러온 자연의 세월만이 유장하게 흐른다.

어제, 부두에 내렸을 때였구나.

짐을 들고 경사진 길을 따라 마을로 들어가는데 털로 짠 벙거지를 쓴 한 늙수그레한 남자가 배를 맞으러 나온 마을 사람들 사이에서 유독 내 시선을 끌더라. 분명히 한겨울에나 사용할 털모자를 쓴 남자의 이마에서는 번질거리며 땀이 흐르고 있었어. 그러나, 그보다 더 인상적인 것은 그가 한 발을 턱 올려놓고 있는 오토바이였지. 아주 낡아서 이미 진즉에 내다 버렸음 직한 오토바이였으나, 부릉, 부르릉, 그가 액셀을 밟는 대로 그것은 진저리를 치며 비명을 내질렀다. 우리가 다가서자 오토바이의 비명 소리는 거의 찢어질 것처럼 높아졌다. 먼지 낀 꾀죄죄한 옷차림과, 땟국으로 번질거리는 검붉은 얼굴과, 부러진 자리를 테이프로 덕지덕지 붙인 굵은 뿔테의 도수 높은 안경을 낀 남자는, 차림과 달리 오토바이에 척 걸터앉은 자세만은 아주 꼿꼿하고 당당해 차라리 희극적으로 뵈더라. 마치 노새를 탄 돈키호테처럼. 남자는 내가 다가서자 재빨리 뭐라고 말하는 것이었어. 도수 높은 안경 뒤의 눈빛이 나를 향하고 있었어. 아무 감정도 깃들어 있지 않은 듯한 텅 빈 눈빛으로, 남자는 그러나 뭔가 내게 질문을 하고 있는 것 같았다.

루리 차 혼챈?

남자의 발음이 어제는 귀에 제대로 들어오지 않았었어. 니키타 파르진스키가 상대할 것 없다면서 내 손을 잡아끌었기 때문에 내가 남자의 말을 듣고 눈빛을 본 것은 한순간뿐이었다. 남자가 하는 말을 정확히 들은 것은 오늘 아침, 산책을 나갔다가 니키타 파르진스키의 집으로 혼자 돌아올 때였지. 초원을 맨발로 가로질러 돌아오는데 바로 선착장 쪽으로 난 길로부터 부르릉, 그 오토바이가 나타났다. 소리는 요란하지만 도무지 속력은 낼 수 없는 오토바이인가 봐. 남자는 요란한 소음과 달리 빠르지 않은 오토바이를 타고 내 곁으로 다가와 어제처럼, 여전히 텅 빈 눈빛으로, 하지만 어제와 달리 오토바이 엔진을 끄더니 그 뚝 끊어진 아침의 정적 속에서 루리 차 혼챈, 이라고 말했어. 부랴트족이었고, 주름살투성이에 갑각류의 표피 같은 얼굴 피부를 갖고 있었지만, 포즈는 뜻밖에도 아주 정중했다. 미상불 그건 러시아 말이 아닌 것 같았다. 내가 어찌할 바를 몰라 가만히 있었더니 다시 부르릉 오토바이 엔진을 걸면서 차찬 푸아헌, 하고 그는 말했어. 남자는 절벽 위의 초원을 곧장 가로질러 서편 경사진 길로 사라졌다가 마을 안쪽 길에 다시 나타났다. 니키타 파르진스키의 집이 있는 절벽 초원 지대는 좀 높았기 때문에 그의 오토바이를 한눈에 내려다볼 수 있었지. 남자는 마을의 북쪽 끝을 돌아 오물 저장 창고 앞을 지나더니 다시 동쪽 언덕 아래의 선착장으로 내려갔고, 그리고 다시 절벽 위의 초원 지대로 나왔다. 남자의 오토바이는 말하자면 마을의 큰길을 따라 한 바퀴를 크게 돈 것이었어. 나는 남자가 다시 나타났을 때 니키타 파르진스키 집의 자작나무 울타리 근처에 와 있었다. 남자가 나를 또 보았고, 나 또한 남자를 보았지.

루리 차 혼챈?

남자는 내게 정중하게 다시 말했어.

나는 겸연쩍게 웃으면서 즈드라스트부이체, 라고 인사했다. 안녕하십니까, 라는 러시아 말이야. 그러자 남자는 내 말은 전혀 듣지 않았다는 듯 한 번 더, 루리 차 혼챈, 하는 거야. 나는 당신 말뜻을 알 수 없어요, 고개를 저었지.

차찬 푸아헌.

남자는 다시 오토바이 엔진을 걸고, 그리고 내 곁을 떠났다. 내 반응에 대해 섭섭해하는 기색은 조금도 없었어. 마을 안길에 뽀얗게 먼지가 피어올랐고, 요란한 오토바이 엔진 소리가 작은 마을을 통째로 흔들었지만 개 몇 마리 겨우 오토바이 뒤를 몇 발짝 뒤쫓아 가다 심드렁해진 표정으로 그만두는 게 보였다. 변화라곤 없는 세월의 곱때가 켜켜이 쌓인 마을 사람들을 남자는 깨우고 싶어 하는 듯했지만, 오토바이 엔진 소리는 아무래도 역부족이었다. 나는 아침 식사 때 니키타 파르진스키에게 그 남자가 누구냐고 물었다. 또라이래요, 라고 이민형 사장이 니키타의 말을 통역해 주었다. 전엔 오물 공장에서 일했는데요, 그냥 상대할 것 없대요. 나는 루리 차 혼챈이 무슨 뜻이냐고 또 물었지. 모른다는데요. 아마도 부랴트족의 말인가 보다고 그래요. 차찬 푸아헌이라는 말에도 니키타는 고개를 저을 뿐이었어. 부랴트인들한테 알아봐 달라고 부탁

했을 때에도. 니키타 말은 이래요. 부랴트인들도 부랴트족의 본래 말을 아는 사람이 없다는 겁니다. 아주 나이 많은 노인들이나 몇 마디 알까, 그들이 그들 종족의 말을 잊은 지는 아주 오래됐답니다. 왜 안 그렇겠어요, 사회주의 국가 소련 인민으로 평생 살아온 사람들인데. 우리 고려인들도 우리말을 거의 다 잊었는걸요. 하긴 그랬다. 내가 이르쿠츠크에서 만난 우리 민족 사람들도 소수의 노인들을 제외하고 우리말을 아는 사람은 거의 없었다. 혁명 이후, 오랜 세월을 통해 소련 공산당 정부가 수십 개가 넘는 타 민족을 하나로 통합해 다스리기 위해 끊임없이 민족주의 운동을 경계해 온 결과 때문이다. 오토바이를 탄 남자는 아침 시간에만 내 앞에 나타난 게 아니다. 어디서 기다리고 있었다는 듯, 그는 하루 온종일, 우리 일행이 집 밖으로 나오기만 하면 오토바이를 타고 와 말하곤 했어. 루리 차 혼챈, 그리고 차찬 푸아헌, 이라고. 나는 그가 간헐적으로, 그리고 아주 발작하듯, 마을을 똑같은 코스로 돌고 돌고 한다는 걸 알았다. 다람쥐가 쳇바퀴를 돌리듯이. 무심한 표정은 변함없고, 나를 향해 있을 때조차 나를 보는 게 아니라 나를 관통해 어떤 먼 다른 세상을 보는 것 같은, 그 눈빛도 변함없었어. 다만 정중히 말하길, 루리 차 혼챈, 사이를 두었다가 차찬 푸아헌. 설령 니키타의 말처럼 그가 '또라이'라고 할지라도, 내가 그 남자에 대해 주목하는 것은 그가 이곳 사람들의 닫힌 삶을 극적으로 드러내 보여 주는 하나의 상징으로 보였기 때문이다. 그가 하는 말이 무슨 뜻인지는 모르지만 그가 아주 먼, 먼, 이곳이 아닌 다른 어떤 곳, 러시아 내의 이어도를 그리워하고 있음엔 틀림없어. 어쩌면 그는, 저토록 맑고 아름다운 외피를 갖고 있는, 그러나 세계에서 가장 깊은, 불변의 섭씨 1도, 1,620미터, 우리가 오만 가지 망집으로 몸부림치며 살고 있는 욕망의 불난 집에서부터, 탐욕은 없으되 색법(色法)은 다 벗지 못한 색계(色界)와, 색법을 다 벗어 내 현상(現象)의 만 가지 그림자가 일체 사라진 무색계(無色界)에 이르기까지, 한 몸에 모두 갖고, 자유자재, 그 몸 바꿀 수 있는 바이칼의 무한정한 법칙에 어떤 순간, 영혼을 빼앗겨 버린 것은 아닐까.

이제 날이 완전히 저물었구나.

전기가 나가고, 나는 초에 불을 밝힌다. 스무 개의 초에 불을 밝혔을 네 생일이 떠오른다. 내가 보낸 선물과 편지는 또 받았는지. 고집 센 네가 과연 그걸 권한 어떤 여자의 말처럼, 조만간 귀를 뚫을 것인지도 의문이다. 귀를 뚫지 않아도 사용할 수 있는 귀고리 선물 세트를 사 보낼 걸 그랬나 싶고. 아주 가끔, 나는 네가 한낮의 햇빛을 정면으로 받으며 운동장 한가운데 서 있는 모습을 상상해 보곤 해. 중학교 2학년 가을이던가. 엄마가 전해 준 것에 따르면, 햇빛 유난히 따가웠던 날 정오쯤이었다고 기억한다. 네가 다니던 중학교는 전통적으로 3교시 직후에 전교생이 운동장으로 나와 맨손 체조를 하도록 되어 있었어. 구태여 열을 지을 것도 없이 자유스럽게 흩어져 경쾌한 리듬과 구령에 맞춰 맨손 체조를 하는 너와 네 친구들 모습을 나도 본 적이 있는데, 아름답더라. 그 가을 어느 날의 맨손 체조도 그러했을 것이다. 너는 친구들 사이에 섞여 맨손 체조를 했고, 세면장으로 가 손을 씻었고, 그리고 교실로 들어갔지. 이미 들어와 있던 친구들이 이곳저곳에서 불평하는 소리를 들었을 때, 교실 문지방을 넘어가기도 전에 너는 단번에 무슨 일이 벌어졌는지 알아차렸다. 네가 다니던 여학교는 교장의 지시에 의해 한 달에 한 번씩, 불시에 학생들의 가방과 기타 소지품을 검사하도록 되어 있었다. 불량 만화는 압수되었고, 담배가 나오면 처벌당했으며, 심지어 돈을 많이 소지한 것만 발각돼도 학생과에 불려가 조사를 받아야만 했다. 학생과의 그 소지품 검사가 그날 중간 체조 시간에도 이루어졌던 것이다. 한정된 시간에 재빨리 소지품 검사를 하려니 검사 후 상태가 양호했을 리 만무하다. 손지갑이 꺼내져 팽개쳐 있기 보통이고 가방 속의 생리대가 의자와 교실 바닥에 함부로 나뒹굴어 놓여 있기 일쑤. 네 가방 안쪽 수납공간에 넣어 놨던 생리대가 거친 손에 끌려 나와 의자에 놓여 있는 걸 너는 그날 보았다. 그것은 학생 전체를 범죄의 용의자로 볼 뿐 조금도 인격적인 개체로 보지 않는 아주 비민주적 악습이었지. 네가 얼마나 치욕감을 느꼈는지는 충분히 짐작할 만하다. 더구나 너는 그때 전교 학생 회장이었으며, 학생 회장 자격으로 이미 학생과에 여러 번, 소지품 검사를 중지해 달라고 간청해 놓은 상태였어. 너는 분노에 떨면서 곧장 교무실 학생 주임에게 혼자 갔다. 선생님, 우리들을 하나의 인격체로 대해 주세요. 너는 아마 말했을 것이다. 학생 주임은 압수해 온 불량 서적들과 사복과 화장품과 담배꽁초 따위들을 검색해 보고 있다가 주먹으로 책상을 쾅 내려쳤다. 뭐가 어째! 이걸 보고도 그런 말이 나오니. 유난히 악명 높았던 학생 주임이 얼마나 펄펄 뛰었는지 상상해 보는 건 쉬운 일이다. 아주 극소수의 학생이 그럴 뿐예요, 라고 너는 말하고, 너의 불손한 대거리에 더욱 화가 난 학생 주임이 책상 위의 불량 만화책을 들어 네 머리를 탁 때렸다. 화가 났다 하면 여학생들의 귀빰부터 올려 치곤 하던 학생 주임으로선 그래도 학생 회장인 너를 대접하느라 그 정도였을 것이다. 수업 시작을 알리는 차임벨 소리가 그때 들렸다. 건방진 소리 말고, 가서 수업이나 받아, 라고 학생 주임은 소리쳤고 너는 교무실을 나왔지. 그렇지만 너는 교실로 가는 대신 죽창 같은 햇빛이 쨍쨍 내리꽂히는 운동장으로 걸어 나갔다고 했다. 햇빛 속을 걸어 나갈 때 너는 외로웠을까. 교실의 학생들은 수업이 막 시작될 때쯤 어떤 여학생이 조회대 앞, 하얀 운동장 한가운데, 혼자서 일광(日光)을 정면으로 떠받들고 있는 걸 보았다. 학생 회장이야, 라고 아이들은 속삭였겠지. 학생 회장이 소지품 검사에 항의해 스트라이크하는 거야, 라고. 얼마나 시간이 흘렀을까. 교사(校舍)의 서편 출구에서 두서너 명의 여학생이 달려 나와 네 곁에 나란히 섰고, 또 얼마나 시간이 흘렀을까, 이번엔 교사의 동편 출구에서 몇몇 여학생이 달려 나와 네 등 뒤에 섰고, 그리고 이윽고 떼 지어 다른 많은 학생들이 와와와, 함성을 지르며 쏟아져 나오기 시작했다. 그것은 네가 최초로 잘못된 제도와 정면으로 싸워 이기는 순간이었다. 소지품 검사는 그날 이후 중단됐으니까. 네 엄마와 나는 이 이야기를 얼마 후 네 친구들을 통해 간접적으로 전해 들었어. 나와 네 엄마가 그 사건의 전말에 대해 네게 물었을 때, 아무 일도 아니에요, 너는 그저 소박하게 웃으며 그 한마디를 했을 뿐이었다. 그렇다고 네가 특별히 과묵한 타입이라는 건 아니야. 너는 말수가 적은 편이지만 논리적으로 명쾌하게 정리되지 않을 때, 혹은 사물에 대해 호기심이 극대화될 때, 평소보다 말이 많아지곤 해. 초등학교 때는 왜 그리 내게 묻는 것이 많았던지. 초등학교 3학년, 어쩌면 4학년 때던가, 내게 쫓아와 묻기를 케이비에스(KBS)는 왜 케이비에스냐고 물었어. 나는 아주 당황했다. 영어로 된 약자로서 방송국 이름이다, 하니까 대뜸 또 묻는 거야. 무엇의 약자냐고 그것을 꼼꼼히 써 달래. 너는 그때 재미삼아 영어 알파벳을 익히고 있었어. 난감했지. 나는 영어 잘 모르잖니. 더구나 본딧말에서 생각해 내서 정확히 써 주기엔 역부족일밖에. 다음 날 영어 잘하는 친구에게 써 달래서 너를 불렀더니 너는 이미 알고 있었어. 엄마한테 들은 바로는 네가 온종일 여기저기 묻고 다니더란다. 케이비에스가 무엇의 약자냐고 말이야. 네 오빠와 네 남동생이 나를 닮아 감성적인 타입이라고 한다면 너는 논리적이고 이지적인 타입이야. 현상과 본질을 하나의 축으로 꿰어 해석하려는 너의 근원적 욕구가 너를 학생 운동의 대열에 동참시켰다고 나는 믿는다. 시위하는 학생들에 대한 텔레비전 뉴스를 보면서, 학생 운동에 어떤 확신을 갖고 있느냐, 네게 넌지시 물은 적이 있었어. 너는 말하기를, 그 확신을 찾아보려고 애쓰는 중이에요, 했다. 그때 나는 네가 현상과 본질, 주관과 객관 사이의 불확실하고 고통스러운 통로에 있다는 걸 알았구나. 그곳은 어둡고 습한 곳이다. 너는 알을 다 깨지 못한, 단지 부리로 힘들게 쪼아 겨우 본질적 구조로 나아가는 어둠의 통로를 연, 그 여명 속에 웅크려 있는 앳된 처녀이다. 하지만 하나야, 본질적 구조를 끝내 보고자 하는 너의 욕구가 클진대, 네가 비록 어릴지라도 어느 쪽으로 나아가든 조만간 네가 확신을 갖고 걸어갈 길을 찾아내게 되리라고 나는 믿고 있다. 내가 걱정하는 것은 너의 본체가 아니라, 다만 너의 본체를 가릴지 모르는, 또는 너의 투명하고 곧은 사유를 송두리째 흔들지 모르는 다른 요소는 없는가 하는 점이다.

그가 분신에 대해 말한 날.

그를 따라 함께 분신한다면 얼마나 행복할까.

어느 날 저녁, 네가 무심히 전화기 옆에 펼쳐 놓았던 수첩의 한 쪽에서 우연히 읽고 만 메모를 나는 지금 상기해 보고 있다. 너의 그 메모를 상기하면 언제나 이렇게 가슴이 철렁 내려앉는다. 네가 열꽃 같은 죽음에 대해 발언하고 있기 때문이기도 하지만 그보다 앞서 내 딸이 사랑에 빠졌다는 걸 나는 알아차렸다. 사랑은 고통스러운 혼란이지. 그것은 오직 한 사람을 통해 세계와 우주를 축약해 보는 고유 명사려니와, 애당초 사랑의 주체와 그 한 사람이 완성되어 붙박이로 있는 게 아니므로 극단의 혼란일 수밖에 없다. 한쪽 눈으로 사랑을 보고 다른 한쪽 눈으로 이념을 본다면 오직 좋으련만, 너는 상주불멸할 것 아직 아무것도 갖지 않은 여린 스무 살, 그 혼란의 압제를 벗어나 어찌 맑고 곧은 눈빛으로 나아갈 길 찾아낼 수 있을까. 나는 네 메모 속에 적힌바, 그가 누구인지 모른다. 짐작하거니와, 그는 아마도 합일과 분열을 거듭해 경험하고 있는 지금의 네 길을 비추는 등명불* 같은 존재일 것이고, 네가 이념이라고 믿고 있는 것들의 심지일 것이다. 네 가슴에 심지로 박혀 있는 그의 타는 불〔火〕이 내 눈에 보인다. 만약 그가 불꽃으로 타오르다가 꺼지면 너도 불꽃으로 타오르다가 꺼지고, 만약 그가 이념의 높은 제단을 오르기 위해 디딤 자리가 필요하다 하면 너는 기꺼이 엎드려 그의 두 발을 위해 등을 내주겠지. 그가 사랑의 더운 가슴으로 어둡고 습한 현상과 본질 사이를 힘 있게 걸어간다면 상관없으려니와, 그가 싸움꾼 되어 적개심의 창날 높이 들어 저기 어둠 속, 산화(散花)를 위한 가미카제, 그 황홀한 오르가슴을 통해 감히 불멸을 꿈꾼다면 어쩔 것인가. 왜 떠시는 거예요,

* 등명불(燈明佛) : 과거세에 출현하여 현세의 석가모니불과 같이 육서상(六瑞相)을 나타내며 『법화경』을 설한 부처.

아빠? 너는 말하겠지. 아빠는 불멸이 두려운 거군요. 나이 든 어른들이 꿈꾸는 불멸이 있다면 어떤 건지 한번 제게 보여 주세요. 홀로 신선이 되는 건가요? 불멸의 꿈이 설마 나쁘다고 말씀하시려는 건 아니겠죠.

하나야.

언젠가, 자율 학습으로 밤늦게야 돌아오는 입시생인 너를 보고 싶어 밤 9시쯤 네가 다니던 여학교로 찾아간 날이 있었어. 아빠는 그 무렵 원고 쓰기를 완전 중단하고 용인 굴암산 아래의 외딴집에 머물며 감자 토마토 옥수수 고구마 수박 상추 고추 오이 따위를 돌보고 살 때였지. 일주일이나 열흘에 한 번쯤 네 엄마가 만들어 주는 밑반찬을 가지러 겨우 집에 잠깐씩 들르곤 하던, 평생 내가 유일한 확신으로 타고 온 글쓰기의 마차에서 대책 없이 뛰어 내려와 나날이 외롭고 스산하던 그 무렵, 나는 불현듯 정든 산꼭대기, 네가 다니던 여학교의 어둔 계단을 올라가 교실 창밖에 붙어 섰던 거야. 어떤 아이들은 지쳐 잠들었고, 어떤 아이들은 책을 펴 놓고 있었는데, 입시생의 자율 학습 끝물이, 형광등 불빛 아래의 네 친구들 모습은 지칠 대로 지쳐 젊은 생기는커녕 그야말로 생체 실험을 기다리는 희망 없는 인간 군상으로 보였어. 교실 한가운데 넌 앉아 있었지. 나는 더욱더 창 가까이 다가가 너를 보았다. 수학 문제를 푸는 것일까. 너는 연필을 들고 집중해 참고서 위에 뭔가를 쓰고 있더라. 단발로 단정히 자른 머리, 흰 칼라, 꼿꼿이 앉은 자세가, 놀랍게도, 교실 전체의 지치고 닳아빠진 분위기와 달리 조용하지만 아주 신신했다. 너 홀로 맑고 드높았다고 할까. 매일 밤 불과 네댓 시간씩 자고 꼭두새벽부터 한밤까지 오직 교실에 붙잡혀 사는 네 모습이 혼자 새벽 정기를 받고 앉은 듯 힘 있어 뵈는 것에 나는 큰 위로와 감동을 느꼈다. 함께 학교를 나와서 혹 배가 고프지 않으냐고 물었을 때, 너는 이렇게 대답했지. 아빠, 냉면하고 소주를 먹고 싶어요. 너는 소주를 석 잔이나 단숨에 마셨어. 맛있어요, 아빠. 남들은 소주가 쓰다는데 저한텐 왜 달죠, 라고 넌 말했지. 냉면 가닥을 집어 올리는 네 젓가락질도 힘차고 얼굴 또한 밝은 기색 가득했다. 힘들 때인데 아주 씩씩해 뵈니 다행이구나. 내가 말하니까 너는 젓가락에 냉면 가닥을 돌돌 말면서, 공부가 재밌어요, 돌돌 말아 올린 냉면 가닥을 한입에 넣으면서, 다른 애들은 초조해서 스트레스 받는다는데요, 전 바보인가 봐요. 정말 바보처럼 고춧가루 묻은 앞니를 소리 없이 드러내어 웃으면서 또, 재미있는 공부 하니까 행복한걸요, 고3이 한 2년쯤 됐으면 좋겠어요, 했었지. 세상으로부터 버림받은 것처럼 매일매일 내 앙상한 늑골 사이로 황량하게 쓸고 가는 바람 소리나 들으면서 지냈던 그 무렵의 나를 그날의 네 모습이 구했다면 과장일까. 나는 굴암산 외딴집에서 잠 못 이루는 밤마다 스스로 등불처럼 밝았던 네 모습을 반복해 눈앞에 그렸어. 그러면 무력증에 빠진 내 삭신들이 새롭게 짜 맞춰지는 소리 들리고, 비록 사위가 어둘망정, 싸움꾼의

적개심이 아니라 밝고 곧은 사랑의 심신으로 찾아가야 할 길, 내 나머지 인생의 그리움을 좇아 신발 끈을 고쳐 매고, 고백하거니와, 그것은 내게 천군만마를 얻은 것과 같은 힘이 되었다. 힘은 관념에서 나오지도 않고 오래 살고 경험한 세월에서 나오지도 않고 싸움꾼의 용맹스러운 창에서 나오지도 않으며, 다만 순한 희망에서 나온다는 걸 내게 가르쳐 준 너의 단아한 초상, 형광등 불빛 교실 속의.

보고 싶은 하나.

이제 아주 밤이 깊구나.

창 너머 어슴푸레한 바이칼 위로 수많은 별이 쏟아져 내린다. 서쪽으로 길게, 별 하나 지는구나. 『유정』의 남자 주인공 최석이 얼어붙은 시베리아를 횡단해 와 마침내 병들고 황폐해진 제 육신과 영혼을 고절한 통나무집에 뉘면서 기도했던바, 내 남은 생애를 바이칼처럼 외롭고 깨끗하게 하소서, 그 육성이 들릴 듯한 밤이다. 이광수 선생은 바이칼에 정말 와 봤던 것일까. 그래, 하나. 네 맘을 안다. 작가로서 올곧게 지조를 지키지 못하고 끝내 친일파로 돌아서 스스로 이름을 욕되게 했던 이광수에게 선생이라는 존칭을 꼭꼭 붙이는 내게 네가 무슨 말로 오금을 박을는지 상상하는 건 어려운 일이 아니다. 하지만 나는 그에게 선생이라 붙이지 않을 수 없다. 그의 친일을 용서해서가 아니라 그가 어쨌든 어둠의 역사 속을 고단하게 흘러 살면서도 문화적으로 척박했던 이 땅의 황무지를 갈아 뒤엎어 새로운 소설 문학의 씨앗을 뿌린 선배 작가이므로. 어떻게나 나는 약한 사람인고. 제 마음을 제가 지배하지 못하는 사람인고. 이광수 선생은 쓰고 있다. 그가 만주를 유랑할 때 이 바이칼에 정말 들렀다면, 그리하여 바이칼 수심 2백 미터, 변함없는 섭씨 1도, 그 불멸의 순수를 보았다면 그는 어쩜 민족적 자존을 지켜 낼 힘을 얻진 않았을까. 그가 최석의 입을 통해 고독하고 깨끗하게 살게 하소서, 바이칼의 별들에게 기도했던 대로.

하나야.

고독한 건 가장 높은 것이고 깨끗한 건 가장 낮은 것이다. 보아라, 고독한 별은 저리도 높고 깨끗한 물은 바이칼 심해, 저리도 낮지 않으냐. 사멸의 예감이 다가오면 별들까지 이윽고 초신성*으로 타오르면 절대 광도가 젊은 별들의 수만 배에 이르는 것조차, 바이칼보다 높고 바이칼보다 낮으면, 모두 허깨비 관념. 이제 아빠는 감히 불멸을 탐하진 않거니와, 그래도 네가 불타는 아비(阿鼻)의 거리에서 꿈꾸듯, 나 또한 세상 속으로 돌아가 보다 높고 보다 낮은, 보다 고독하고 보다 깨끗한 나의 사랑을 꿈꾼다. 꿈에서 일망정 바이칼 물밑 1,620미터, 그 단단하고도 부드러운 고요 속에 아미 내리깔고 농염하게 누워 있는 내 신부를 보고 싶구나. 사멸의 예감은 어느덧 익숙하여 마치 친구 같다. 내일은 니키타 파르진스키를 졸라 올혼 섬의 북단까지 가 볼 예정이다. 전인미답의

* 초신성(超新星) : 보통 신성보다 1만 배 이상의 빛을 내는 신성.

땅이 부르는 소리 들린다. 그 땅은 하마 별과 맞닿아 있을까, 해저와 맞닿아 있을까.

안녕. 오늘은 이만 촛불 불어 끈다.

편지 넷

바이칼이 비에 젖고 있다.

정오까지만 해도 햇빛이 그리 맑더니 정오를 넘기면서 갑자기 사방에서 파죽지세로 먹구름이 몰려들고 이윽고 비가 내린다. 정오라면 그의 주검을 건져 올린 시각이지. 어쩌면 아침 햇빛 속을 박차고 날아간 그의 영혼이 지금 바이칼을 떠나고 있는 것인지도 몰라. 비 젖은 안개구름 망토처럼 두르고. 그, 그 남자, 낡고 요란한 오토바이 높이 올라앉아 하루에도 수십 수백 번씩 이곳, 켜켜이 쌓인 적막을 흔들어 깨우려는 듯, 후지르 마을을 돌고 돌던.

사랑하는 하나.

어젠 섬의 북단까지 갔어.

북단까지라고 해 봤자 후지르 마을에서 약 30여 킬로미터 정도. 문명국의 도로에선 승용차로 10분이면 도착할 곳이지만 이곳에선 낡은 1톤 트럭으로 두 시간이 걸린다. 니키타 파르진스키가 외국인 손님을 위해서라는 이유를 달고 간신히 빌려 온 1톤 트럭은 후지르 마을의 유일한 공장인 오물 저장 공장이 소유한 두 대의 트럭 중 한 대이다. 섬 전체에 차가 두 대뿐이니 이곳에서 차를 탈 수 있는 권리는 본디 사냥감이 풍부한 곳이라는 뜻을 가진 바이칼의 무진장한 어족 자원 오물뿐이지. 육질이 아주 연하고 향긋한 물고기란다. 길은 물론 특별히 따로 없어. 산이 없는 해안을 따라 반은 모래층이 단단한 백사장을 또 반은 모래흙으로 뒤덮인 야산으로 가는 거야. 몇 번씩 모래밭에 빠지기도 하고 빽빽한 소나무 숲에 막혀 돌아 나오기도 했지만 넘어질 듯 가파르게 까불면서도 트럭은 어쨌든 올혼 섬의 북단 허보이까지 우리를 데려다 주었다. 참, 한 반쯤 갔을 때였던가, 요철 심한 경사 길을 내려가던 중에 트럭의 시동이 꺼진 적이 있었지. 니키타 파르진스키는 물론 이민형 사장과 나도 엔진 구조에 대해선 별로 아는 바가 없기 때문에 아무리 키를 돌려 보아도 다시 시동이 걸리지 않는 트럭 앞에서 망연자실할밖에. 바로 그때, 소나무 숲 사이로 그가 나타났어. 여전히 털벙거지를 뒤집어쓴 오토바이 탄 중늙은이 남자가. 그제야 우리는 그가 후지르에서부터 우리 트럭을 뒤따라왔다는 것을 알았지.

니키타 파르진스키가 그를 손짓해 불렀어.

그는 머뭇머뭇 다가오더니 갑자기 전에 없이 민첩한 동작으로 트럭 보닛을 열었다. 니키타 파르진스키가 또 빠르게 말했어. 쿠다라는 낱말이 섞여 들렸다. 쿠다는 어디라는 뜻이니까 아마도 니키타는 어디가 문제냐고 그에게 묻고 있는 것 같았어. 그는 그러나 말이 전혀 없이 트럭을 고치기 시작했다. 놀라웠던 것은 그의 재빠르고 치밀한 손동작과 달라진 눈빛이야. 루리 차 혼챈, 이라고 말할 때의 텅 빈 눈빛이 아니었거든. 올혼 섬에 들어와 오늘로 닷새째, 오토바이를 타고 다가와 언제나 오토바이 시동을 끄고 내려서서 정중히 뭐라고 말해 오던 그의 눈빛을 적어도 수십 번 이상 보았지만, 트럭을 고치기 시작할 때의 눈빛하곤 달랐다구. 나를 향해 있으면서도 나를 보는 게 아니라 나를 관통해 어떤 다른 세계를 보는 듯한 그 눈빛이 아니라, 뭐랄까, 초점이 비로소 분명해져 마치 일출 순간의 바이칼 호면처럼 반짝이는, 그것은 살아 있는 눈빛이었지. 그는 순식간에 차의 엔진을 고쳤다. 니키타가 시동을 걸고 부르릉 액셀을 밟아 보이자 그는 툭툭 손을 털며 자신의 오토바이로 돌아갔는데, 그때 이미 그의 눈빛에 광채는 남아 있지 않았어. 햇빛만이 부러진 데를 테이프로 덕지덕지 붙인 뿔테 안경 끝에서 빛났을 뿐, 원래 저 사람 손재주가 비상했다는데요, 라고 이민형 사장이 니키타 파르진스키의 말을 통역해 주었다. 트럭은 하늘을 가릴 듯이 서 있는 키 큰 적송(赤松) 사이로 길 없는 길을 뚫고 나아갔다. 적송은 통나무집을 짓는 데 쓰이는 잘생긴 나무야. 작년 이맘때까지만 해도 오물 공장에서 일했대요, 라고 이민형 사장이 소리쳐 말했지. 기술자였나 보죠, 라고 나도 엔진 소리를 이기기 위해 악을 썼어. 기술자라고까지야 뭐. 오물 공장이라고 기계가 있는 것도 아네요. 오물을 소금에 절여 화물 배로 실어 내면 되는걸요. 예전엔 고기잡이를 했다나 봐요. 이것저것 허드렛일 주로 하고 산 모양인데요, 좌우간 오토바이든 고깃배 엔진이든 자동차든 고장 났다 하면 그 친구 손이 가야 고친다는군요. 못 고치는 게 없대요. 그 오토바이도 누가 버린 것을 여러 날 손봐서 타고 다닌답니다, 작년부터요. 기름 탱크도 함석으로 만들어 달았다는 거예요. 더 이상 고칠 게 없으니 저 친구 심심하긴 되게 심심했겠어요. 평생 섬 밖으로는 나가 본 적이 없었다니, 원. 허어, 저 친구 계속 우릴 따라오네. 이민형 사장의 말처럼 그는 일정한 거리를 두고 계속 우리가 탄 트럭을 따라오는 것이었어. 루리 차 혼챈이 무슨 뜻인지 꼭 알아봐 달라고 나는 니키타 파르진스키에게 부탁해 두었다. 다시 오토바이에 올라 떠나면서 늘 하는 말, 차찬 푸아헌, 까지. 우리의 차가 고장 없이 서면 그는 다가와 말할 터이다. 텅 빈 시선으로, 그러나 정중하게 루리 차 혼챈, 이라고.

하나야.

비는 오는 듯 안 오는 듯, 이슬비다.

고개를 들면 삼나무로 짜 맞춘 창살 사이로 후지르 마을의 서쪽 초원 지대가 한눈에 내다뵌다. 경사를 따라 선착장까지 이어지는 초원 지대 역시 민들레 꽃이 한창 피어나고 있구나. 이곳 사람들은 저 민들레를 아두반치키라고 불러. 바이칼이나 이르쿠츠크뿐만 아니라 광대한 동토 시베리아 어디를 가든 날이 풀리고 햇빛이 힘 있게 꽂히는 계절이 오면 천지 사방 얼어붙었던 물이 녹아 흐르고 그 사이사이 수줍고 화사하게 아두반치키가 피기 시작한다. 민들레—아두반치키는 무리 져 피지만 네 편 내 편 경계가 없어. 나는 오늘 새벽 양말도 신발도 신지 않은 맨발로 걸어 절벽 끝까지 나아갔다. 이슬에 젖은 풀들이 내 발바닥을 받아 제 품에 안는 부드러운 감촉을 설명할 말이 없구나. 바이칼은 잔잔했고 해가 뜨기 직전의 동편 하늘은 차츰 홍옥처럼 붉었다. 나는 바이칼이 깨어 일어나는 그 새벽의 밀어를 한참이나 귀 기울여 들었지. 창강창강, 하고 츠츠이 츠츠이, 하고 끼르륵끼르륵, 하고 포르르릉포르릉, 하고 쉬치쉬치쉬치치, 하고 챙챙챙, 하고 쯔쯔비 쯔쯔비, 하고 또, 큐리릿 큐리리릿, 하는, 웡 웡 웡 하는 소리. 바이칼의 새벽은 어떤 땐 박새 소리 휘파람새 소리를 내고, 어떤 땐 제비나비의 날갯짓 소리를 내고, 어떤 땐 팽이 돌아가는 소리를 내고, 어떤 땐 타악기의 최저 음이 울리는 소리를 내고, 또 어떤 땐 큰 산맥이 우는 소리를 내기도 해. 쌀 씻는 소리, 천만 군마 떼 짓쳐들어오는 소리도 내. 바이칼이 내는 새벽의 소리를 한두 개의 의성어로 표현할 수는 없어. 그것은 문학이 가지는바 삶의 조건에 대한 잔인한 한정의 틀 너머에서 나는 소리이고, 운동이 보여 주는바 금강석처럼 단단하고 불꽃처럼 뜨거운 사랑의 이전과 이후를 아우르는 소리이며, 종교가 가지는바 은유와 상징체계의 색법(色法)을 벗어던지는 소리라면 과장일까. 내가 작가로서 젊은 날 꿈꾸었던 자유라는 게 기실 얼마나 수많은 한정적 바리케이드 안에 편입돼 있었는지 바이칼의 새벽은 내게 일러 주었다. 나는 나의 인물들에게 이렇고 저런 길을 주었지. 그것은 고전적 소설 작법이다. 분열을 거듭하면서 그들은 걷고 달리며 내가 준 길을 따라간다. 어디로 가는지 나의 인물들이 모를 때조차 나는 그들의 길을 알고 있어. 그건 작가로서 고유하고 특별한 권리야. 내 인물들이 나아갈 길 없을 때조차 작가인 나는 그 없는 길을 보는 거지. 길이 없는 것이 길이 되는, 어떤 시인은 고통스럽지만 앞서 걷는 자가 지도를 만든다고 노래했다. 콜럼버스는 아메리카로 가는 지도를 만들어 우리에게 보여 주었다. 네가 운동의 길에서 꿈꾸는 길 또한 그렇겠지. 길은 경계가 필연이고 경계는 다산(多産)이니 이념도 낳고 체제도 낳고 소설도 낳고 별의별 것을 다 낳는다. 내가 쓴 소설들은 삶을 여는 것이었던가, 한정 지어 닫는 것이었던가. 바이칼의 신새벽은 내게 그런 걸 묻는다. 우리가 길이라고 부르는 것들의 경계가 이곳의 청정한 새벽엔 없기 때문이다. 이곳에 작가가 없기 때문이다. 작가가 없는 땅은 얼마나 행복하게 열려 있는 것일까, 하고 나는 초원 위를 맨발로 뛰고 걸으며 중얼거렸어. 오토바이를 탄 남자가 나타난 게 그때였구나. 오토바이는 언제나 그렇듯 경사진 선착장 쪽에서 처음 나타났지. 먼저 찢어지는 듯한 요란한 엔진 소리가 들리고, 그다음 구릉 경계선에 털벙거지가 슬그머니 솟아오르고, 그럼 이내 두꺼운 뿔테 안경을 끼고 마상에 꼿꼿이 앉은 나의 돈키호테.

루리 차 혼챈?

그가 오토바이에서 내려서며 정중히 말할 때 나는 초원의 한가운데 서 있었어. 어제 올혼 섬의 북단까지 동행했으므로 나는 다른 때보다 훨씬 더 친밀감을 느끼며 즈드라스트부이체, 러시아 말로 인사했고, 그는 한 번 더 루리 차 혼챈. 그리고 사이를 두었다가 차찬 푸아헌. 오토바이는 잠든 새벽의 마을을 온통 물어뜯듯 비명을 지르며 한 바퀴 돌아오더니 이번엔 내 앞에 멈춰 서지 않고 또 한 바퀴를 돌았다. 그가 내게 암말도 안 하고 지나친 건 그때가 처음이었어. 이제 그에게 내 소설 속의 인물에게 느끼듯 담뿍 친화력을 느끼던 터라 그가 말없이 지나치는 게 어쩐지 섭섭했다. 나는 세 번째로 그의 모습이 선착장을 돌아 내게 다가올 때, 민들레 꽃 하나를 꺾어 들고 있었다. 그가 이윽고 내 앞에 멈춰 서서 루리 차 혼챈, 했지. 나는 반가워서 민들레 꽃을 그 앞으로 내밀며 오친 크라시바, 이쁘다고 말했다. 그의 눈빛은 여전히 비어 있었어. 때마침 해가 떠오르기 시작했고, 황금빛 햇빛 한 점이 그의 눈을 찔렀지만, 무심한 동굴처럼 단지 열려 있을 뿐인 그의 눈은 꿈쩍도 안 했다. 그는 오토바이에 느릿느릿 다시 다리를 올리며 내게 마지막 말을 남겼다.

차찬 푸아헌.

오토바이는 떠났어. 언제나처럼 그의 오토바이는 느리게, 그러나 소리만은 찢어질 듯이 초원을 사선으로 가로질러 절벽 끝까지 갔다. 바퀴에 눌렸다가 다시 일어나는 새벽 풀들의 율동을 나는 보고 있었지. 이미 다 솟아난 해의 선도 높은 광채를 역광으로 받은 그의 털벙거지가 흔들리는 것도. 절벽 끝을 유연하게 돌아 이제 마을의 서편으로 방향을 틀어야 할 차례였다. 그러나 오토바이는 곧은 직진, 한순간 절벽 끝에서 내 시선을 벗어났다. 그것은 거짓말 같은 광경이었어. 나는 너무나도 믿기지 않아서 초원 한가운데 선 채 눈을 깜작여 보았다. 그가 그의 오토바이와 함께 잠깐 떠올랐다 사라진 절벽 끝엔 황금색 물비늘만 황홀히 매단 바이칼 호수면이 수직으로 걸려 있을 뿐이었다.

물 아래 옥돌 같은 딸 하나.

물안개가 수런수런 초원을 거슬러 가 선착장 쪽으로 솜이 찢어진 것처럼 찢어져 흘러 내려간다. 무슨 소리? 편지를 쓰다 말고 선착장 쪽에서 오토바이 소리가 들리는 듯해 나는 귀를 쫑긋 세운다. 이민형 사장이 떠났으니 이곳에 남은 외국인은 이제 나 혼자뿐이야. 그 남자의 시신을 건져 올린 건 정오쯤이었어. 찾지 못한 오토바이는 바이칼 깊고 깊은 해저, 불변의 섭씨 1도 그곳에 내려가 흰 소가 끄는 수레 타고 흐를까.

허보이의 언덕이 선연히 떠오른다.

언젠가 널 데려와 함께 가 보고 싶구나. 올혼 섬의 북단, 허보이의 그 언덕에. 적송 사이를 간신히 뚫고 완만한 경사 길을 올라섰을 때, 나무 한 그루 없이 바이칼 짙푸른 수면을 향해 보드랍고 유장하게 흘러가 박힌 초원, 그 땅 끝. 민들레뿐만이 아니었다. 수많은 빛깔의 수많은 키 작은 들꽃들이 그 드넓은 초원에 한껏 피어 있었어. 투명한 햇빛은 수천수만 꽃잎 사이사이로 박혀 소외가 없고, 북쪽 스와토이노스 반도를 떠나 호수를 지나온 바람이 장난치듯 꽃술과 꽃잎과 꽃대마다 흔들어 상처가 없는 무한 경계의 땅. 나는 내 가슴속 사랑을 어찌할 수 없어 옷을 모두 벗고 놀았지. 천 년 전의 아리따운 선덕 여왕도 만날 수 있을 것 같았다. 그 들꽃들 너머, 저쪽 적송 아래, 그가 오토바이에 드높이 앉아 나를 바라보고 있었다. 그는 그때 무엇을 그 텅 빈 눈빛으로 보았을까. 나는 나의 우물에, 청산에 살어리랏다, 해맑은 이마 높이 들고서 청산 하나 솟아나 비치는 걸 보았지. 수천수만의 들꽃들이 나를 용서해 손 흔들어 주는 것도. 야 류블류 치바, 라고 벌거벗고 껑충껑충 뛰면서 나는 소리쳤단다. 나는 너를 사랑한다는 뜻의 러시아 말이다. 나는 소리치고 소리쳤어.

야 류블류 치바!

편지 다섯

사랑하는 내 딸, 하나.

잠을 이룰 수가 없다. 네 엄마도 그렇고 나 또한 그래. 엄마는 벌써 며칠째 식음을 전폐하다시피 하고 있어. 날씨는 왜 이렇게 연일 무더운지.

창 너머 여명이 터 오는 시각.

나는 지금 네 책상 위에 엎드려 이 글을 쓴다.

책상 위엔 몇몇 교재들 사이로 김남주의 유고 시집과 리처드 바크 지음 『갈매기의 꿈』과 김수정 만화 『아기 공룡 둘리』가 쌓여 있고, 내가 이르쿠츠크로 날아가는 비행기 케이이(KE) 9515에서 생일 선물로 사 보낸 귀고리 선물 세트와 편지가 놓여 있고, 유치원 노란 제복을 입고 엄마와 함께 웃고 있는 네 사진이 작은 액자에 넣어져 놓여 있다. 사진 속에서 너는 쌍갈래로 땋은 머리에 노란 리본을 매고 아주 순하디순하게 웃는구나. 살짝 벌어진 앞니엔 티끌 하나 없어. 아마도 내가 안양 비산동의 미륭 아파트에 살 때였던 것 같아. 어느 날 책 한 권이 날개 돋친 듯 팔려 유명한 작가가 됐을 때, 그 유명한 이름으로 짐 진 것들 너무 무거워 어찌어찌 숨어 있을까 하고 서둘러 이사해 갔던 안양 변방. 네가 불과 다섯 살 되어 처음으로 세상과 만났을 2층짜리 흰 타일이 붙여진 그 유치원 건물이 떠오른다. 아빠 아빠. 유치원에서 성급히 돌아온 네가 숨넘어가는 소리로 나를 부르며, 902호 사 줘, 902호 사 달란 말이야. 다짜고짜 떼를 쓰듯 했던 말, 너 기억하니. 너는 그날 선생님한테서 여자는 크면 시집을 가는데 시집간 뒤엔 엄마 아빠랑 살지 않고 다른 집에서 살아야 한다는 설명을 들었던 거야. 우리가 살던 아파트가 903호였으니까, 시집간 다음에도 아빠 곁에서 떨어지고 싶지 않으니 미리미리 902호를 사 놓으라는 것이었지. 그 무렵의 너는 올혼 섬 북단의 들꽃보다 더 이쁘고 맑았다. 정말야. 널 보면 누구나 야무지게 땋아 내린 머리, 깜찍하게 튀어나온 해맑은 이마, 길고 유순한 속눈썹, 쓰다듬어 보고 싶어 안달을 했었거든.

보고 싶은 하나야.

너를 만나고 돌아온 지 불과 세 시간도 채 지나지 않았는데 네가 왜 이리 간절히 보고 싶은지. 아빠 뭐 하러 돌아오셨어요, 라고 너는 애써 웃으며 말했지. 나는 눈시울 뜨거워져서 그 순간 아무 대답도 하지 못했다만 지금은 말할 수 있다. 내가 서둘러 바이칼에서 돌아온 것은 네가 염려됐다거나 너를 불길 속에서 구해 낼 비책이 있었기 때문이 아니라, 다만 물 아래 옥돌 같은 나의 딸, 하나가 그리웠기 때문이라고. 서울에서 난리가 났어요, 라고 이민형 사장이 전화기 저 너머에서 말할 때만 해도 나는 그것이 단서가 되어 바이칼 올혼 섬을 떠나게 될 줄은 예상 못했다. 정한 바는 없을지라도 적어도 여름이 지날 때까지 나는 그곳에 있으리라 했었거든. 그러나 이민형 사장이 덧붙여 말하길, 통일 축전을 벌이려던 시위 학생들이 대학 과학관 건물에 고립되어 경찰과 대치 상태가 여러 날째 된다는데요, 그 과학관에 글쎄, 실험 실습 자재가 많아 불이라도 붙었다간 수천 명 학생들이 몽땅 날아갈 판이랍니다, 했을 때 머나먼 바이칼에 홀로 떠나와 있는 내게까지 시위의 불길이 옮겨 붙었다는 걸 알았다. 올혼 섬의 마지막 밤을 보내는 짧은 꿈속에서 순백색 드레스를 입은 네 몸이 하나의 불꽃이 되어 하늘에서부터 떨어져 내리는 것을 나는 보았어. 하나랑 애들 있는 건물에 여보, 화공 약품과 화염병이 뒤죽박죽 쌓여 있다는 거야. 네 엄마가 떨면서 하는 말. 나는 극동의 블라디보스토크에서 비행기를 바꿔 타고 멀찍이 태평양을 돌아 김포에 내렸구나. 끝까지 가려내어 엄중하게 법적 책임을 물을 방침. 대학 총장 출신의 국무총리 담화문. 블라디보스토크에서 서울까지 직항로로 날면 한 시간 비행 거리도 채 되지 않건만 비행기는 짐짓 조국을 버리는 시늉으로 동강 난 내 나라 멀리 등져 날다가 태평양을 선회해 내 집으로 오는 것이었어. 북한의 대남 적화 노선 그대로 추종. 이적(利敵)으로 규정. 발본색원. 엄단의 칼. 칼. 칼. 초강경 진압을 천명한 서슬 푸른 검찰의 선언. 김포에서 비행기를 내렸을 때 내 조국의 여름이 너무도 습하고 무덥다는 걸 나는 깨달았다. 폭력 극렬 시위에 여·야 한목소리. 각계 인사 엄단 주장. 신문은 또 쓰고 있었어. 완전 무장한 1만 2천여 명의 전경에 포위되어 고립된 너희들은 단전·단수는 물론 음식도 부족하여 탈진한 학생이 부지기수라고. 강경 진압에 맞서기 위한 투신조와 분신조가 이미 조직돼 있다는 소문도 있다고. 망원 렌즈로 찍은 사진 속의 과학관 고층 유리창엔, 엄마 배고파, 라고 쓰여 있구나. 네 책상 위에 놓인 김남주 시인은 자유의 길, 해방의 길, 통일의 길이라고 썼다. 빛이 빛을 잃고 어둠 속에서, 라고. 세상이 갈 길 몰라 헤매고 있을 때/섬광처럼 빛나는 사람들이 있었다, 라는 구절에 선 굵은 매직으로 너는 주욱, 밑줄을 그어 놓았어. 나는 네가 감동하여 읽었을 그 시를 지금 소리 내어 읽어 봐. 너를 부르듯이. 과학관 화공 약품 더미 속에 너희들이 갇힌 지 이제 꼭 8일째. 정부도 언론도 국민도 똘똘 뭉친 듯 너희들의 항복과 고사(枯死)만을 기다리는 이 고립무원의 여명 속에 과연 누가, 무엇이 빛나는 것일까, 섬광처럼.

이대로 있을 수는 없어.

네 엄마가 머리를 빗어 묶더라.

어떡하자는 거야, 라고 나는 자신 없이 대답했어. 바로 지난밤 9시 텔레비전 뉴스가 끝난 직후였지. 텔레비전에선 오늘 밤 안으로 과학관에 경찰이 진입 작전을 펼 가능성이 많다는 아나운서멘트와 함께 여러 대의 페퍼 포그 차량, 헬기까지 동원한 삼엄한 경찰 포위망, 폐타이어를 과학관 앞에 쌓아 올린 시위대의 바리케이드, 쇠 파이프로 무장한 사수대, 복면을 한 옥상 위의 시위 학생들 따위를 반복해 보여 주었어. 경찰이나 시위대나, 양쪽 다 양보를 안 하면 도대체 어쩌자는 거냐구요. 한판 붙어서 과학관이 폭발해 경찰과 학생들 함께 죽자는 거냐구. 이게 이민족과 전쟁하는 거냐구. 엄마는 말하면서, 그러나 서두르지 않고 여러 번 꼼꼼히 빗질한 머리를 앞가르마 타서 깡똥하게 동여맸지. 산기(産氣)가 있어 너와 네 오빠 동생 들 낳으려고 산부인과 병원으로 떠날 때, 한밤이든 새벽이든, 네 엄마는 복통을 느낄 그 순간조차 늘 그렇게 꼼꼼히 머리를 빗어 묶었었어. 당신, 머리 빗어 묶는 것 보니까 또 애 낳을 폼이구먼, 이라고 나는 말하고, 하나 만나러 갈 거야, 하나가 엄마를 부르는 소리 들려, 라고 엄마는 선언하는 거야. 평생 내게 순종하고 살아왔지만 머리 꼼꼼히 갈라 빗어 묶고 나면 네 엄마 절대 가로막을 수 없다는 거, 난 알고 있어. 네 엄마는 사랑의 결단으로만 그런 식으로 머리 빗어 묶거든. 마치 눈에 뵈지 않는 누군가의 길 안내를 받는 것처럼 경찰 병력의 포위망 사이, 어두운 나무 사이를 교묘하게 돌아 엄마와 나는 너의 대학 과학관으로 갔구나. 네 엄마는 확신에 차서 성큼성큼 걸어가고 나는 시종처럼 그 뒤를 따르는 형국이었지. 당신, 열린 길을 이렇게 잘 찾다니, 족집게 무당이네. 사수대 학생들 사이를 비집고 들어가 전운이 감도는 과학관 현관에 도착했을 때 내가 말했어.

그렇게 나는 너를 보았다, 하나야.

너는 과학관 3층의 동편 복도 끝에 있었지. 수많은 학생들이 대학별로 무리 져 시멘트 바닥에서 혹은 자고 혹은 앉아 있는 사이를 지나 네 엄마에 이끌려 복도 끝까지 갔을 때, 먼지 쌓인 시멘트 바닥에 찢어진 신문지 한 장 깔고 모로 누워 잠든 너를 보았던 거야. 포개지다시피 잠든 한 무리의 학생들 중에서도 등을 한껏 접은 너는 더욱 유난히 꼽추처럼 작았지. 홀로 앉은 채 졸고 있는 한 남학생의 무릎에 네 앞이마 닿고 있었다. 저, 저희 대학 부학생 회장입니다, 하고 내게 꾸벅 머리 숙여 인사하던 그 남학생. 머리 빗어 묶을 때부터 이미 또 다른 전사(戰士)가 된 엄마는, 너를 어떻게 키웠는데 신문지 한 장 달랑 깔고……라고 말하면서도 울진 않았다. 그러나 와락, 엄마 품에 안기는 순간, 네 두 눈엔 이슬이 맺혔지.

엄마도 참.

너는 웃으면서 대답했어.

여기서 신문지 한 장이면 어딘데 그래.

동아리 MT 떠나보내면서 보았으니 내가 너를 만난 것은 꼭 열아흐레 만이었어. 그사이 너는 몰라보게 말랐고, 까맣게 탔고, 목이 훌쩍 길어졌고, 눈은 깊었다. 이 신문지 벌써 일주일이나 내 침대보로 쓰고 있는걸. 돈 줄 테니까 팔라는 애도 있어, 엄마. 예전과 다름없이 네 웃음은 순하고 맑았다. 1만 2천여 명의 전경에 포위되어 있는 전사가 아니라 유아복을 입고 엄마 곁에 선 저 사진 속의 너처럼. 여기 선배님도 천 원 줄 테니까 아까 팔라고 했는걸, 하고 덧붙이며 너는 살짝, 네 곁의 부학생 회장을 보았어. 하얗게 웃고 있는 너의 맑고 깊은 눈빛에 그 순간 난(蘭)향처럼 세필(細筆)로 흘러가는 광채 한 자락, 나는 본 듯했다. 그래. 난 알아차렸구나, 하나야. 깡마른 체구, 헌칠한 키, 그리고 부드러운 턱 선 안에 단단한 이념의 그물코를 감추고 있는 그 청년이 너의 젊은 무사 예니세이라는 것을. 네가 안 나가면 나도 안 가, 라고 네 엄마는 말했으나, 우리는 해산하여 나가겠다는데 경찰이 우리를 가둬 놓고 있는 거예요, 라고 또 네 선배가 말했으나, 애비이면서 작가인 나는 정작 아무 말도 할 수 없었다. 아빠, 전 아직 어떤 것이 통일의 길인지 몰라요. 왜 이렇게 우리가 여기 갇혀 있어야 하는지도요. 그치만 이건 알아요. 우리는 여드레나 이곳에 함께 있었어요. 함께 말예요. 저 혼자서 여기를 나갈 수는 없어요.

동편 하늘이 홍조를 머금고 있다.

네 엄마가 미숫가루를 타 가지고 와서 책상 맞은편 피아노 의자에 앉았어. 라디오 새벽 뉴스는 투신이나 분신 등 돌발 사고를 고려하여 너의 대학 과학관 진입을 좀 더 뒤로 미룰 것이라고 전하는 중이다. 도대체 이게 뭐래요. 너나없이 잘나 터진 양반들 많은데 해방되고 50년 넘도록 쬐끄만 땅덩어리 하나 붙여 놓지 못해 공부할 애들까지 잡쳐 놓고……라고 말하며 네 엄마, 참았던 눈물 기어코 쏟는구나. 이럴 때 왜 하필 그 남자가 떠오르는 것일까. 오토바이로 올혼 섬 좁은 마을을 돌고 돌다가 어느 새벽 훌쩍 날아서 바이칼 깊은 곳으로 떠나 버린 그 남자. 루리 차 혼챈, 하고 오토바이에 내려서 정중히 그가 내게 권하던 것이 무엇이었는지 이제 확연히 알 것 같구나. 그는 아마 함께 가실까요, 라고 말했을 거야. 함께 가실까요, 그렇지만 경계심 많은 그 누구도 따라나서진 않고, 그러니 다시 오토바이 타고 떠나며, 차찬 푸아헌, 그럼 혼자 가지요, 했던 게 아닐까. 독백은 허망하지만 눈물은 무겁다. 엄마의 눈물은 너와 함께 가지 못해, 경계가 미워서 흘리는 눈물일 터이다. 경계는 새끼 쳐서 더 많은 경계를 낳고, 천지 사방 가르고 나누니, 그리운 길 멀찍이 밀쳐 두고 온 나는 돌아오지 못하는 네 책상 앞에 앉아 죄인처럼 두 팔 내려뜨리고 있을 뿐이다.

해가 떠오른다.

통일 조국에서 반드시 살게 될 젊은 하나.

네 엄마와 나는 비록 굶주린 채 시멘트 바닥에서 신문지를 덮고 지낼망정, 1만 2천 경찰 병력이 철통같이 에워싼 고도에 네가 갇혀 있을망정, 간밤에, 학문의 전당 대학에서, 차이고 불타고 다치고 죽는 끔찍한 일들 일어나지 않고 새로 뜨는 해를 맞는 게 얼마나 다행스러운지 그 은혜에 감사드리고 싶은 심정이다.

우리 하나, 별일 없겠지요.

떠오르는 해를 향해 엄마는 가슴을 쓸어내리고, 나는 무한 경계로 열려 일어서는 황홀한 바이칼의 아침을 본다. 이름 모를 그 작은 들꽃들도. 너에게 꼭 바이칼의 들꽃들을 보여 줘야지. 영하 30도의 얼어붙은 혹한 한가운데, 그래도 신묘하지, 작은 씨 감추어 견디다가 대지가 풀리는 계절이 오면 마침내 그 싹을 피워 영롱한 꽃잎들을 피워 내는 들꽃. 민들레. 아두반치키. 그들이 이쁜 것은 길고 잔인한 시베리아의 혹한을 견디어 냈기 때문이 아니라, 사실대로 말하자면, 마침내 그들이 영롱한 제 빛깔을 제 목숨에 담아 꽃을 피워 냈기 때문이야. 그럼. 그렇고말고. 나는 이윽고 확신에 차서 네 엄마의 어깨를 다독거린다. 너의 순한 웃음과 네 선배의 눈빛이 동시에 떠오른다. 너는 새우잠을 자다가 일어났을 때, 또는 앉았던 자리에서 이탈할 때, 네 신문지를 꼭 접어 챙긴다고 했어. 본래부터 네가 무엇을 버리지 못하는 성미이기 때문만은 아닐 거야. 그 먼지투성이 침침한 복도 끝에서, 최루탄 연기에 눈물 콧물 흘릴 때조차, 서두르지 않고, 그러나 민첩하고 꼼꼼하게, 너의 침대보, 찢어진 신문지를 접어 챙기는 것은 그래, 다만 다음에 앉거나 누울 때에 대비하는 거지. 넌 언제나 그런 아이였어. 다음이라는 희망을 소중히 하는. 엄마와 내가 너를 두고 나올 때, 시한폭탄 같다는 과학관 앞까지 따라 나와 귀엣말로 네가 했던 말이 생생하다. 아빠, 나 여기서 나가면 있지, 냉면하고 소주 사 줘요. 그러엄. 사 주고말고. 해는 이제 북한산 형제봉 위로 불끈 솟아올라 이 글을 쓰는 네 책상 위에까지 곧게 달려온다. 우리 밥 해 먹자구. 난 배고파, 여보. 네 엄마에게 나는 말한다. 너는 반드시 무사히 올 것이다. 이 아침, 눈가를 세밀하게 접어 순하게 웃으면서, 찢어진 신문지를 접고 있는 네 손을 나는 보고 또 봐. 너에 대한 내 확신의 단서이며 앞세워 놓은 우리들 세상에 대한 내 희망의 상징인.

하나야.

고기(古記)에 이르기를, 일찍이 바이칼 동쪽에 우리의 시조인 천제한님〔天帝桓因〕의 나라가 있어, 그 나라 땅이 넓어 남북이 5만

리요 동서가 2만 리라고 했거니와, 아직 동강 나 있는 조국에 연민을 떨치지 못하는 젊은 너를 그리며, 이 아침, 중종 때의 강직했던 선비 이맥(李陌)이 지어 묶은 『환국본기(桓國本紀)』 서두를 나는 여기 적는다.

옛적에 한님〔桓因〕이 계셨나니 하늘에서 내려오시사 천산(天山)에 사시면서 천신에 제사 지내고, 백성에겐 목숨을 정하시고, 모든 일을 두루 다 다스리시니, 들에 사시매 곤충과 짐승의 해독이 없어지고, 무리와 함께 행하시매 원한을 품거나 반역하는 무리 또한 없어졌느니라. 친하고 멀다 하여 차별을 두지 않았고, 윗사람과 아랫사람이라 하여 층하를 두지 않았으며, 남자와 여자의 권리를 따로 하지도 않았고, 늙은이와 젊은이의 일만은 구별했으니, 이 세상에 법규가 없었지만 계통은 저절로 성립되고 순리대로 잘 조화되었도다. 질병을 없게 하고 원한을 풀며 어려운 자를 일으키며 약자를 구제하니, 원망하고 일부러 어긋나는 자 하나도 없었다.

『흰 소가 끄는 수레』, 창작과비평, 1997.

내 기타는 죄가 많아요, 어머니

정오쯤 그 전화가 걸려왔다.

잔뜩 쉰 목소리였다. 우리 가설반에서 벌써 두 번이나 다녀왔지만 그 번지는 찾을 수가 없었어요. 도대체 어떻게 된 겁니까. 남자는 짜증스럽게 말했다. 짜증을 부려야 할 사람은 내 쪽인데 쉰 목소리가 짜증을 내고 있었다. 난 댁이 무슨 말을 하는지 전혀 못 알아듣겠소……라고 이번엔 내가 말했다. 전화국 직원의 말을 요약하건대, 몇몇 국 몇몇몇 번 전화가 이전돼 와서 이전 주소지를 찾았으나 그런 번지가 없었으며, 그 몇몇 국 몇몇몇 번의 전화는 내 이름과 주민 등록 번호로 청약된 전화일 뿐 아니라 이전 신청을 하기 전 이미 전화 요금 150여만 원이나 밀려 있다는 것이었다. 그야말로 아닌 밤중의 홍두깨였다.

그런 전화 신청한 적이 없소.

난 냉랭하게 말했다. 11시나 돼서 일어났으므로 아침 겸 점심을 먹을 요량으로 막 찌개를 데워 식탁에 올려놓은 뒤끝이었다. 찌개가 다시 식고 있어 나는 화가 났다. 그럴 리가요. 쉰 목소리는 그러나 쉽게 내 말을 수긍하지 않았다. 이 전화가 처음 청약된 것은 1978년이었습니다. 그 시절은 인감 증명까지 첨부해야 전화를 청약할 수 있었어요. 그때 쓰시다가 남한테 인계하면서 명의 변경을 안 하셨나 본데, 그렇다고 해도 미납된 요금은 최종적으로 청약자가 내야 합니다. 전화를 더 안 쓰시려면 미납 요금을 완납하고 해약하십시오. 쉰 목소리는 내 대답을 들을 것도 없다는 듯 일방적으로 말하고 찰칵 수화기를 내려놓았다. 찌개는 이미 식어 있었다. 나는 화가 나서 찌개가 담긴 냄비 뚜껑을 탁 닫아 버렸다.

처음에 나는 문제를 별로 심각하게 받아들이지 않았다.

세상에, 청약하지도 쓰지도 않은 전화 때문에 내가 왜 다 식어 버린 찌개를 먹어야 하는가. 그러나 전화국에서 보낸 요금 납부 독촉장을 받았을 때, 식어 버린 찌개의 문제에서 일이 끝나지 않으리란 예감을 나는 했다. 게다가 한국통신이 아닌 데이콤에서 보낸 고지서까지 곧 날아왔는데 미납금이 백여만 원이나 되었다. 데이콤의 고지서에는 언제언제까지 납부하지 않으면 신용 불량자로 등재할 것이며, 신용 거래가 중지될 것을 원하지 않는다면 조속히 요금을 납부하라는 경고도 첨부되어 있었다. 내 주소지를 추적하는 동안 요금 미납에 대한 법적 처리가 신속하게 진행돼 온 모양이었다. 미납 요금은 양쪽을 합해 250만 원이 넘었다.

어떡해요. 당신이 전화국에 좀 가 봐요.

아내가 내 눈치를 살피며 말했다.

아무 잘못도 없이 내가 왜 거기까지 가야 돼……라고, 나는 빽 소리를 내질렀다. 1978년이라면 내가 홍제동 언덕배기 무허가 블록 집에서 전세를 살 때였다. 방 두 칸에 연탄 때는 재래식 부엌이 딸린 기와집이었는데, 시세가 싼데다가 주인 간섭 없는 단독이란 이점에 끌려 얻어 들긴 했지만, 블록 한 겹으로 쌓아 올려 지은 날림집이라서 말이 기와집이지 불편한 게 한두 가지가 아니었다. 재래식 부엌이라거나, 연탄 창고로 쓰는 반지하실이 툇마루 밑을 기다시피 해서 출입하도록 되어 있다거나, 연탄 한 장도 비싼 배달료를 얹어 사야 되는 산동네라거나 하는 건 그렇다 치더라도, 블록 벽이 쩍쩍 갈라져, 신문지를 여러 겹 바르고 벽지로 도배를 했을망정 온갖 황소 구멍 사이로 스며드는 한겨울의 냉기만은 정말 참을 수 없었다. 아내가 여태껏 무릎 관절이 시원치 않은 것도 미상불 그 집에서 살 때 바람이 들었기 때문일 터였다. 그런데 돼지우리에 주석 자물쇠 격이지, 전화를 청약할 돈이 어디 있었겠는가. 그때만 해도 전화라는 게 재산 목록의 상위에 랭크될 때였고, 일이 그러한바, 아무리 기억을 쥐어짜 봐도 내가 전화 청약을 했을 리는 만무했다. 보지도 듣지도 못하고 더구나 사용한 적은 전혀 없는 전화 때문에 시절 좋은 이 봄날에 낯선 전화국까지 내 발로 찾아간다는 것은 아무리 생각해도 어불성설이 아닐 수 없었다.

그렇지만, 일은 간단하지 않았다.

독촉장이 두어 번 날아오다가 급기야는 내가 현재 쓰고 있는 두 대의 전화에 대한 가압류가 들어온 것이었다. 아울러 가압류 통고장엔 미납 요금을 납입시키기 위한 더 강도 높은 법적 조치를 취하겠다는 경고장까지 붙어 있었다.

나는 그때 막 소설 한 편을 잡지에 보낸 다음이었다.

한 달여에 걸쳐 매일 밤 피투성이 되는 기분으로 간신히 탈고한 소설이었다. 도대체 소설이라는 게 뭔지, 벌써 30여 년을 써 왔으면서 매번 이렇게 골수까지 쏘옥 빼내는 기분이 드니 참으로 처참한 노릇이 아닐 수 없었다. 쭉정이만 남은 듯 앉아 있는데 아내는 한다는 말이 이번 쓴 소설의 고료 받으면 세탁기 하나 바꾸자고 했다. 2백여 매짜리 소설이니 고료라고 해 봤자 세탁기 하나 값이 채 되지 않을 터였다. 전화기에 대한 가압류 통지서가 배달돼 온 것이 그런 때였다. 너무 화가 나서 통지서를 쥔 손이 부르르 떨릴 정도였다. 감히 가압류라니, 평생 누구한테 10원 한 장 빌려 본 적 없이 살아온 내게, 내 전화기에 가압류라니, 도저히 용납할 수 없는 일이었다. 하지만 전화국에선 내 분노 따위엔 전혀 신경을 쓰지 않았다. 그들은 내가 그 전화를 청약해 놓고도 오리발을 내민다고 믿는 눈치였다. 최소한, 내가 최근에 사용한 것은 아닐지라도 1978년 그때, 인감 증명까지 첨부하던 시절이니, 전화를 청약

했거나 청약하도록 명의는 빌려 준 게 확실하다는 것이었다.

그 사람 짓이 틀림없어요.

전화국에 다녀온 아내가 다짜고짜 말했다.

그 사람이라니, 누구?

아, 여기 좀 봐요. 이 기록에…… 큰산철학관이라고 나와 있는 걸요. 아내가 가져온 자료엔 그 번호의 전화가 최근 3년간 어떤 주소 어떤 상호로 이전돼 왔는지 자세히 기록되어 있었다. 전화 요금이 체납된 지난해 정월부터 올해 1월 사이. 문제의 전화가 설치돼 있었다고 기록된 주소는 성북구 돈암동이고 상호는 큰산철학관이었다. 알 만한 사람 중에 철학관을 운영하는 이는 없었다. 참, 당신도 형광등이시네. 큰 산을 보고도 몰라요. 큰 산요, 큰 산. 아이고오, 대산 말예요. 우대산 씨요.

우…… 우, 대, 산.

깜박거리던 기억이 불시에 환해졌다.

그렇구나……라고 나는 입속으로 중얼거렸다. 어찌 우대산을 생각하지 못했을까. 1978년이라면 우대산이 명일동에서 부동산업을 할 때였다. 명일동 일대가 신흥 아파트 단지로 한창 개발될 때였고, 바람같이 살던 우대산이 삐까번쩍한 자가용을 처음으로 몰고 다닐 무렵이었다.

세상 별거 없어. 맘먹으면 팔자 뒤집는 거, 그거 여반장이라구.

내가 사는 산동네 어귀에 검은색 반지르르한 자가용을 대 놓고 그가 했던 말이었다. 깜박거리던 기억의 불씨가 일시에 밝아지고 나자 까맣게 잊고 있던 것들이 속속 되살아나 균형을 잡았다. 그는 비로드 양복을 즐겨 입었고 어디서 구했는지 굽 높은 외제 구두를 신었으며 어떤 날은 멋진 바바리코트에 중절모까지 쓰고 나타나곤 했다. 산동네 어귀에 그의 자가용이 나타나면 콧물은 말라붙고 손톱 밑이 까만 조무래기들이 떼 지어 몰려들었다. 얼마나 반질반질 왁스를 먹여 닦았는지 검은색 차인데도 조무래기들이 손을 대면 유리창이든 보닛이든 지붕이든 상처 자국처럼 손자국이 남곤 했다. 내가 그것이 민망해 애들에게 손짓을 하면, 놔둬, 차야 또 닦으면 되는걸 뭐…… 내게 말하고, 얘들아, 괜찮으니까 만져 봐, 만져 보라구. 차는 말이야, 이러엏게, 여자 허벅지 쓰다듬듯 쓰다듬어 보는 거야. 촉감이 좋지 않니……라고 조무래기들에게 덧붙여 생색을 냈다. 그는 그 산동네 우리 집에 올 때 언제나 과일을 바구니째 사 들고 오거나 장미꽃을 한 아름씩 사 들고 왔다. 형은 걱정 말고 글이나 열심히 써……라는 말도 그는 잊지 않았다. 글쟁이야 가난할 수밖에 없다잖아. 돈은 내가 벌 거야. 멋진 집필실도 만들어 줄게. 그냥, 말하자면, 학처럼 살라구. 동갑에 겨우 생일만 3개월이 늦을 뿐인데도 그는 꼭꼭 나를 형이라 불렀고, 아주 터놓고 반말하는 법도 없었다. 무명이었지만 작가로 살아가는 내게 대한 외경감 때문이라 했다.

그의 꿈은 음반 회사를 차리는 것이었다.

넌 연주자나 가수가 되고 싶어 했잖아……라고 내가 반문하자, 난 있지, 재능도 없으면서 끝까지 예술의 길을 걷겠다는 자들이 젤 미친놈들이라고 생각해. 나도 물론 미친놈이 될 뻔했지. 그치만 인제 안다구. 내 자신은, 세상이 날 알아주지 않는 게 아니라 재능이 없다는 걸 이미 알고 있거든. 그래서 음악적 재능은 있지만 돈 없는 젊은 애들, 뒤 밀어주고 싶다구. 재능을 키우고 싶다구. 재능의 아버지가 되고 싶다구. 한두 건만 큰 거 성사하면 음반 회사를 차릴 거야, 세계적인 음반 회사, 그땐 형도 있지, 우리 애들, 빛나는 재능의 나무들, 가사도 좀 써 주고 그래…… 하고 말했다.

큰 거 한두 건이 언제 성사될는지는 물론, 미지수였다.

서부 시대의 사나이들이 그랬듯, 너나없이 눈에 핏발 세우고 큰 거 한두 건, 노다지를 좇아 와아, 이리 몰리고 저리 엎어지고 하던 시절이었다. 나는 월급 8만 원짜리 중학교 국어 선생에 애들 셋과 아버지까지 여섯 식구의 생계를 걸고 있었다. 큰 거 한두 건은 강 건너 불이었다. 홍제동 산동네에서 불광동 학교까지 일곱 정거장이나 되는 거리를 버스비 아끼려고 걸어 다니면서도 큰 거 한두 건을 꿈꾼 적은 없었고, 그렇다고 큰 거 한두 건을 좇아 달려가는 세속을 탓하지도 않았다. 그게 소문이든 어쨌든, 큰 거 한두 건이 있다고 한다면 얼마나 살맛나는 세상이냐 하면서, 사당패 구경하듯, 그것도 울 밖에서, 세상의 불타는 중심을 행복하고도 천진하게 바라보았던 것이다.

첨부터 그 사람인 줄 난 짐작했어요.

아내는 분해 죽겠다는 얼굴인데, 나는 웃음이 나왔다.

웃음이 나와요, 이 마당에……라고 아내가 내게 종주먹을 들이대었다. 평생 당신하곤 악연인 사람이라구요. 뭐 한 가지 득 보는 게 있어야지요. 나는 허허 웃었다. 큰산철학관이라고 해서 그 친구가 내 이름의 전화를 썼다는 결정적인 증거가 되는 건 아니잖아…… 내가 말했고, 아이구우, 이이가 또 두둔하고 나오네, 암튼 이번엔 꼭 잡아야 돼요, 잡아서 혼내 줘야 한다구요, 고발을 해서 옥살이를 시키든지…… 아내가 대꾸했고, 허어, 무슨 악담을 그리 하누, 증거도 없으면서, 그 친구가 철학관이라니, 아무려면 철학관을 했을까 뭐……라고 내가 덧붙였다. 그냥 철학관이 아니라 초, 특, 대 철학관이라도 할 사람이에요. 철학관 간판 걸어 놓고 점만 보고 있었겠어요. 뭔가 사기를 쳤겠지. 그나저나 당신 이름으로 사기 친 게 또 있으면 어떡해요.

아내는 울상을 하고 발을 동동 굴렀다.

내가 그를 마지막으로 만났던 것은 1980년대 언필칭 6·29선언이 나오기 직전이었다. 시위대와 경찰이 밀고 밀리던 신세계백화점 부근의 남산길 어느 갈림길에서 딱 마주친 게 바로 그 친구 우대산이었다. 그는 피에로처럼 흰 양복에 백구두를 신고 있었다. 최루 가스로 눈물 콧물을 많이 흘렸는지 눈과 코끝이 벌겠고 머리는 산발을 했는데 흰 저고리에 백구두라니, 오랜만에 딱 부딪쳤는데도 안부를 물을 새 없이 웃음이 먼저 나왔다. 도망치다가 함께 집회를 보러 가자고 나왔던 동료 작가를 잃어버린 뒤여서 나도 혼자였고 그도 혼자였다. 그런 차림으로 시위하러 나온 거야, 지금? 내가 물었고, 이렇게 입고 있음 경찰한테 걸려도 그냥 보내 주거든…… 그가 대답했다. 웬 시위냐니까, 민주화를 위한 투쟁인데 할 사람 안 할 사람이 어디 있느냐…… 그는 자못 섭섭한 표정을 지었다. 따져 보면 원수 외나무다리에서 만난 형국인데도 나는 지난 일에 대해선 아무 말도 하지 않았다. 어디서 뭘 하고 지내느냐고 묻자 그는 뜻밖에 겸연쩍은 얼굴이 되어, 무어, 그냥 두어 가지 사업을 하고 있어……라고 말했다.

그러고는 두 가지 명함을 내게 주었다.

하나는 지물포 명함이고, 하나는 카페 명함이었다.

카페는 심심풀이 삼아 하는 거야. 전자 오르간 한 대 놓고 좋은 사람들 만나면 노래하고 놀고 그래. 지물포가 진짜야. 말이 지물포지 인테리어도 해 주고 있어. 밥은 먹어. 직접 도배도 하고? 사람이 달리면 사장이라도 나가야지 뭐. 나 이래 봬도 도배 끝내 줘. 기술자라구. 기술자라는 말에 난 공연히 감동이 느껴져서 선뜻 그의 손을 잡았다. 바람 같은 세월을 사심 없이 접고, 이 최루탄 독가스 가득 찬 세상 한 귀퉁이에서 그가 마침내 돌아와 생활인이 되었구나, 하고 생각했던 것이다.

가끔 형의 소설을 읽고 있어. 슬픈 것만 쓰데.

그가 마지막으로 한 말이었다. 내가 오랜만인데 소주라도 한잔 나누자고 하자 그는 내게 잡힌 손을 빼면서, 동지들이 기다릴 거야…… 뒤에, 슬픈 것만 쓰데…… 덧붙이고 황황히 골목 밖으로 걸어 나갔다. 여전히 큰 키, 반듯한 어깨, 턱을 좀 치켜든 듯한 자세였지만 적요한 빈 골목을 걸어 나갈 때, 그의 뒷모습은, 휑 열린 빈 수수깡 같았다. 바쁜 핑계로 차일피일 미루다가 두어 달 후 명함에 박힌 번호로 전화를 했을 땐 이미 주인이 바뀐 다음이었다. 지물포의 새 주인은 전 주인 이름이 우대성이 아니라고 했다. 키 큰 것은 맞소만, 우 씨가 아니라 정 씨였소. 어찌 되는 사이요? 나도 그자를 시방 찾고 있는데. 카페의 새 주인은 한술 더 떠서 내가 마치 그와 한 패거리라도 되는 양 말꼬리에 칼을 달았다. 사술을 발휘해 가게를 넘기고 잠적한 모양이었다.

이번에 붙잡으면 예전 그 돈도 받아 내요.

아내는 전사처럼 팔을 들었다가 놓았다.

쓸데없는 소리 하고 있네. 아, 그 일은 없었던 걸로 하자고 당신이 먼저 말했잖아.

떼먹고 떨어지라는 뜻이었잖아요.

떼먹고 떨어져?

악연이니깐요. 앞으로 더 큰 피해를 입힐 사람이니 그 돈 3백만 원 먹고 끊어지면, 인연 끊는 값으로 치고 잊어버리자고. 당신 위로하려고 한 소리였다구요. 그전에도 크고 작은 피해가 어디 한두 가지였어요.

크고 작은 무슨 피해?

이것만 해도요, 이거……라고 말하며 아내가 탁자 위의 재떨이를 가리켰다. 오래 묵은 듯한 청자 모양의 접시였다. 그때 우리가 얼마나 어렵게 살았는데, 세상에 벼룩의 간을 내먹지. 뭐, 신안 앞바다에서 출토된 보물? 나는 또다시 허허 웃었다. 신안 앞바다에서 출토된 것으로 남몰래 동료 문인에게 팔아 달라며 접시며 청자 항아리 두어 개를 그가 들고 온 것이 언제였던가. 동료 문인을 소개하긴 뭣해서 접시 하나에 5만 원인가 얼마인가, 그때로선 내게 금쪽같은 돈을 주고 받아 둔 일을 아내는 용하게 잊지 않고 있었다. 아내는 그게 정말 신안 앞바다에서 출토된 송대(宋代)의 유물인가 하고 재작년 인사동에 들고 갔다 온 적이 있는데, 나 혼자 예상했던 대로 가짜였다. 이번에도 당신이 어물쩍 넘기면 앞으로도 평생 별 해괴한 일이 다 생길 거예요. 이참에 아예 붙잡아서 우리한테 사기 친 3백만 원까지 받아 내라구요. 그때 3백만 원이면 얼마나 큰돈인데.

그거야 뭐, 우리도 더 벌자고 덤빈 건데.

덤비긴 누가 덤벼……라고, 아내는 단번에 잔뜩 독이 올라 눈을 하얗게 흘겼다. 하긴 1970년대 말에 3백만 원이면 미상불 적은 돈이 아니었다. 산동네 블록 집에 살면서 먹을 거 못 먹고 입을 거 못 입고, 오로지 갖고 싶은 한 가지, 문패 턱 걸 내 집 장만을 위해 아내가 모았던 눈물겨운 돈이었다. 투자만 했다 하면 적어도 1년 이내 두 배 이상 오를 상가 하나 있는데, 셋집 전전하며 이 고생 그만 하고 부디 3백만 원만 손에 쥐여 달라는 반복된 꾐에 그만 빠지고 만 것이었다. 의도적인 꾐이었을까, 생각하면 여태껏 그 점은 분명하지 않았다. 신축 중인 시장 건물에 그가 투자를 하긴 했는데 기초 공사 끝낸 시장 건물에 여러 사단이 붙어 그만 투자액 전부를 못 건졌으니까. 에이구우, 그러니까 당신은 예나 이제나 백면서생이란 소리를 듣지……라고, 아내가 내 말에 오금을 콱 박았다. 애당초 투자한 것도 아니었다구요. 사기꾼들이 득실거리는 그 판에 자기도 한 다리 끼여 놀다가 돈 떼먹고 도망간 주제에 투자는 무슨.

그렇지 않아.

나는 진지하게 도리질을 했다.

그 친구 사기를 치긴 쳤지만, 나한텐 진정이 있었어. 그 시장 건물만 해도 잘못됐으니까 그렇지 잘됐더라면 정말 돈을 배로 불려 주었을 거야. 나한테만은, 진짜, 진짜로 달랐다니까.

이 전화 요금 미납은 어떡하고요?

그 친구가 아닐 거라잖아. 만약 그 친구라면 그만한 사정이 있을 것이고……. 나는 어정쩡하게 대답했다. 1978년에 개설된 전화라면 내 심중에도 십중팔구 그 친구 짓이겠구나 싶기는 했다. 아마 무슨 핑계를 대고 주민 등록 등본이나 인감 증명 따위를 떼어 달라고 했을 것이었다. 무엇보다도 20여 년이나 끈질기고 교묘하게 내 이름 그대로 수많은 설치 장소를 끌고 다닌 것만 봐도 그랬다. 마지막 요금이 체납되기 직전까지, 전화 요금은 꼬박꼬박 내면서 누가 내 도장까지 파들고 다니며 계속 그 명의의 전화를 굳이 사용하겠는가. 그라면, 특별한 어떤 의도가 있어서가 아닐망정 그 특유의 비뚤어진 호사 취미, 혹은 자기 신분에 대한 끝없는 불안감 때문이라도 소설가 아무개라는 이름을 교묘히 끌고 다닐 만했다.

나는 담배를 비벼 껐다.

군데군데 닳아빠진 티가 나는 청자 재떨이는, 말인즉 가짜라지만, 보면 볼수록 풍상을 오래 견뎌 낸 고풍스러운 의지와 소박한 절제미가 담겨 있어 보였다. 신안 앞바다에서 몰래 건져 낸 송대의 유물인가 아닌가는 이제 내게 아무 문제도 되지 않았다. 나는 20여 년이나 그것을 재떨이로 썼고, 그것은 나의 담뱃재를 20여 년이나 묵묵히 받아 내고 있었다. 이 재떨이가 왜 가짜라는 거야……라고 나는 무심결에 아내에게 말했다. 아내가 발끈해진 눈빛이 되어, 아 인사동에 내가 들고 가 감정을 해 봤잖아요……라고 대답했고, 감정사라는 사람의 말은 뭘로 믿누…… 내가 대꾸했다. 나와 재떨이의 관계에서 재떨이는 진짜였는데, 아내는 한사코 감정사를 등에 업고 그것을 부정하려 하고 있었다. 더구나 재떨이로 쓰는 청자가 가짜라 해도 그것만으로 그가 내게 사기를 쳤다고 단정할 수는 없었다. 끝없이 작은 속임수를 교묘히 창안해 내면서도 어떤 한구석엔 바보라고 할 만큼 천진한 구석이 깃들어 있는 그의 양면성을 고려해 보면 더욱 그랬다. 아마도 그 자신부터 이 청자 재떨이가 송대의 유물이므로 갖고 있으면 도움이 될 거라고 굳게 믿고서 다른 누구 아닌, 바로 가난했던 내게 들고 왔던 것일지도 몰랐다.

가짜가 아니면.

아내가 말했다.

당신은 왜 첨부터 이걸 재떨이로 썼어요? 재떨이로 쓸 때부터 당신 머릿속엔 가짜다, 이렇게 생각했던 거라구요. 내가 뭐 그만한 눈치도 없는 줄 아세요. 신안 앞바다 보물였어 봐요. 진열장 안에 정중히 모셨을 텐데.

그랬을까, 내가…….

나는 애매한 표정으로 고개를 갸웃했다.

암튼 다음 날부터 나는 그를 은밀히 찾아 나섰다. 체납된 전화요금을 꼭 받아내야 한다거나, 다시는 이런 피해를 입히지 않도록 아내의 말대로 붙잡아 혼쭐을 내야겠다거나 하는 생각은 애당초 없었다. 마지막 두 달 치 전화 요금을 체납했다면 어차피 그에겐 그만한 돈이 없을 터였다. 아니 돈 문제보다도, 20여 년이나 유지해 온 소설가 아무개의 이름 하나를 단지 전화 요금을 낼 수 없는 환경 때문에 자신의 신분 한 귀퉁이에서 떼어 낼 수밖에 없었을 때, 그는 얼마나 마음이 아팠을까. 그러므로, 굳이 그를 찾아 나선 이유를 대라고 한다면, 그가 내게 5만 원을 받고 넘긴 청자 재떨이, 20여 년 동안 내 담뱃재를 말없이 받아 준, 묵어 정답고 진짜인 듯 가짜인, 사실의 세계로 불리지만 알고 보면 또 결국 추상인 이미지에 대한 나의 소박한 그리움 때문이었다.

나는 먼저 아는 파출소를 찾아갔다.

그의 주민 등록 번호는 물론 알 수 없었다. 내가 아는 것은 그의 고향과 그의 이름과 그의 생년 생월 정도였다. 소장은 그 정도의 정보라면 충분히 찾을 수 있다고 장담부터 했다. 그러나 컴퓨터 모니터에 떠오른 우대산이라는 이름 중 그와 생년 생월이 같은 사람은 아무도 없었다. 생년 생월은 고사하고 본적이 같은 사람도 없었으며, 가장 가까운 나이가 여섯 살이나 차이가 났다. 없는데. 주민 등록이 말소됐거나 이민을 갔거나 한 게야. 파출소장은 미안한 얼굴이 돼서 말했다. 전국 역술인 협회로 문의를 해 봐도 오리무중인 것은 마찬가지였다.

큰산철학관은 등록된 적이 없는 이름이에요.

역술인 협회 여직원이 또렷이 말해 주었다.

예전에 그와 함께 부동산업을 하던 몇몇 사람이 떠오르긴 했지만 이름 석 자도 분명하지 않으니 헛일이었다. 내가 아는바 그는 고등학교 1학년 중퇴자였다. 그의 근황을 알 만한 학교 친구들을 찾아보는 수밖에 없었다. 애당초 그를 내게 소개했던 친구는 이미 오래전 연탄가스 중독으로 사망했기 때문에 다른 인맥을 수소문해야 했다. 그가 다닌 중·고교는 내가 다닌 학교와 인접해 있어서 그를 알 만한 사람 몇몇을 찾아내는 건 어려운 일이 아니었다.

아무도 연락처를 아는 사람이 없을걸요.

그와 친했다는 어떤 이는 시큰둥하게 대답했다. 그는 동창회에 나온 적도 없었고, 가까웠던 친구들과 연락을 끊고 산 지가 오래 됐다는 것이었다. 지가 무슨 낯짝으로 동창회에 나오겠어요…… 라고, 또 어떤 사람은 노골적으로 불쾌한 표정을 지으며 말했다. 가까웠던 친구들은 이미 오래전에 너나없이 작고 큰 피해를 본 모양이었다.

사기를 많이 쳤나 보죠?

내가 물었고, 사기도 좀 친 것은 사실이지만 그거야 뭐 그렇다 하더라도……라고, 그와 학교 때 유난히 친했다는 외과 의사는 말꼬리를 흐렸다. 다른 일도 있었나 보군요, 내가 또 말했다.

있었지요.

외과 의사는 한숨을 쉬었다.

건축업 하던 친구가 1980년대 중반인가 교통사고로 죽었지요. 늦장가를 든 친구였는데 부인이 젊고 이뻤어요. 늦게 얻은 어린애가 둘 있었다고 했다. 그는 그 무렵에 이미 이것저것 작고 큰 죄가 많아 동창 사회에 전혀 나타나지 못하는 처지였지만, 학교 시절 비교적 가까웠던 친구가 객사한 걸 듣곤, 비통함에 이끌려 불문곡직 상가로 찾아왔나 보았다. 사흘장이었는데요……. 외과 의사는 계속 말했다. 장례가 끝날 때까지 한시도 거길 안 떠나고 온갖 궂은 일을 앞서 했어요. 비통해하는 것은 더더욱 말할 것도 없고요. 대산이 그 친구, 그런 진정만은 거짓이 아닌 놈이거든요. 기왕에 피해를 당했던 다른 친구들도 그것을 보곤 이러쿵저러쿵 과거지사를 따져 묻지 못했어요. 그런데 문제는 장례 후였다. 미망인을 도와준다고 빈번히 그 집을 출입하면서 고단한 사고 처리 보상에 관계된 일을 대행하다시피 했는데, 그 과정에서 그가 나쁜 마음을 먹고 있다고 의심하는 친구들이 많았나 보았다. 글쎄, 여관에서 그 부인과 함께 나오는 걸 보았다는 사람도 있다지만 내가 직접 들은 적은 없어요. 암튼, 부인은 몇 달 후 사망 보상금으로 낙원상가에서 악기점을 차렸다가 망해 먹고 말았는데요, 다들 대산이가 계획적으로, 그러니까 처음부터 보상금을 노리고 접근해 빼먹었다고 알고 있지요. 그때쯤 인테리어 사무실인가 지물폰가 뭐 그런 가게를 냈다고 들었어요. 악기점을 내준다 어쩐다, 보상금을 교묘히 빼돌려 제 가게를 차렸다, 뭐 스토리가 그래요. 이쪽 동네에서 완전히 파문당할 밖에요. 그 후론 여태껏 한 번도 연락이 없었어요.

계획적이라는 거, 그거 오해 아닐까요?

글쎄요……라고 말하며 외과 의사는 고개를 갸웃갸웃했다.

나도 그 생각을 안 해 본 건 아니에요. 예전에도 그 친구 자주 그런 말을 했거든요. 자신은 남을 위해 무슨 일을 하면 꼭 결과가 나쁘다고요. 자기 진정이 매양 곡해되니 사람 환장하겠다고요. 중학교 때였는데요. 한번은 그 친구가 시내 동물 병원 앞에서 죽은 개를 안고 막 어린애처럼 울고 있는 걸 봤어요. 외과 의사는 그 대목에서부터 몹시 우울한 표정을 했다. 마치 자신이 수술을 집도한 환자가 죽어 버렸을 때처럼. 중학생인 그가 엉엉 울고 있었던 것은 단순히 키우던 강아지가 죽어서만이 아니었다고 했다. 처음 강아지 한 마리를 구해 왔을 때 그의 어머니는 그에게 강아지를 묶어 길러야 사나워진다고 말했던가 보았다. 하지만 어린 강아지가 불과 2미터밖에 안 되는 쇠줄에 묶여 하루 종일 제자리만 뱅뱅 도는 것을 그는 도저히 볼 수 없었다. 그의 어머니는 강신무(降神巫)였다. 어머니가 굿을 하러 출타하고 나면 그는 달려가 강아지를 풀어 대문 밖에 놓아주었다. 그 강아지는 결국 급성 장염으로 죽었나 봐요……라고, 외과 의사는 이마의 땀을 닦으며 말을 이었다. 어린걸 대문 밖에 풀어놓으니까 아무거나 주워 먹을 건 뻔한 이치고요. 강아지가 장염 걸리면 못 살리잖아요. 어머니한테 굉장히 혼이 났지요. 네가 풀어놔서 강아지를 죽였다고. 풀어놓는 것만이 사랑인 줄 아냐고요. 그리고 얼마 후 또 강아지를 한 마리 샀대요. 그 친구, 동물 좀 좋아해요? 이번엔 어머니 말을 들었다. 그의 집은 마당이 거의 없었고, 그나마 시멘트로 바른 손바닥만 한 공간뿐이었다. 어린 강아지는 쇠줄에 묶여 시멘트 바닥에 똥과 오줌을 쌌다. 강아지가 답답해서 끙끙거리면 너무나 가슴이 아팠지만 그는 이제 강아지를 바르게 사랑하는 방법을 터득했으므로 결코 풀어 주는 법이 없었다. 바로 그 강아지가 죽을병이 또 든 거죠. 수의사는 그에게 말하기를, 어린 강아지를 시멘트 위에서만 살게 했으니 병에 걸릴 수밖에 없었다고요. 가끔이라도 풀어 주지 그랬냐고요. 대체 뭐가 진짠지, 사랑인지 모르겠다면서, 죽은 개를 안고 울던 모습이 눈에 선하네요. 외과 의사는 거기까지 말하곤 완전히 지친 얼굴이 되어 눈을 꼭 감았다.

봄이 무르익고 있었다.

파릇파릇한 새순이 힘 있게 돋아나는 가로수 그늘에서 나는 한참 동안 막막한 기분으로 서 있었다. 기억의 촉수는 30여 년 저 너머로 뻗어 있었다. 악기상들이 몰려 있는 낙원상가 쪽으로 가는 길이었다. 1960년대의 내 젊은 날을 돌이켜 보면, 언제나 마음에 꽉 차오르는 것은, 그때의 내가 머무르고 또 떠났던 부랑의 동굴들, 남루하고 쓸쓸했던 나의 어둠침침한 방들과, 어느 방에서든, 때론 좁고 때론 넓은 창 위로 솟아오른 벗은 나뭇가지 끝마다 불의 섬광에 눈 뜨고서 파릇파릇, 삐죽삐죽, 상처 받기 쉬우나 힘찬 자아들이 솟아오르는 걸 보았던 순간들에 대한 추상적 집합이었다. 마장동 청계천변, 루핑을 얹은 판잣집의 '칼방'에도 그런 창이 하나 있었다. 한쪽 면은 길고 다른 한쪽 면은 너무 좁아서 두 사람이 누우면 꽉 차 버리고 마는 그 방을 나는 칼방이라 불렀다. 삼세끼를 모조리 굶는 날도 자주 있었다. 말수 적고 눈은 깊었으며 머리숱만 많았던 청년은, 어느 땐 하루 온종일 어둠침침한 칼방에 누워, 환풍기만 한 창 가득, 미루나무 가지마다 파릇파릇한 새순의 섬광이 얹히는 것만을 바라보았다. 봄이면, 하루가 다르게 파죽지세로 번져 가는 점령군 같은 그 섬광과 밤낮 어두컴컴할 뿐인 내 칼방 속의 자아 사이…… 나는 몸서리를 쳤었던가. 글쓰기는 처음의 내겐 온통 그 거리의 문제였다. 어두컴컴한 여기와 빛나는 저기 사이에 엎디어 나는 매일 시를 썼다. 글쓰기와 나의 관계가 평생을 관통하여 끈질기고도 잔인하게 계속되리라는 예감을 그때의 나는 이미 충분히 받아 안고 있었다. 잔혹하고 날카로운 내 사랑은 날로 깊어 갔다. 다만 나는 스물 몇 살이 되었으면서도 세상에서 아직 너무 먼 거리에 있었고, 그 먼 거리를, 나만 아는 암호를 따라 나만 아는 길로 위태롭게 넘나들고 있었다. 그 사이로 슬그머니 끼어든 것이 바로 그, 우대산이었다.

'기차방'이네.

내 방에 처음 온 날, 그는 말했다.

내가 칼이라고 불렀던 것을 기차라고 불렀다. 그는 아무것도 든 것 없이 헐렁한 스즈키 차림으로 내 방의 문턱을 쑥 넘어 들어오더니 라면 없어……라고 말했다. 내가 고등학교를 마친 익산시에서 친구의 소개로 두어 번 만난 일밖에 없던 친구였다. 반말을 쓰는 것만도 어색할 정도로 별 관계가 없는 사람이 마장동 귀퉁이까지 밤중에 찾아온 것도 신기했고, 들어오자마자 라면 없느냐, 먹을 것부터 찾는 것도 신기했다. 이건 숫제 뭐, 굶고 사는 인생이네. 라면

이 없다니까 휑하니 나가서 라면 두 개를 금방 사 들고 들어온 그가 말했다. 그는 라면을 연탄불에 끓여 후지럭후지럭 먹었다.

시골에 있는 줄 알았는데?

올라왔어. 기차 타고. 영장이 나왔더라구. 난 있지, 군대 가는 거 정말 싫어. 그래서 영장 받고 냅다 도망 온 거야.

기피자로 어떻게 살아, 대한민국에서?

앞으로 걱정 마……라고 그는 동문서답을 했다. 때 없이 굶는 눈치인데 앞으로는 걱정 말라구. 라면 하나만이라도 콱콱 채워 놓고 살게 해 줄게. 하루나 이틀쯤 지나면 갈까 했는데 일주일 열흘이 가도 떠날 기색을 보이지 않았다. 터무니없는 찰거머리였지만 그렇다고 가 달라고 말할 수도 없었다. 방이 좁은 건 참을 수 있었지만, 참을 수 없는 것은 굶주림이었다. 혼자 굶던 걸 둘이서 함께 굶었다. 좋은 날이 온다구. 두고 봐. 형은 시를 쓰니까 어차피 돈은 못 벌 거고. 그치만 난 달라. 한번 뜨면 팔자 확 뒤집히는 거야. 라면을 콱콱 채워 놓기는커녕 시내로 나갈 버스비도 없는 게 이내 판명 났는데도 그는 굶은 채 누워서 곧잘 호기롭게 말하곤 했다.

가수가 그의 꿈이었다.

본래는 피아니스트가 되려고 했는데 환경이 따라 주지 않으니 일단 가수로서, 단숨에 붕 떠올라 세상의 중심에 서겠다는 것이었다. 다행히, 때맞추어 나는 월급 9천 원을 받기로 하고 선배의 소개로 어떤 대중 잡지에 취직을 하게 되었다. 주간지도 없고 여성

지도 거의 없었기 때문에, 1960년대는 그만그만한 대중 잡지들이 그나마 대중문화의 파이프라인을 자임하던 시절이었다.

아침을 거의 굶고서 나는 출근했다.

내가 출근하려고 신발 끈을 졸라매면 그는 등 뒤에서 우두커니 그것을 내려다보았다. 그의 표정은 그럴 때 꼭 길 떠날 채비를 서두르는 어머니를 바라보는 어린아이 같았다. 어떤 순간 설핏하게 습기의 막이 드리워질 때도 있었다. 서로 쓸쓸하고 배고픈 것을 익히 아는지라 출근하는 내 심정 또한 매한가지였다. 배고픈 것은 우리를 급속하게 연인처럼 만들어 놓았다. 선배 기자들이 사 주는 순두부 한 그릇을 점심으로 먹다 보면 컴컴한 방에서 굶고 누워 있을 그가 떠올라 목이 메기까지 했다. 월급 9천 원은 어차피 밥값조차 되지 않는 급료였다. 살아남으려면 가수나 영화배우의 홍보 기사를 써서 언필칭 촌지로 알려진 뒷돈을 받아야 하는데 그런 차례는 햇병아리 기자인 내게까지 오는 법이 없었다. 선배 기자들은 순진하고 부지런한 나에게 겨우 취재 노트만 내밀면서 자넨 문장력 기차게 좋잖아……라고 말하고, 이것 좀 밤에 써서 아침에 가져다줘……라고 또 덧붙였다. 온갖 기사는 내가 혼자 맡아 쓰다시피 했지만 생기는 것은 겨우 점심 한 끼였다. 나는 그래도, 문장력 기차게 좋잖아…… 그 말에 눈앞이 아물아물 뜻 모를 신열이 솟았고, 그리하여 밤새워 밥 굶고 칼방에 엎드려 썼다. 여배우의 인생 편력도 쓰고, 트로트 가수의 뻔한 스캔들도 쓰고, 거짓으로 꾸며서 독자 투고란의 고백 수기도 쓰고, 겨드랑이에서 냄새가 나는데 어떡하면 좋을까요…… 독자와의 허위 문답도 쓰고, 그리고 때로는 울면서 발표할 데 없는 시도 쓰고 그랬다. 나의 시가 유일한 진실이라 믿고 사는 것은 행복했다. 꼭 구체적으로 성취하고 싶었던 것은 아닐지라도 어쨌든 내겐 진짜라고 말해야 할 것들이, 진실이라고 믿어야 할 것들이 세상의 중심에 굳게 심지로 박혀 있다고 믿고 살았다.

그는 무엇을 이루고 싶어 했던가.

피아니스트에서 가수로, 색소폰 주자로 음반 회사 사장으로, 큰 거 한두 건으로 변화했지만 그의 꿈들은 나의 그것보다 언제나 구체적이고 확실했는데, 그러나 돌이켜 보면 그는 구체적으로 뭔가를 이루어 보고 싶어 한 것이 아니라 그냥, 시간의 자연스러운 순환을 따라 가인(歌人)처럼 살고 싶어 했다는 게 옳을 터였다. 그는 붙임성이 있었고, 아무에게도, 세상에조차 아무런 적개심을 갖지 않았다.

목욕 좀 하고 살아, 형.

어느 날 저녁에 그는 말했다.

시를 쓰는 사람이 일주일 다 가도록 제 몸의 때도 안 씻고 어떻게 시를 쓰는지 원. 어서 일어나 가자구. 목욕탕에.

돈이 없는걸.

상관없어. 내가 외상을 터놨거든.

목욕탕을 외상으로 다니는 사람을 본 건 그가 처음이고 마지막이었다. 이 친구가 내가 말하던 박 기자예요……라고, 그는 늙수그레한 목욕탕 주인 남자에게 말했다. 어느 날은 날계란을 얼굴에 온통 바르고 누워 있어 나를 놀라게 한 일도 있었다. 계란 마사지하는 거, 형 처음 봤나 보네. 우리 어머니는 틈만 나면 이러고 누워 있었는데. 괴물 같은 얼굴을 하고도 그는 천진하게 웃었다. 먹지도 못하는 계란을 얼굴에 바르냐고 내가 힐난하자, 배부른 것보다 얼굴 이쁜 게 낫지. 배 너무 부르면 난 오히려 기분 언짢아지던데……. 그는 알 수 없다는 표정을 지어 보였다. 턱의 수염도 깎기보다 일일이 족집게로 뽑았다. 깨끗하고 아름다운 것은 그의 세계에서 가장 우위에 있는 가치였다. 덕분에 구멍가게 이발소 목욕탕 등 그가 밀어 놓은 외상값을 갚아 주고 나면 월급 9천 원은 금방 바닥이 났다.

색소폰을 닦고 싶어.

닦고 싶어? 불고 싶은 게 아니고?

불 때도 행복하지만, 불기 전 그놈을 세밀히 문질러 닦고 쓰다듬을 때, 말도 마. 짜릿한 게, 아주 기차다구. 여자 쓰다듬고 만지는 거보다 낫다니깐.

악기를 다루는 데 있어 그는 천재였다.

흔한 악기는 이미 대강 연주할 줄 알았는데 놀라운 것은 연주법을 특별히 배운 적이 없다는 사실이었다. 교습소를 다녀 본 건 피아노뿐이었다. 처음 보는 악기조차 두어 시간 만지고 나면 이내 음률을 잡았고 하룻밤만 지나면 연주를 했다. 만약 그에게 연주자의 길을 걸을 수 있는 환경이 뒷받침되었다면 아마도 그는 굉장한 성취를 거두었을 터였다. 내가 그의 재능에 놀라자, 하도 어렸을 때부터 가락을 타고 놀아서 그렇지 암것도 아냐……라고 그는 모처럼 자신을 낮추었다.

가락을 타고 놀았다는 것은 굿판에서 자랐다는 뜻이었다.

우리 어머니 점괘는 신통치 않은데 굿가락 하나는 잘 타는 편이었거든. 그 가락에 얹혀 자랐다구, 내가. 그는 아버지에 대해선 아는 것이 없다고 했다. 웬만해선 자신이 겪고 산 과거에 대해 말하는 법이 없던 그로서는 파격적인 고백이었다. 고향의, 경찰서장했던 양반이 아버지라는 소문도 있었고 박수로 따라다니던 아무개 아저씨가 아버지라는 소문도 있었고 한국 전쟁 때 공산당 앞잡이 노릇을 하다가 난리 끝나고 반 죽었다 살아난 어떤 양반이 아버지라는 소문도 있었는데, 씨발 것, 울 어머니 그거 하나 말해 줄 새 없이 어떤 날 새벽에 갑자기 피를 토하고 콩 팔러 가더라구. 굿하다 말고 애 아부지여. 애 아부지가 부르고 있당게. 하면서 맨발로 산을 향해 달려 나갔다가 하루 만에 돌아와 눕더니 곧 피를 쏟고 죽었는데, 죽으면서 냐부지가…… 하다 말고 눈을 감았지 뭐. 고등학교 1학년 때였어. 어릴 때부터 사복 경찰이 가끔 우리 집 드나든 걸 생각해 보면 서장 했다는 그 사람인가 싶기도 하고 빨갱

이였다는 그 양반인가 싶기도 하고 그래. 하기야 뭐 누가 아버지였든 뭐 하겠어. 그런 건 관심도 없고 궁금하지도 않아. 그날 밤은 마장동 천변 동네에 물이 들어찰 만큼 폭우가 쏟아지던 날이었고, 상경하여 처음으로 그가 밥벌이하러 나갔다가 돌아온 날이었다. 연예계의 발 넓은 선배 기자의 기사를 코피 날 만큼 대신 써 주고 부탁해 마련한 그의 일자리는 낙원동 뒤편에 있는 오진암이라는 요정의 기타 연주자 자리였다.

나 명함 박았어.

오디션을 보고 나서 그가 말했다.

아직 일터에 출근도 안 해 본 기타 연주자가 명함부터 부탁해 놨다는 데 어안이 벙벙해져 나는 입을 벌리고 그를 바라보았다. 요정이라고 박은 건 아니라구, 오진암주식회사 흥행 사업부라고 했어. 뭔가 있어 뵈잖아, 흥행 사업부. 그는 천연스럽게 자랑을 했다. 명함 값 형한테 달래지 않을 테니 겁먹지 마. 나중에 월급 받아서 갖을 거야.

명함에 관해선 그것이 시작에 불과했다.

나중엔 점점 더 많은 명함을 박아 가지고 다녔다.

내가 서울 생활을 견디지 못하고 고향에 내려가 있을 때조차 그는 새 명함을 박으면 몇 장씩이나 편지 봉투에 넣어 보내곤 했다. 디자인도 가지가지였고 직함도 가지가지였다. 1970년대 말쯤이던가. 우연히 그의 지갑 속을 본 일이 있는데 명함이 다섯 가

지나 되었다. 신분만 다른 게 아니라 이름까지 아예 다른 명함도 있었다.

난 본래의 내 이름이 싫거든. 가짜 이름이 좋아. 그림도 그래.

가짜 그림이 더 좋아 뵐 때가 많다고. 그는 친절히 설명해 주었다. 그가 사기를 치기 위해 각각 다른 신분의 여러 종류 명함을 갖고 다녔는지는 분명하지 않았다. 사기성의 조짐이 보이기 훨씬 전부터 그는 이상할 정도로 명함에 집착했다. 명함의 연장선상에 옷과 장신구와 소품 따위로 정해지는 스타일에 대한 다양한 선호가 또 있었다. 그는 때에 따라 권위 있는 지식인의 상을, 재능과 열정이 넘치는 예술가의 상을, 돈 많은 갑부의 상을 비교적 완벽하게 연출했다. 라이터 하나조차 의상과 장신구에 맞추어 갖고 다녔다. 진짜 영국제 바바리를 입었는데 국산 라이터를 들고 있으면 가짜 부자가 되지만 영국제 바바리코트를 입고 던힐 라이터로 담뱃불을 붙이면 진짜 부자가 된다는 식이었다. 오므라이스 한 그릇 먹을 돈도 없는 나에게 레스토랑 웨이터가 무조건 값비싼 세트 메뉴를 보여 주며 머리를 조아릴 때 얼마나 짜릿한 줄 모를 거야. 형은 항상 꾀죄죄하니까. 사람들은 있지, 보통 가짜에 감동을 느끼더라구. 내가 진짜를 말하면 대개 안 믿어. 그렇다고 그가 유난히 신분 상승에 대한 욕심이 많았다고도 할 수 없었다. 단순한 수직 상승에의 욕구보다 가짜로 연출한 것에 대한 사람들의 굴복을 즐겼다고나 할까. 소설가인 내 이름으로 된 전화를 20여 년이나 이곳저

곳 끌고 다닌 것도 미상불 그의 이런 성향과 관계 맺고 있을 것이었다.

나는 낙원상가로 들어갔다.

어차피 그가 자신의 본명만을 사용하진 않았을 것이므로 나는 가급적 그의 체격과 인상을 설명하려고 애썼다. 색소폰과 전자 오르간을 주로 취급하는 악기점부터 들르기 시작했다. 전자 오르간으로 그는 1970년대 초반 이래 밥을 먹었고 색소폰은 그가 좋아하는 악기였으므로. 지금 어디서 어떻게 살고 있든지, 설령 죄지은 게 많아서 주민 등록까지 스스로 말소해 놓고 이리저리 숨어 산다고 하더라도, 아니 삶이 그만큼 더 어려워 피폐해졌다면 그럴수록, 고향에 가는 마음으로 그는 악기상들을 기웃거렸을 것이라고 나는 생각했다. 예상은 들어맞았다. 세 번째 들른 악기상의 여주인은 내 설명을 듣더니 서우빈 씨 같은데…… 하고 말했다. 그가 속임수를 써서 인계하고 달아난 게 거의 틀림없는 카페의 주인은 그를 정 씨라고 했는데 여기선 서우빈이었다.

본 지 한 2,3년 됐나 봐요.

전엔 자주 왔었나요?

자주는 아니래도 가끔 왔지요. 물건을 사 간 적은 별로 없지만 악기를 워낙 좋아해서 들르면 한나절씩 우리 집 악기들 모두 반질반질하게 닦아 놓고 가요. 마지막 왔을 땐 사는 게 힘드는지 행색이 좀 그래서 요즘 뭐 하고 지내냐니까, 뭐라더라 대학원도 다니고 시도 쓰고 그런다고.

시? 시를 써요?

네, 자기가 쓴 시 좀 들어 보라고 암송까지 해 보였는걸요. 대학원이야 그 사람 고정 레퍼토리지만 시 쓴다는 얘긴 첨 했기 때문에 인상에 남았어요. 악기점 여주인은 시를 쓴다거나 대학원엘 다닌다거나, 모두 전혀 믿지 않는 눈치였다. 대학원 다닌다는 건 사실이었을 거라고 내가 말하자, 아주 예전에도 대학원 소리를 했는데, 무슨 대학원을 평생 다녀요 하고 악기점 여주인은 시큰둥하게 대꾸했다.

왜 그 생각을 못했을까.

다른 건 몰라도 대학원 얘기는 사실일 터였다.

1970년대 초반, 그는 전자 오르간 단독 주자로 벌이가 쏠쏠했을 때 처음 대학원을 다녔다. 어떻게어떻게 해서 연구 과정에 등록을 했던가 보았다. 고등학교 1학년 중퇴자니 필시 학력을 위조했을 것이다. 그때 나는 고향에 있었는데 장문의 편지와 함께 대학원 건물 앞에서 찍은 사진까지 동봉해 보냈다. 편지의 문장마다 환호작약하는 그의 외침이 푸르게 배어 있었다. 그리고 그것은 시작에 불과했다. 사는 게 어렵든 말든 어디로 흘러가 무슨 일을 어떻게 하고 있든 그 후부터 줄기차게 그는 대학원에 다녔다. 말로만 다니는 게 아니라 진짜 이 대학 저 대학 옮겨서 연구생으로 등록을 했던 것이다. 가끔 낯선 사람을 데리고 와, 우리 경영 대학원

동창생이야……라고 소개를 하기도 했다. 어느 특수 대학원 동창회 일을 맡아서 한 적도 있었다. 학력에 대한 콤플렉스나 신분에 대한 위장술로만 해석하기엔 너무 이상하고 끈기 있는 추구였다. 대학원과 함께 영어 학원도 열심히 찾았다. 1980년대 초반에 만났을 때 그는 곧 미국으로 이민을 간다고 했다. 이것 하나 갖고 가……라고 말하며 그는 소책자 하나를 주었다. 들고 와서 봤더니 초보 회화 책이었다. 이 책 저 책 조금씩 빼내다가 적당히 편집한 백 페이지 미만의 책이었다. 그때도 그는 어느 특수 대학원에 적을 두고 있었다.

이 기타 얼마예요?

기타 하나를 가리키며 내가 물었다.

악기점 여주인은, 서우빈 씨 친구라니까 싸게 드리겠다고 했다. 나는 칠 줄도 모르는 기타를 사 들고 악기점을 나왔다. 그를 찾아 나서기 전보다 훨씬 더 짭짜름한 그리움이 내 가슴에 차 있었다. 배고프고 외로웠던 1960년대 후반의 그 젊은 날, 그가 동숙자로 내 곁에 없었다면, 어둠침침한 방 속에 밀폐된 채 단지 분열하여 피 흘리던 내 자아가 어떻게 창을 뚫고 나가, 창 너머, 타오르는 세상 가운데, 파릇파릇한 섬광의 새순까지 갈 수 있었겠는가. 그 어둡고도 밝은, 멀고도 가까운 거리를 문학이라는 이름 하나로 견디고 조율해 온 내 삶의 낡은 책갈피에서 그가 가만가만 기타를 치며 노래를 부르고 있는 느낌이 들었다.

나 요정 그거 관뒀어.

어느 날 술에 취해 돌아와 그가 말했다.

선배 기자에게 부탁하여 기타 연주자로 요정에 첫 일자리를 얻고 한 달도 채 되지 않았을 때였다. 그는 술을 한 잔도 못 마시는데, 얼마나 마셨는지 방에 들어오더니 발가벗고 칼방 구석구석을 헤집고 돌았다. 그러다가 그는 내 품에서 울었다.

요정 현관에 새장이 하나 있어.

슬픔과 분노에 찬 어조로 그는 말했다.

카나리아 한 쌍 말이야……라고 말할 때, 내 눈에 동그란 철망의 새장이 떠올랐다. 요정은 현관이 고풍스러운 아치형으로 쏙 나앉은 형태였다. 카나리아 한 쌍이 현관 한 켠에 대롱대롱 걸려 있었다. 내가 받는 월급의 스무 배 서른 배를 하룻밤에 먹고 마시며 노래 부를 수 있는 선택받은 삶의 주인공인 요정 손님들이 들어서면, 카나리아는 그 날렵하고도 맵시 있는 자태를 뽐내며 쫑쫑쫑, 청량한 목소리로 인사했다. 허어, 고놈 차암 이쁘구나…… 옳지 옳지 목소리 한번 맑네그려…… 사랑한다, 어서 오세요, 그 말이렷다? 그래, 이 녀석, 나도 널 사랑한다……. 각양각색으로 선택받은 손님들 또한 마음이 너그럽고 환해져서 화답하는 게 보통이었다. 형, 카나리아 제도(諸島)라고 들어 봤어? 요정에 출근하고 한 주일쯤 후에 그가 말한 것도 나는 기억하고 있었다. 글쎄 있지. 카나리아 본래 고향이 아프리카 먼 바다에 있는 카나리아 섬이래……라고 말할 때 그의 눈빛은 서기(瑞氣)로 가득 찼다. 카나리아 고향이면 카나리아처럼 이쁘겠지? 깊은 밤이면 혹 섬 전체가 카나리아처럼 방울방울, 울지도 몰라. 돈 벌면 거기 가서 살겠어. 요정의 카나리아를 데리고 함께 가서 살 거라구. 내가 뭐 아무리 유명한 가수가 돼도 그렇지, 카나리아처럼 청명하게 울 수야 있겠어? 그와 내가 부딪쳤던 열악한 삶의 조건들과 아무 상관없이 밤마다 요정의 방들은 꽉꽉 차고, 그의 기타는 아우성을 치고, 노랫소리 드높고, 먹을 것은 넘쳐흘렀다. 이따금 그가 먹어 본 적이 없는 진귀한 음식을 싸 오는 일도 있었다. 먹어 봐. 씨팔, 우리가 먹고사는 건 음식도 아냐. 훔쳐 왔어. 그는 키득키득 웃으면서 말했다. 내가 돈 벌어 카나리아 섬에 갈 때 있지, 형도 데려갈게. 거기 가서 시 써. 여기가 어디 시 쓸 데야? 그는 카나리아에 아주 빠져 있었다. 금사조(金絲鳥) 카나리아는 청랑한 목소리 이외에도 허리부터 하면(下面)까지의 노란 띠 때문에 보기만 해도 방울방울, 그 노랫소리가 들려왔다.

그 카나리아가 어찌 됐단 말야?

죽었어. 알아? 죽었다구. 오늘 죽어 있더라구.

죽다니, 왜?

왜는 뭐 왜야. 굶어서 죽은 거지……라고 그는 발가벗고 엎드려 기다가 소리를 빽 질렀다. 손님은 많고 일도 밀리고, 그래서 카나리아 밥 주는 건 너도나도 잊고 살았다는 것이다. 씨발 것, 나도 그랬다구, 형. 형한테 줄 뭐, 맛있는 거 훔쳐 올 궁리는 하면서도 모이통에 좁쌀 껍질만 쌓여 있는 건 보지 못했다구. 다들 카나리아를 보고 이쁘다, 사랑한다, 귀엽다, 입에 침이 마르면서…… 실은 가짜였어. 가짜였다구. 술에 취해 그는 어두컴컴한 방구석에 꾸역꾸역 오물들을 토해 놓았다. 그때에도 마장동 천변의 동굴 같은 칼방, 환풍기만 한 창 너머의 미루나무 가지에선 새순의 섬광이 빛나고 있었던가.

그는 더 이상 요정으로 출근하지 않았다.

명함을 부탁만 해 놓고서 찾아보지도 못했으며, 그 후부터 그가 기타를 손에 잡는 걸 본 일이 없었다. 기타엔 더러운 죄업이 묻어 있다고 그는 말했다. 출근할 때, 퇴근할 때, 또 휴식하는 짬짬이, 하루에도 몇 번씩 그는 현관으로 달려 나와 은밀하고도 애틋한 애정으로 카나리아와 만났다는 것이었다. 나야, 사랑하는 내가 왔어……라고 눈 맞추어 속삭이면, 언제나 청명한 목소리로 우짖어 반기던 카나리아가, 수북이 쌓였으나 알맹이는 없는 좁쌀 껍질에 코를 박고 끝내 굶어 죽어 갈 때, 기름진 음식과 풍성한 사랑의 말과 신명 나는 노래를 좇아 샹들리에 불빛 넘치는 요정의 방을 돌며, 그의 또 다른 사랑, 전자 기타는 단지 자지러지는 고음으로 솟아나고 있을 뿐이었다고 했다. 알겠어……라고 그는 외쳤다. 내 기타는 씨팔, 죄가 많다구. 기타 대신 얼마 후부터 그는 전자 오르간으로 밥을 먹었다. 그러나 한 업소에서 오래 견디는 일은 없었다. 그가 사기꾼다운 징후의 일단을 보여 준 최초의 일은 업소의 스피커를 바꿔치기한 사건이었다. 모처럼 명동 한복판의 한 고급 레스토랑에 오르간 연주자 겸 음악 기사로 취직해 생활이 안정될까 했는데, 스피커를 바꿔치기한 것이 우연히 발각되어 쫓겨나고 만 것이었다.

꽤 유명한 레스토랑이었다.

그 정도의 레스토랑에서 연주하고 있으면 어쨌든 그 바닥에선 장래를 보장받았다. 특별히 나쁜 일이 아니면 쫓겨날 리도 없을 뿐 아니라, 설령 그만두어도 그 수준의 다른 업소에서 그 경력을 보고 경쟁적으로 데려가려 하기 때문이었다. 문화적인 콤플렉스에 사로잡힌 졸부들과 비뚤어진 자만심에 차 있는 지식인들과 우아하게 자신을 연출하는 젊은 여자들이 주로 드나들었다. 그 집 스피커가 제이비알이거든…… 그는 말했다. 제이비알이 특별히 비싸고 좋은 스피커인 줄 나는 알지 못했다. 역시 제이비알은 다르다느니, 음질이 남성적이라느니, 음악에 대해 쥐뿔도 모르는 것들이 걸레 같은 기집애들 데려다 놓고 폼잡고 앉아 한마디씩 하는 거 보면 있지. 정말 가관이야. 그는 업주에게 스피커에 이상이 생겨 청계천으로 가져가 고쳐 와야 되겠다고 말했다. 그의 성실한 태도에 업주는 고개를 끄덕거렸다. 스피커의 외양은 똑같으나 내용은 전혀 다른 것으로 그는 교묘하게 바꿔치기했고, 그 차액으로 그는 최고급 양복을 맞춰 입었다. 히힛, 정말 재밌어. 그는 킬킬거리고 계속 웃었다. 가짜 스피커인 줄도 모르고 높은 양반이나 교수나 새침 떠는 여자들이, 역시 다르다, 역시 제이비알이야…… 라고 하면서 지그시 눈을 감는다는 것이었다. 우연히 발각되기까지 그는 두 달이나 사람들이 가짜 스피커에 칭송을 아끼지 않는 그 절묘한 해학을 즐기고 있었다. 그가 밤업소 연주자의 길을 때려치운 것은 그 사건 때문이었다. 다른 업소에까지 소문이 퍼져 쓸 만한 곳에선 자리를 얻을 수 없었던 것이다.

웬 기타예요?

아내는 눈을 크게 뜨고 물었다.

그저, 하나 샀어. 틈나면 배우려고.

당신이 기타를 배워요……라고 아내는 혀를 날름해 보였다. 나는 사 들고 들어온 기타를 서재 한 귀퉁이에 세워 놓았다.

이것 좀 봐요.

아내가 따라 들어와 서류 같은 걸 쫙 펼쳐 들었다. 전화국에 또 갔었거든요. 국내 전화 기록은 없어졌고요, 이건 그 문제의 전화로 외국에 통화한 기록이에요. 그런데 세상에, 뉴욕, 파리, 시드니, 요하네스버그, 바르셀로나, 아바나…… 하이고오, 생전 첨 듣는 지명도 있다구요. 이래서 요금이 250만 원이나 됐던 거예요. 우대산 그 사람이 어디 외국 말이나 해요? 유럽부터 남미까지 오대양 육대주, 세계 곳곳에…… 어린애라서 장난 전화를 했다고 할 수도 없고, 무슨 영문인지 원.

카나리아 제도는 없어?

내 목소리가 턱없이 높아졌다.

어디요? 카나, 뭐?

아냐. 그냥…… 됐어. 나는 다시 소파에 벌렁 눕고, 눈을 감았다. 그는 무엇을 찾아 떠도는 것일까. 원인 불명의 화재로 어둠침침했던 칼방이 한 줌 재로 사라지고 나서야 그와 나의 사랑도 끝이 났다. 너무도 지치고 쓸쓸해서 불과 53킬로그램까지 몸무게가 빠진 뒤, 허깨비 같은 몸을 이끌고 내가 고향으로 내려온 게 동숙자 관계의 마지막이었다. 그는 가방을 서울역 대합실까지 들어다 주고 우두커니 서 있다가 개찰 시간까지 기다리지 않고 휘적휘적 걸어서 다시 도시의 거리로 돌아갔다. 햇빛이 어찌나 밝은 날이었던지 수수깡처럼 키만 높이 솟은 그의 몸이 쫄렁쫄렁 햇빛에 실려가는 것 같았다.

나는 고향에 내려온 뒤부터 시를 버리고 소설을 썼다.

우리는 민족중흥의 역사적 사명을 띠고 이 땅에 태어났다…… 라고 시작되어 국가와 개인의 일체감을 통해 참된 민주 복지 국가의 꽃을 피우자고 강조한 국민 교육 헌장이 그해 섣달에 선포됐다. 종로 일대의 사창가가 나비 작전이라는 환상적인 작전명으로 소탕된 것도 그 무렵이었고, 전국 경제인 연합회에서 개악이라는 비난을 무릅쓰고 근로 기준법 개정을 건의하고 나선 것도 그해 1969년이었다.

소설을 쓰긴 했지만, 내 인물들은 번번이 나를 배신했다.

늘 시작만 하고 끝을 맺지 못하는 불구의 글들을 나는 썼다. 자주 꿈자리에서 카나리아가 죽어 나갔고, 그는 스피커를 바꿔치기 하며 킬킬거리고 웃었으며, 종로에서 쫓겨난 밤색시들이 마장동 천변 부락을 기웃거렸다. 그의 새 명함 한 장을 우편으로 받던 날, 나는 칼바람에 잔뜩 기가 질려 엎드린 텅 빈 읍 거리를 지나 서쪽 변방의 퇴락한 시골 극장 그 컴컴한 동굴에 앉아 정소영 감독의 영화 「미워도 다시 한 번」을 보면서 많이 울었다.

그해 겨울은 칼바람이 자주자주 불었다.

여기서 세워 주세요.

나는 택시 운전기사에게 말했다. 탁 트인 만경평야를 지나온 훈풍이 뺨에 닿았다. 대지는 아주 부드럽고 따뜻이 열려 있었다. 김제에서 택시를 타고 정확히 15분 거리였다. 나는 낯선 마을의 텅 빈 교실을 천천히 걸어 들어갔다. 10시에 시작된다는 행사가 11시가 다 된 지금껏 아직 끝나지 않았는지, 마을 서편의 야트막한 언덕배기 송림 사이에서 드문드문 박수 소리가 솟아 나왔다. 10시까지 맞춰 오려고 새벽부터 서둘렀는데도 해는 벌써 중천에 떠 있었다.

마침내 모든 정경이 눈에 들어왔다.

나는 되도록 사람들 눈에 뵈지 않으려고 벙거지를 깊이 눌러쓰고 다가가 소나무 기둥에 은신하듯 섰다. 송림 사이로 흐드러지게 핀 산꽃들이 화사했다. 고깔을 쓴 풍물패가 보였고, 행사 뒤풀이를 위해 부산하게 진행되는 상차림의 정경도 보였다. 사람들은 예상보다 많지 않았다. 풍상의 때가 잔뜩 내려앉아 골 깊은 얼굴을 한 촌로들이 기웃기웃 모여 있는 가운데 끝에 흰 천으로 둘러친 화강석 일부가 삐죽 맨살을 드러내고 있었고, 그 뒤쪽의 나무 의자에 몇몇 양복쟁이들이 앉아 있었다. 여태껏 일어서서 말하고 있던 사람은 아마 면장인 것 같았다. 박수 소리가 터져 나왔고, 면장님의 감동적인 축사를 끝으로 이제 본행사의 하이라이트, 시비 제막의 순서가 되었습니다……. 사회자가 말했다.

그가 앉은자리에서 일어났다.

어느새 반백의 머리였다.

예전보다 살이 좀 더 올라 늙어 뵈긴 했으나, 아직도 귀티의 잔영이 다 가시지 않은 얼굴에 온화한 미소를 가득 담은 그가, 우대산이 좌우의 면장과 노신사를 권유해 함께 화강석 앞으로 나서고 있었다. 그들은 화강석을 씌운 천에 달아맨 줄을 더불어 잡고 당겼으며, 박수가 또 터졌고, 한순간 흰 천이 좌우로 미끄러져 흘러내렸다. 기단과 비문이 음각으로 새겨진 화강석의 높이를 합치면 거의 3미터쯤 되는 풍채 좋은 석비였다. 햇빛이 석비의 미끄러운 맨살에 닿아 눈부시게 퉁겨 나오고 있었다. 그가 시인으로서 연년세세(年年歲歲), 이 땅의 한 켠, 기름진 만경평야에 굳게 박혀 서는 순간이었다. 시비 제막식이 이곳에서 있다는 사실을 알게 된 것은 바로 어제의 일이었다.

틀림없이 시비란 말이오?

나는 거듭해서 물었다.

대학원이란 대학원을 차례차례 수소문해 오다가 이윽고 어떤 특수 대학원에 들렀을 때, 직원은 그가 그 대학원 연구생으로 벌써 3년째 드나들고 있다고 말해 주었다. 그곳에서 알려진 이름 역시 서우빈이었다. 본명은 아니구요, 시인으로 쓰는 필명이 서우빈인 줄 알고 있습니다만……이라고 젊은 직원은 말하면서, 사물함을 뒤적뒤적하더니 초청장 하나를 내게 내밀었다. 놀랍게도 초청장엔 남강 서우빈 선생의 시비 제막식…… 그렇게 쓰여 있었다. 이곳이 어딘데요. 내가 물었고, 서우빈 선생 어머니의 고향이라던데요……. 직원은 친절히 설명해 주었다. 초청장엔 그가 그동안 출간했다는 세 권이나 되는 시집의 제목도 들어 있었는데, 저녁 내내 시인과 시집 제목을 들먹이며 아는 시인마다 출판사 사장마다 물어봤지만 전혀 모르겠다는 대답뿐이었다. 나는 그래서 새벽같이 출발해, 내가 한 번도 본 적이 없는 그의 어머니 고향이라는 이곳까지 불원천리 찾아 내려온 것이었다.

이제 마지막 순서올습니다.

사회자가 감격한 어조로 말했다.

에 또, 이번 시비에 깊이 아로새겨진 이 시로 말하자면, 최근에

펴낸 남강 서우빈 선생의 세 번째 시집에 실려 있는데요, 시집을 여러분께 다 증정해 드릴 것입니다만, 좌우간 이 감동적인 시로 말하자면, 선생이 일찍이 청운의 뜻을 품고 상경해 일부러 밑바닥 삶을 체험하실 때, 그리운 어머님께 바치는 심정으로 처음 쓴 것을 오랜 세월 다듬고 깊이 하여 완성한 것으로 우리 문학사에 길이 남을 작품입니다. 사회자의 목소리는 점점 더 카랑카랑해졌고, 눈부신 흰빛의 두루마기를 단아하게 입고 앉은 그는 만감이 교차한다는 듯 눈을 지그시 감고 있었다. 선생의 자당께서는 우리가 아는 바처럼 바로 이곳에서 태어나셨고, 이곳에서 어린 시절을 보내셨습니다……라고 사회자가 말할 때 까치들이 한바탕 송림 안쪽에서 울었다. 까치들조차 축사를 보내는군요. 사회자로선 덕담을 끼워 넣었지만 청중의 반응은 없었다. 좌우간, 동료 시인들의 모금 운동까지 강력히 마다하시고, 선생께서 직접 사재를 내놓아 바로 이곳에 시비를 세우는 것 또한 어머니에 대한 선생의 효심이 워낙 깊기 때문이라는 걸 말씀드리면서, 선생의 육성으로 직접 시를 듣도록 하겠습니다.

그가 시비 앞으로 나와 섰다.

무르익은 봄빛은 너무 정갈해서 그의 눈빛에 닿을 때 차라리 슬퍼 보였다. 그는 너무도 슬프고, 그러나 듣는 이의 마음에 충분히 울림이 남을 만한 힘찬 어조로 화강석에 땀땀이 아로새겨진 시를 읽기 시작했다.

어머니.

시의 첫 행은 어머니였다.

어머니,

내 기타는 죄가 많아요.

죄 때문에 오늘 밤도 노래할 수 없어요.

나는 그의 육성에 담겨 노래되는 시를 끝까지 들을 수 없었다. 벌거벗은 채 오물들을 토해 내고 있는 그가 있는 방, 내 자아가 끌어안고 있던 어두컴컴한 천변의 동굴과 환풍기만 한 창 너머 불길처럼 내닫던 봄의 잔인한 섬광, 그리고 그 거리 사이를 위태롭게 오가며 나는 무엇을 썼던가. 시는 아름다운 것만이 아니라고 짐짓 부정하면서, 그러나 깊은 밤 지붕 위에 얹힌 루핑 조각이, 따르르르 따르르르 비명으로 목매다는 소리가 내 삭은 늑골 사이로 꽂혀올 때, 누군가 들어줄 희망도 없는 시를 쓰며 돌아누울 때, 나는 굳게 믿고 있었던 것일까. 생의 중심에서 가짜가 아닌, 진짜라고만 불러도 좋을 것들이 오롯이 들어차 금강석같이 빛나는 정경을 한 번이라도 볼 수 있다는 것을.

그것은 내가 쓴 시였다.

그의 시집으로 되어 있는 책 속의 시편들도 그랬다.

모두 1960년대 후반 서울의 침침하고 어두운 방들을 떠돌며 대학 노트 세 권에 빼곡히 썼던 시들이 그에 의해서 햇빛 아래로 끌려 나와 있었다. 칼방이 불탈 때 함께 없어진 줄로만 알았던 습작 노트를 그가 나 몰래 감추어 두었다가 지금까지 보관해 오고 있었던가 보았다. 나는 풍장 소리가 시작되고 나서 사람들이 잔칫상으로 우르르 몰려가는 것을 뒤로하고 조용히 그 마을을 걸어 나왔다. 날라리 젓대의 청명한 고음이 기름진 만경평야의 불빛 사이로 막힘없이 솟아나고 있었다. 버스가 다니는 큰길에 이르러 뒤돌아보았더니, 아지랑이 사이로 저 멀리, 흰옷 입은 누군가가 한 사람, 동구의 느티나무 아래, 이편을 향한 듯, 가만히 서 있는 게 보였다. 멀어서 그가 우대산인지 아닌지는 구별할 수 없었다.

그는 우대산인가.

나는 다가선 버스를 타며 혼자 물었다.

아니, 그는…… 우대산인가, 서우빈인가.

그리고 또 화강석에 아로새겨져 영원히 봉안된, 내 기타는 죄가 많아요…… 그 시는 과연 내 시인가. 나의 시인가, 그의 시인가. 아니면 서우빈의 시인가.

시인 서우빈은 대체 어디서 온 누구인가.

진짜, 진짜인가.

『향기로운 우물 이야기』, 창작과비평, 2000.

박범신 연보

1946년 8월 24일 충남 논산군 연무읍(당시 전북 인산군) 봉동리 242번지 두화부락(杜花部落)에서 아버지 박원용과 어머니 임부귀의 1남4녀 중 막내로 태어남.

1965년(19세) 남성고등학교 졸업. 고등학교 3학년 때부터 시 습작 시작. 독서광으로 살았으며, 고등학교 2학년 때 수학여행비로 『사상계』를 정기 구독할 정도.

1967년(21세) 전주교육대학 졸업. 무주 괴목초등학교 교사.

1968년(22세) 내도초등학교 교사.

1969년(23세) 교사직 사임. 원광대학교 국문학과 편입학.

1971년(25세) 원광대학교 국문학과 졸업. 상경하여 광고 회사 스크립터, 『법률신문사』 기자 등 여러 가지 직업을 전전함.

1972년(26세) 강경 여자중학교 교사. 이해 10월 대학 1년 후배 황정원과 결혼.

1973년(27세) 『중앙일보』 신춘문예에 단편 「여름의 잔해」로 등단. 서울 문영 여자중학교 교사.

1974년(28세) 장남 병수 출생.

1976년(30세) 장녀 아름 출생.

1978년(32세) 소설집 『토끼와 잠수함』(홍성사) 출간.

1979년(33세) 장편 『죽음보다 깊은 잠』(문학예술사), 장편 『깨소금과 옥떨메』(여학생사), 소설집 『밤이면 내리는 비』(학원출판사) 출간. 차남 병일 출생.

1980년(34세) 장편 『밤을 달리는 아이』(여학생사), 장편 『풀잎처럼 눕다』(금화출판사) 출간. 고려대학교 교육대학원 졸업(석사 논문 「이익상 소설 연구」).

1981년(35세) 소설집 『덫』(은애출판사), 『미지의 흰 새』(동평사), 장편 『돌아눕는 혼(魂)』(주부생활사), 장편 『겨울 강 하늬바람』(중앙일보사), 산문집 『무엇이 죽어 새가 되는가』(행림출판) 출간. 『겨울 강 하늬바람』으로 대한민국문학상 신인 부문 수상.

1982년(36세) 콩트집 『아내의 남자 친구』(행림출판), 중편선집 『그들은 그렇게 잊었다』(예음), 장편 『형장의 신』(행림출판) 출간.

1983년(37세) 장편 『태양제(太陽祭)』(행림출판), 장편 『불꽃놀이』(청한출판사), 장편 『밀월』(소설문학사), 소설선집 『식구(食口)』(나남출판) 출간.

1984년(38세) 장편 『꿈길밖에 길이 없어』(여학생사) 출간.

1985년(39세) 장편 『숲은 잠들지 않는다』(중앙일보사) 출간.

1986년(40세) 장편 『우리들 뜨거운 노래』(청한출판사), 산문집 『나의 사랑 나의 결별』(청한출판사) 출간. 희곡 『그래도 우리는 볍씨를 뿌린다』(극단 광장) 공연.

1987년(41세) 장편 『불의 나라』(평민사), 장편 『수요일의 도적』(중앙일보사), 중편 『시진읍』(고려원) 출간.

1988년(42세) 장편 『물의 나라』(행림출판사) 출간.

1989년(43세) 장편 『잠들면 타인』(청한출판사) 출간. 장편 『틀』이 세계사와 가도가와쇼텐〔角川書店〕에서 한국어, 일어판으로 동시 출간.

1990년(44세) 연작소설집 『흉기』(현대문학사), 장편 『황야(荒野)』(청한출판사), 장편 『사랑이 우리를 변화시킨다』(햇빛출판사) 출간.

1991년(45세) 소설집 『읍내 떡뻥이』(서적포), 장편 『태양의 방』(서울문화사), 장편 『수요일은 모차르트를 듣는다』(행림출판) 출간. 명지대학교 문예창작학과 객원 교수. 『문화일보』 객원 논설위원.

1992년(46세) 장편 『마지막 연인』(자유문학사), 장편 『잃은 꿈 남은 시간』(중앙일보사), 출간.

1993년(47세) 장편 『틀』(세계사)의 한국어판 출간. 명지대학교 문예창작학과 교수로 취임. 『문화일보』에 장편 『외등(外燈)』을 연재하던 중 보다 깊어지고자 절필. 이후 3년 동안 침묵.

1994년(48세) 장편 『개뿔』(세계사), 산문집 『적게 소유하는 자가 자유롭다』(자유문학사) 출간.

1996년(50세) 산문집 『숙에게 보내는 서른여섯 통의 편지』(자유문학사) 출간. 『문학동네』 가을호에 중편 「흰 소가 끄는 수레」를 발표하면서 작품 활동 재개.

1997년(51세) 3년간 침묵 기간 동안의 경험을 토대로 자전적 연작소설집 『흰 소가 끄는 수레』(창작과비평), 장편 『킬리만자로의 눈꽃』(해냄) 출간.

1998년(52세) 『문화일보』에 장편 『신상(新生)의 폭설』 연재 시작. 단편 「가라앉은 불빛」(『작가세계』 여름호), 「내 기타는 죄가 많아요, 어머니」(『창작과비평』 여름호) 발표.

1999년(53세) 계간 『시와함께』 봄호에 「놀」 외 19편의 시를 발표하면서 시인 겸업 선언. 이후 『작가세계』, 『문학동네』, 『문학과 의식』 등에 연달아 시를 발표. 『문화일보』 연재소설 『신생의 폭설』을 『침묵의 집』(문학동네)으로 제목 바꿔 출간. 단편 「별똥별」(『문학과의식』 봄호), 「세상의 바깥」(『현대문학』 8월호), 「그해 가장 길었던 하루-들길1」(『창작과비평』 가을호) 발표.

2000년(54세) 단편 「소음」(『문학동네』 봄호) 발표. 소설집 『토끼와 잠수함』을 제1권, 장편 『죽음보다 깊은 잠』을 제2, 3권으로 『박범신 문학선집』(세계사) 출간 시작. 소설집 『향기로운 우물』(창작과비평) 출간.

2001년(55세) 장편 『외등』 출간. 『향기로운 우물』로 제4회 김동리문학상 수상. KBS 이사 역임.

2002년(56세) 산문집 『젊은 사슴에 관한 은유』(깊은강) 출간.

2003년(57세) 수필집 『사람으로 아름답게 사는 일』(이룸), 장편 『더러운 책상』(문학동네), 시집 『산이 움직이고 물은 머문다』(문학동네) 출간. 『더러운 책상』으로 제18회 만해문학상 수상.

2004년(58세) 연작소설집 『빈방』(이룸) 출간. 명지대학교 사직.

2005년(59세) 장편 『나마스테』(한겨레신문사), 소설집 『제비나비의 꿈』(민음사), 산문집 『남자들, 쓸쓸하다』(푸른숲) 출간. 『나마스테』로 제11회 한무숙문학상 수상.

2006년(60세) 박범신 문학전집 10~15권 『물의 나라』, 『불의 나라』(세계사), 수필집 『비우니 향기롭다』(랜덤하우스중앙) 출간, 「아버지 골룸」(『창작과 비평』 가을) 발표, 「박범신의 아주 특별한 콘서트」(KBS)라는 제목의 콘서트. 명지대학교 교수로 재취임.

2007년(61세) 「침묵의 집」을 전면 개작한 장편 『주름』(랜덤하우스중앙), 박범신 문학전집 16권 『수요일은 모차르트를 듣는다』(세계사), 비평집 『박범신이 읽는 젊은 작가들』(문학동네) 출간. 서울문화재단 이사장 취임.

바이칼 그 높고 깊은

초판 1쇄 인쇄일 • 2007년 9월 5일
초판 1쇄 발행일 • 2007년 9월 10일
지은이 • 박범신
펴낸이 • 임성규
펴낸곳 • 문이당

등록 • 1988. 11. 5. 제 1-832호
주소 • 서울시 성북구 동소문동 4가 111번지
전화 • 928-8741~3(영) 927-4990~2(편)
팩스 • 925-5406

홈페이지 http://www.munidang.com
전자우편 webmaster@munidang.com

ISBN 978-89-7456-323-7 43810

값은 뒤표지에 표시되어 있습니다.